SV

Band 1094 der Bibliothek Suhrkamp

Konstantin Waginow
Auf der Suche nach dem Gesang der Nachtigall

Roman

Aus dem Russischen
von Ulrike Zemme

Suhrkamp Verlag

Titel der Originalausgabe: *Garpagoniana*
Erste Fassung, mit den Zusätzen der zweiten Fassung
(Die zweite Fassung wurde russisch zum ersten Mal 1983
von Ardis, USA, veröffentlicht.)

Redaktion der Übersetzung und Anmerkungen:
Angela Martini

Erste Auflage 1993

Druck: Nomos Verlagsgesellschaft, Baden-Baden
Printed in Germany

Auf der Suche nach dem Gesang der Nachtigall

ERSTES KAPITEL

Der Systematiker

Ein untersetzter Mann mit langem, feinem Haar saß am Küchentisch, die schwarzbezogenen Knöpfe seiner Studentenjacke standen offen, die blaugrünen Tweedhosen waren abgetragen. Den Tisch beleuchtete eine Glühbirne, die an einer Schnur hing.

Vor dem Mann lagen: spitzzulaufende, abgerundete, weibliche und männliche Finger- und Zehennägel in den verschiedensten Farbtönen. Auf jedem Nagel war mit Tinte knapp vermerkt, wo und wann er abgeschnitten worden war und von wem er stammte.

Es war spät in der Nacht.

Die Tochter und Frau des am Tisch sitzenden Mannes schliefen schon lange.

Und daß alles ringsum schlief, bereitete ihm, der wach war, einen unsäglichen Genuß.

Er sortierte die Nägel, schob sie zu einem Häuflein zusammen und ordnete sie nach einem Prinzip, das allein er kannte.

Nein, im Grunde genommen war selbst ihm das Ordnungsprinzip noch unbekannt, er forschte, er suchte Merkmale, nach denen er diese Gegenstände systematisieren könnte.

Er legte die Nägel in seine hohle Hand und las die Vermerke:

Samarkand	Saratow	Astrachan
1921	1922	1926
Koposchewitsch	Ulenbekow	Karabosow

Behutsam wischte er sie mit einem Lappen ab.

Er war stolz, denn er vermutete, ja war fast sicher, daß keiner auf der Welt, nur er, sich mit der Lösung gewisser Fragen befaßte. Ein Nagel schlitterte durch eine Handbewegung vom Tisch und fiel zu Boden.

Das Gesicht des Sitzenden verfärbte sich vor Entsetzen.
Unter dem Tisch war es finster und staubig.
Der Wachgebliebene ging in die Hocke, sah den Nagel jedoch nicht.
Zornig und schimpfend strich er ein Zündholz an. Er hatte Angst, den Nagel plattzutreten. Nachdem er den Boden ausgeleuchtet hatte, bekam er einen noch größeren Schreck. Im Boden waren Ritzen und Risse.
Glücklicherweise fand sich jedoch Ulenbekows Zehennagel. Er lag friedlich an der Wand. Eine leichtfertige Bewegung, und der Nagel wäre in eine Ritze gefallen.
Triumphierend erhob sich der Mann, blies den Staub von dem Gegenstand, rieb ihn mit dem Lappen blank und legte ihn behutsam wie ein Heiligtum in die Schachtel.
Wieder setzte er sich an den Tisch und versank in Gedanken.

Nun ging der Mann mit den Finger- und Zehennägeln in abessinischen Schachteln an einer Nische, in der eine billige vorrevolutionäre Enzyklopädie stand, vorbei in sein Zimmer. Es war ungewöhnlich schmal (man konnte es mit dem Abschnitt eines Korridors vergleichen) und über alle Maßen feucht. Es war so feucht, daß zwei Wände sich buchstäblich der Tapeten entledigt hatten. Der graue Stuck war fast weich.
Dicht an der tapetenlosen Wand stand sein Bett mit den grauen, flachen, feuchten Kissen und einer rauhen, nicht minder feuchten Decke.
Beim vereisten Fenster stapelten sich Schachteln, Truhen und Obstkisten aus Sperrholz. Auf dem altersschwachen, wackeligen Schreibtisch lagen Kuverts, Papierrollen, Fläschchen, kleine Bücher und Karteikästen, die der Besitzer des Zimmers selbst angelegt hatte.
Im Schrank lagerten beschriebenes und unbeschriebenes Papier, Weinflaschen, die Figuren darstellten*, eingetrocknete

* Einige sollten wohl an bedeutende Dichter, Schriftsteller, Wissenschaftler und Politiker erinnern. Anmerkung des Autors.

Arzneifläschchen mit dem Doppeladler, vertrocknete Blätter, getrocknete Blumen, Käfer, übersät mit kleinen Spinnen, Schmetterlinge, von Motten zerfressen, Hochzeitsbillets, Visitenkarten von Kindern, Damen und Herren mit und ohne Kronsiegel, Brotstücke mit einem Nagel, Papirossy mit einem Bindfaden, der wie ein Horn aus dem Tabak herausragte, Brötchen mit Küchenschaben, Proben von imperialistischem und revolutionärem Gebäck, Muster von bourgeoisen und proletarischen Tapeten, Bleistiftstummel staatlicher und privater Herstellung, Ansichtskarten mit jedermann bekannten Gemälden, benutzte und unbenutzte Schreibfedern, Kupferstiche, Lithographien, ein Siegel des heiligen Johannes von Kronstadt, eine Garnitur Klistierspritzen, unechte und echte Steine (natürlich waren es nur sehr wenige echte), Einladungen zu Komsomolzen- und antireligiösen Veranstaltungen, zu einer Tasse Tee anläßlich des Eintreffens einer Delegation, zu Vorträgen über die internationale Lage, Packen von Straßenbahnlosungen, 1. Mai-Plakate, eine Wanderfahne, die sich amortisiert hatte, sogar ein Schildkrötenorden für das sklavische Tempo bei der Bekämpfung des Analphabetismus fand sich darin.
Mit Stolz musterte der Mann sein Zimmer. Das alles mußte der Mann systematisieren und katalogisieren. Das alles mußte er in Rubriken eintragen.
Er setzte sich auf sein feuchtes Bett, das ebenso mit allen möglichen Dingen zugeschüttet war. Er streckte vorsichtig die Beine aus, der ganze Boden lag voll mit Gegenständen.
Er zog einen Stiefel aus und schaute die Visitenkarten an, er bedauerte es schlafenzugehen. Er hätte doch noch ein wenig arbeiten können.
Er hob die frischerworbenen Visitenkarten vom Boden auf, las sie und schnürte seinen zweiten Stiefel auf.

Loguinoff
Capitaine aux gardes
Aide de camp de son Altesse Royale le duc
Alexandre de Vurtemberg

Welcher Kategorie soll ich diese himmelblaue Damenvisitenkarte zuordnen? Immerhin gibt es von diesen Kärtchen nicht gerade viele auf der Welt. Nennen wir diese Kategorie einstweilen exotische Visitenkarten.

Wladimir Christianowitsch
Holm
Geschäftsführer der Firma »R. Kolde«
Wosnessenski-Prospekt 36 Tel. 235-59

»Die Visitenkarte des Vertreters einer privaten Handelsfirma, Anfang 20. Jahrhundert.«

Iwan Iwanowitsch
Persönlich

»Wo soll ich die einordnen, keine Ahnung. Der Beruf ist nicht angegeben, der Name prägt sich allerdings leicht ein. Womöglich war er Rechtsanwalt? Kommt ein Fragezeichen dahinter. Das werden wir im Adressenverzeichnis ›Ganz Petersburg‹ nachschlagen. Also muß ich morgen in die Öffentliche Bibliothek gehen.«

Er legte die marmorierten Karten, die mit Perlmutterschimmer, Elfenbeinglanz, mit Trauerrand und Goldschnitt an einen sauberen Ort, damit sie nicht verstaubten.

Die kommende Nacht würde er den Visitenkarten widmen.

Der Mann zog gerade die Jacke aus, da entdeckte er, daß auf dem Stuhl Aufkleber von Auberginen lagen.
Meine Frau ist ein Goldstück, dachte er, sie sorgt für mich.

Dieses Zimmer war für sein Kind zu verlockend. Mit den Zündholzschachteln ließen sich herrlich kleine Häuser bauen, wie interessant war es, die Bilder mit Tanten und Tieren, mit Blumen anzuschauen, die kaputten Uhren ganz zu zerschlagen. Doch der böse Vater erlaubt solche Spiele nicht, er läßt seine Iraida nicht einmal ins Zimmer hinein, nicht einmal die verstümmelten Käfer gibt der Vater seiner Tochter, geschweige denn die angefressenen Schmetterlinge.
Er mußte doch auch beschädigte Exemplare haben und solche mit Zickzackknicken, da er alle denkbaren Beschädigungen durch Parasiten, Herunterfallen und nachlässigen Umgang mit ihnen klassifizieren wollte.
Den von Karies befallenen Zahn legte er zu anderen Zähnen, abgetretene Absätze zu den anderen abgetretenen Absätzen, abgenutzte Knöpfe zu den anderen abgenutzten Knöpfen.
Das alles wurde in Schachteln und Kuverts untergebracht und beschriftet.

Als der Systematiker eine Tochter bekam, sagte er zu seiner Frau:
»Ich kann Kinder unter einem Jahr nicht ausstehen.«
Eines Tages jedoch, als alle das Zimmer verlassen hatten, trat er an die Wiege heran und fühlte, ob das Kind auch wirklich weiche Wangen habe, und wurde nachdenklich: Er sah, wie die Tochter heranwuchs, wie das Haar und die Nägel wuchsen, sie die Milchzähne verlor, wie er ihr die Haare und Nägel schneiden wird, die Milchzähne in Schachteln sammelt, Freundinnen kommen zu seiner Tochter, auch die Freundinnen lassen die Haare und die Nägel wachsen und verlieren die Milchzähne.
Seine Tochter sammelt diese Dinge für den Vater.

Zärtlich beugte sich der Vater über sein Produkt und betrachtete es.
Und er sah:
Die Tochter fängt alle möglichen Fliegen und bringt sie ihm.
In der Schule sammelt sie Bleistiftstummel für ihn, tauscht Bonbonpapier ein, sammelt für ihn verschiedene Blätter auf, die ersten Schreibversuche und Entwürfe von Klassenarbeiten.
Schon ist sie erwachsen und hilft ihm beim Systematisieren.
Ja, überlegte er, es ist nicht übel, ein Kind zu haben.

Der Systematiker suchte verschiedene Besitzer von Krimskrams auf.
Arbeit hatte der Lehrer für Niederländisch genug. Und Knauser gab es in der Stadt viele.
Der Buchhalter Klein, zum Beispiel, sammelte alles, worauf Petersburg abgebildet war, von Ansichtskarten bis zu Bierflaschenetiketten. Ein hochbetagter Don Juan und Regisseur eines winzigen Theaters sammelte Pfeifen, ein Filmschauspieler Damenhandschuhe. Es gab Sammler von Spitzenresten, Brokatstückchen, Glasperlen und Damenaccessoires.
Für alle diese Menschen hatte die Stadt einen goldenen Boden, war ein silbernes Eldorado, ein neues Herkulaneum und Pompeji.
Die genannten Personen verschwendeten ihre gesamte freie und auch nicht ganz freie Zeit für Ausgrabungen.
Sie durchwühlten die Zimmer fast bewegungsloser alter Mütterchen und Männer, bei denen sich noch irgend etwas befand.
Von der Leidenschaft für Eigentum erfaßt, sammelten andere keine Gegenstände, sondern Dinge, die nicht materiell waren, jedoch einen gewissen Geschmack und ein gewisses Flair besaßen – zum Beispiel Schimpfwörter, Witze, Aphorismen, Versprecher und Verstöße gegen die russische Sprache.
Einige Pfennigfuchser gaben sich stolzen Wunschträumen hin, wobei sie den ästhetischen Wert einiger Dinge (der von Spit-

zen) übertrieben, andere erklärten ihr Anhäufen (von Damenhandschuhen) mit dem Wunsch, ein Fachbuch zur »Geschichte des Damenhandschuhs« zu verfassen, andere wiederum mit der Liebe für einen das Auge erfreuenden Anblick (von Brokatstoffen).

So lebte der Systematiker inmitten dieser eigenartigen Kapitalisten, Banditen und Räuber, sie empfanden keine Abscheu vor Diebstahl und davor, Gegenstände zu rauben, die für alte Männer und Frauen oft nur als Erinnerung einen Wert hatten. Diese Sammler waren wahre Ausbeuter, ungeahndet, grausam und habgierig.

Ganz unauffällig machten sie ihre Bekannten zu ihren Arbeitern, sie setzten sie moralisch unter Druck und brachten sie dazu, zugunsten der privaten Bereicherung zu schuften.

In diesem Teil der Gesellschaft existierte ein vom Staat nicht reglementierter Tausch- und Geldhandel, Kauf und Verkauf, der von den Finanzbehörden nicht geahndet wurde. Ein x-beliebiges Tabaketikett aus der ersten Hälfte des 19. Jahrhunderts, irgendein vergoldetes Firmenmarkenzeichen wurden hier mit ziemlich teurem Geld bezahlt.

Diese Ausbeuter lebten ohne Konzession in freien, räuberischen Verbänden. Unter Bedingungen, die eine private Bereicherung eigentlich ausschlossen, befriedigten sie, sämtliche Gesetze umgehend, ihre Leidenschaft.

Die Frau des Systematikers fuhr mit dem Kind auf die Datscha nach Lewaschowo. Shulonbin begleitete sie nicht, er zog es vor, sich von seinem Reichtum nicht zu trennen.

Dennoch brachte er natürlich seine arme Familie zum Bahnhof und versprach, sie bei der nächstbesten Gelegenheit zu besuchen. Beim Abschied sagte Shulonbin:

»Du hast es doch selbst gesehen, sie sind angeschimmelt.«

Der Systematiker atmete nach der Abreise seiner Lieben auf die Datscha sogar erleichtert auf.

Er trug seine Sachen in das Zimmer der Frau.

Während des Winters hatten sie in dem feuchten Raum schrecklich gelitten.
Schimmel überzog die Zündholzschachteln, sie lösten sich auf, die Schreibfedern waren verrostet, die Farbschicht auf den Bleistiftstummeln war abgeblättert, die Plakate waren unvorstellbar feucht und dem Zerfall nahe.
Der Systematiker machte sich daran, seine Reichtümer auszubreiten und an den verschiedensten Orten unterzubringen.
Auf das Fensterbrett legte er die Zündholzschachteln und die Bleistiftstummel.
In der Sonne könnten die Farben verblassen, dachte er.
Und entfernte die Sachen vom Fensterbrett.
Er wandte seine Aufmerksamkeit dem geschnitzten schwarzen Bücherregal zu.
Er holte von dem Regal die anmutige Porzellanbüste von Jeanne d' Arc herunter, die Bronzekatze, eine Sparbüchse und eine meergrüne Statuette, die eine nackte Frau darstellte, deren offenes Haar bis zu den Füßen herabwallte.
Das alles trug er in eine Ecke des Zimmers.
Breitete die für den Export bestimmten bunten Zündholzschachteln mit Flugzeugen, mit der Pandora, römischen Streitwagen, Palmen, einem galoppierenden Jockey, mit Panthern, Tigern, Hirschen, Staatswappen, Inselansichten mit Aufschriften in chinesischer, arabischer, englischer, französischer und anderen Sprachen aus.
Die Pandora hatte gewaltig gelitten, der Schimmel hatte das blasse Gesicht, die nackten Füße und einen Teil des roten Haars zerfressen.
Der Systematiker löste nun vorsichtig ein Plakat vom anderen und legte sie auf das Bett seiner Frau.
Durch das offene Fenster drang Hefegeruch aus der gegenüberliegenden Bierbrauerei ins Zimmer.
Shulonbin setzte sich seitlich auf das Fensterbrett und gab sich seinen Gedanken hin.
Er überlegte, daß er das Angenehme mit dem Nützlichen ver-

binden könne, daß es nun dank der Abreise seiner Frau vielleicht gelingen würde, eine große Anzahl der Sachen in diesem Zimmer unterzubringen und nach einer bestimmten Ordnung zu verteilen, und daß es leichter würde, sie in Systeme zu bringen.

Er machte sich daran, die sperrigen Gegenstände aus dem Zimmer seiner Frau zu räumen, Geschirr, Gummibäume, Kakteen, Tischtücher und Truhen mit ihrer Habe.

Anstelle des Geschirrs legte er in das Büfett mit den grünlichen Scheiben aus Altglas, doch ohne Beine ein Sortiment von vertrockneten Hochzeitsbuketts.

Auf das mit Mull bespannte Tischchen unterhalb des runden Spiegels, auf dem ein Springbrunnen aufgemalt war, breitete er alle möglichen Jetons, die er Arzneischachteln entnommen hatte, ODN, OPTE, ODR-Abzeichen, die verschiedene Industriezweige anzeigten, und Orden.

Auf dem Eßtisch stapelte er Parolen und Transparente.

Das Kind wuchs heran. Hinter Vaters Rücken begann das Mädchen, Zündholzschachteln zu sammeln, doch konnte es nur in Vaters Abwesenheit damit spielen. In Vaters Abwesenheit baute es Häuschen.

Der Vater schnitt seiner Tochter die Nägel, der Mutter verbot er diese Tätigkeit.

Auf diese Weise kam der Systematiker, dank seinem Sprößling, in den Besitz von Finger- und Zehennägeln in jeder für ihn brauchbaren Länge und Form. Auf diese Weise erhielt er gut hundert Varianten.

Was immer die Tochter mit nach Hause brachte, der Vater nahm ihr alles weg. Das Mädchen verstand das nicht und weinte.

»Laß das Kind doch ein wenig spielen!« sagte die Frau zu ihrem Mann. »Schließlich könntest du deine Habgier mäßigen. Sammeln kann man, für dich ist das Sammeln jedoch zu einer Manie geworden, das darf letzten Endes einfach nicht sein! Laß das Kind herumtollen, man ist nur einmal Kind im Leben.«

Der Vater durfte ihr Zimmer nicht mehr allein betreten.

In ihrer Abwesenheit war ihr Zimmer immer zugesperrt. Das Zimmer des Systematikers war ebenfalls zugesperrt.

Die Frau wußte jedoch, daß ihr Mann sie trotz alledem bestahl.

Sie lebte in der ewigen Angst, ihr Mann könne eindringen und Bonbonpapiere entwenden, Papierschiffchen, unvollständige Kartenspiele, Würfel und ABC-Fibeln stehlen.

Der Mann hoffte, seine Frau würde sich alle Mühe geben, das Fehlende zu ersetzen, weshalb seine Raubzüge der Tochter letzten Endes nicht schaden und ihm sogar zum Vorteil gereichen würden. Neue Gegenstände tauchen auf, die man bei Gelegenheit entwenden könnte.

Der Vater beobachtete, wie die Locken seiner Tochter wuchsen.

Eines Tages, als seine Frau nicht da war, zog der Systematiker die Tochter auf den Schoß, gab ihr eine ramponierte Wachsgans, griff unauffällig nach der Schere und schnitt die Begeisterung seiner Frau ab – eine Kinderlocke. Die zweite verschonte er, sie sollte noch wachsen. Vielleicht würde sich auch die Farbe verändern, sich ein neuer Farbton ergeben.

Als die Frau aus der Schlange vor dem Geschäft heimkehrte, sah sie die Tat und verabscheute ihren Mann.

»So schamlos darf man nicht sein!« schrie sie und brach in Tränen aus. »Wenn du nicht willst, daß wir dich verlassen, wage niemals mehr, sie auch nur mit dem Finger zu berühren, schneide die Haare und Nägel deiner Bekannten ab, meine Tochter aber werde ich dir nicht opfern!«

»Verlaß ihn«, riet ihr eine Freundin, »das ist kein Mensch, sondern ein Krokodil.«

Klawdija aber tat es leid, ihn zu verlassen, Klawdija glaubte, es habe nun ein Ende, daß sich ihr Mann mit gelegentlichen Nachhilfestunden durchschlage, alles würde anders werden. Er wird eine Stelle annehmen, neue Interessen haben, von seiner Arbeit begeistert sein, er wird mit den ihr nur wenig sympathischen

Sammlern von Zündholzschachteln, Rohrstöcken und Pfeifen brechen, vor allem jedoch mit diesem ständig bei ihm herumlungernden Aufkäufer von Schimpfworten.
Ja, der Arzt war eine äußerst unsympathische Person, ein bis auf die Knochen abgefeimter Zyniker. Klein von Gestalt, feist und glotzäugig sammelte er überall Schimpfwörter. Offensichtlich genoß er seine Rolle.
»Was für ein Schimpfwort ich aufgeschnappt habe!« lachte er hocherfreut. »Ja, ich lebe meinem Vergnügen!«
Klawdija wurde nachdenklich.
Indessen zog die Tochter Wäsche aus den unteren Schubladen der Kommode heraus und warf sie auf dem Fußboden umher. Ging zum Herd, klappte ein Buch auf und schaufelte damit die Asche heraus, verstreute Farbstifte und bemalte sich.
Die Mutter schlug die Hände über dem Kopf zusammen:
»Was machst du nur?«
Sie wusch die Tochter und ging mit ihr spazieren.
Sie spazierte mit der Tochter in einer Grünanlage.
Iraida erblickte ein Mädchen mit einem großen, blauen Teddybär aus Berlin.
»Mami, ein Teddy, Mami, ein Teddy!« und riß sich von der Mutter los.
Sie folgten dem Mädchen, der Besitzerin des Gummitiers, rund eine Stunde, ständig den Teddy im Auge.
»Mami, das Pfötchen, Mami, ich will nur sein Pfötchen ein Weilchen halten.«
Die Frau, das Mädchen und der aufgepumpte Teddy setzten sich auf eine Bank. Man schloß Bekanntschaft.
Das Mädchen ließ das andere Mädchen das Teddypfötchen ein Weilchen halten. Die Mütter plauderten miteinander.

ZWEITES KAPITEL

Auf der Suche nach dem Gesang der Nachtigall

Der fünfunddreißigjährige Mann wurde wach. Seine Augen waren geschlossen. Er wußte, wenn er die Augen öffnet, wird er nicht mehr herausfinden können, ob er diese Nacht geträumt hat oder nicht, und den, wenn nicht rechtzeitig beachtet, schnell entschwindenden Traum nicht mehr einfangen. Am Morgen mit geschlossenen Augen liegenzubleiben, hatte er schon gestern beschlossen, da er das Gefühl hatte, daß er ohne seinen Traum nicht mehr leben kann.

Er lag regungslos, in sich versunken, und versuchte angestrengt, sich zu erinnern, konnte sich jedoch an nichts erinnern.

Mittlerweile träumen alle Menschen, nur ist es nicht allen vergönnt, sich ihre Träume zu merken, sie in klar umrissenen Bildern festzuhalten. Habe ich nicht von Äpfeln geträumt? überlegte Lokonow. Habe ich mich nicht als kleinen, apfelklauenden Jungen gesehen?

Lokonow lag mit geschlossenen Augen. Der von ihm geträumte Traum regte ihn auf.

Was hat das alles zu bedeuten, dachte er, was war denn der Anlaß für diesen Traum?

Allmählich tauchte jedoch hinter diesem ein anderer Traum auf. Lokonow begriff, daß er in der Straßenbahn zu einem Rendezvous mit sich selbst fährt und sieht, daß er, Lokonow, auf dem Gehsteig bei der Öffentlichen Bibliothek steht, und aus diesem Traum entstand ein weiterer Traum ...

Wo ist mein wunderschöner Traum, wo ist der Traum meiner Jugend! rief Lokonow fast laut aus und schlug die Augen auf:

Also gut, stehen wir auf und lesen Artemidoros, dachte er ironisch. Nein, nein, lesen wir besser über die Liebe. Oder sollen wir vielleicht »Il Corbaccio« oder »Die Asolanischen Gespräche« von Pietro Bembo oder »Il Cortegiano« von Baldassare

Castiglione oder vielleicht »Bilder der ehelichen Liebe« von Doktor Venetta oder etwa das indische Buch »Kāmasūtra« lesen? Noch besser wäre es allerdings, in eine lebhafte, erhabene, weibliche Gesellschaft zu geraten.
Lokonow erinnerte sich, daß ihn gestern eine Dame, eine Bekannte seiner Mutter, zu ihrer Geburtstagsfeier eingeladen hatte.
Ich sollte hingehen. Sicherlich sind auch junge Leute dort, überlegte er. Liebe Gesichter, herzliche Gespräche. Man muß sich in weibliche Gesellschaft stürzen.
Lokonow machte ausgiebig Toilette.
Unterwegs entdeckte er etwas an seinem Gang, das ihn schokkierte. Mit dem federnden Schritt des jungen Mannes war es vorbei.

Lokonow betrat ein langes Zimmer, das mit sperrigen Möbeln vollgestopft war. Er überflog mit einem Blick das Zimmer: ein Schreibtisch aus Birnbaum, eine altfränkische Kommode, ein Spiegelschrank, das Porträt einer Opernsängerin mit Autogramm.
Es war tüchtig geheizt.
Zwei betagte, birnengestaltige Damen saßen da, ein blutjunges, gertenschlankes Fräulein und ein älterer Ingenieur.
»Ihre Krawatte ist doch aus dem Ausland?« fragte die kurzsichtige, grauhaarige Dame, die sich fünf Jahre zuvor einer Verjüngungskur unterzogen hatte, nach der ersten Begrüßung Lokonow.
Lokonow gab zur Antwort, er trage eine überaus schlichte und keineswegs ausländische Krawatte.
»Vielleicht sind dann Ihre Schuhe aus dem Ausland?« erkundigte sich die Dame. »Stellen Sie sich vor, ich habe eine ganze Truhe mit Schuhen von Trofimow in Paris zurückgelassen. Ich besitze jetzt ausländische Schuhe«, erklärte sie und musterte Lokonows Schuhe, »ich kann sie nur nicht tragen, weil sie mir die Fersen blutig scheuern. Was meinen Sie«, wandte sie sich an

die andere betagte Dame, »soll ich sie jemandem zum Ausdehnen geben, dann könnte ich sie doch ewig tragen, vielleicht fünf Jahre? Nein, was für ein Täschchen Sie haben«, drehte sie sich zu dem blutjungen Mädchen um, »sicher aus dem Ausland«, und ohne die Antwort abzuwarten, fuhr sie fort: »Ich besitze eine himmlische Schreibmappe aus grünem Saffian. Ich weiß nicht, wem ich den Auftrag geben soll. Heutzutage wird überall so grob gearbeitet, das Leder wird verkratzt, und elegante Schnallen gibt es auch nicht, was für ein modisches Täschchen das sein könnte. Neulich«, wandte sie sich dem älteren Ingenieur zu, »war ich im Nikolajewski-Bahnhof. Ich hatte entsetzlich Durst. Wie die essen«, unterbrach sie sich, »jeden Knochen lutschen sie ab und spucken die Kompottkerne mitten auf den Tisch. Ich aber, wissen Sie, bin an so was nicht gewöhnt. Bei uns war die Tafel immer himmlisch gedeckt. Stellen Sie sich einen Tisch vor, übersät von Nelken, Reseden und Rosen. Die armen, armen Blumen, sie welken! Auf die Blumen wurde das Besteck gelegt, Teller, Vorspeisen und Wein gestellt.«

Lokonow fühlte sich in dieser Gesellschaft nicht ganz wohl.

»Ich fahre mit der Straßenbahn«, fuhr die ›Seele der Gesellschaft‹ fort, »da sagt plötzlich ein fremder Herr zu mir: ›Bürgerin, auf Ihrem Hut ist Spucke!‹

Wie sollte Spucke auf meinen Hut geraten? überlegte ich. Dennoch setzte ich den Hut ab. Und was glauben Sie, es war tatsächlich Spucke drauf. Ich mußte sie mit einem Taschentuch wegwischen. Dann stellte ich allerhand Überlegungen an, wie die Spucke auf meinen Hut geraten konnte. Wahrscheinlich hatte sich einer darüber geärgert, daß ich sitze und er stehen muß. Und da hat er gespuckt.«

Lokonow hatte Lust auf etwas Jüngeres. Er setzte sich zu dem gertenschlanken Mädchen, das lebhaft wurde.

»Ich arbeite bei der Elektrosila«, sagte sie. »Bei uns arbeiten viele Ausländer. Und jeder Ausländer hat das Recht, zwei ihm bekannte Damen ins Astoria einzuladen. Eines Tages kommt

nun ein ausländischer Ingenieur auf mich zu: ›Wollen Sie und Ihre Freundin nicht mit mir ins Astoria essen gehen?‹ –
›Ich habe nicht eine, sondern zwei Freundinnen.‹
›Aber, mein liebes Fräulein‹, antwortet er, ›ich darf doch nur zwei Damen mitnehmen.‹
Und da erzählte er mir:
›Die Damen, die uns dorthin begleiten, haben keine Ahnung, wie man ißt. Sie wissen nicht, wann man das Messer zu Hilfe nehmen darf, und daß man grundsätzlich jeden Mißbrauch des Messers vermeiden sollte. Sie zerschneiden, beispielsweise, das Bœuf Stroganow mit dem Messer.‹«
»Jetzt arbeite ich als Schreibkraft«, fuhr das Mädchen zu Lokonow gewandt fort, »ich möchte aber Dolmetscherin werden und Fachleute aus dem Ausland betreuen. Das ist mein Traum. Wie stehen Sie dazu?«
Und wieder donnerte in Lokonows Ohren die Stimme der Gastgeberin, die sich an ihre Pflicht erinnerte, die Gäste zu unterhalten:
»Stellen Sie sich nur vor, was für Geschenke ich gemacht habe. Dem Dienstmädchen, zum Beispiel, habe ich einen Spiegelschrank oder ein Bett geschenkt einfach so, weil es mir nicht mehr gefiel.«
Die Gastgeberin verstummte.
»Denken Sie nur, wie unpraktisch ich bin!«
Lokonow überflog die Gesellschaft mit visionärem Blick. Die Damenstimme hallte wie aus weiter Ferne. Das Mädchen neben ihm auf dem Sofa schien ihm ein unvollständiges Geschöpf, irgend etwas fehlte ihr. Es schien ihm, daß der gesamten Gesellschaft etwas fehlte, daß ihr alles gleichgültig war. Er spürte, daß er inmitten einer seelenlosen, nur die Formen wahrenden, irgendwie platten Gesellschaft saß.
Da trat Julja ein.

DRITTES KAPITEL
Traumhändler und Käufer

Die Großhändler, Zwischenhändler, Spekulanten flitzten hin und her und tauschten das eine gegen das andere mit Eigenprofit in pekuniärer und spirituoser Hinsicht ein.
Natürlich praßten diese Spekulanten nicht unter Palmen in einem Luxushotel, wo die Ausländer abstiegen, dazu reichte ihre Kohle nicht, sie badeten nicht in Marmorbädern und fuhren keine schnellen Autos, sie gaben sich mit einer kleinen Sauferei zu Hause, mit einer Teerunde im Familienkreis zufrieden.
Anfertjew hatte heute Glück: Auf dem Trödelmarkt kaufte er einem Mann, der mit rostigen Feilen, kaputten Schlössern, mit grünspanüberzogenen Knöpfen mit Adler, mit Fürstenkronen sowie Emblemen privilegierter Lehranstalten feilschte, eine klitzekleine Kupferfratze mit einem bis zu den Ohren zähnebleckenden Mund und einer geraden, wie ein Stäbchen vorstehenden Nase ab.
»Was ist denn das für'n Schund?« fragte Anfertjew und tat so, als begriffe er nichts.
»Für Schlüssel«, antwortete der Händler, »ein Haken.«
»Für Schlüssel brauche ich nichts.« »Wäre das ein Nagel mit Kopf, dann könnte ich ein Bild an ihm aufhängen!«
»Und wenn schon, an der Nase kann man auch ein Bild aufhängen ...«
»Das geht eben nicht«, erwiderte Anfertjew, »ich brauche einen Nagel mit einem Bronzekopf, der wie eine Rose aussieht. Haben Sie so etwas?«
»Ich habe keine Nägel. Nehmen Sie das hier, setzen Sie das Gesicht wie einen Kopf auf den Nagel, es muß natürlich mit Kreide geputzt werden, dafür ist es billig.«
»Wieviel wollen Sie?« fragte Anfertjew träge, gleichsam lustlos, und machte Anstalten, weiterzugehen.

»Sie kriegen es für zwanzig Groschen.«
»Zwanzig Groschen sind zuviel, ich zahle zehn.«
Auf diese Weise erwarb Anfertjew auch die Schnalle von einem japanischen Tabakbeutel.
Die Schnalle ist todsicher drei Rubel wert, überlegte der Käufer, als er weiterging, noch drei Rubel Gewinn, und der heutige Tag ist hervorragend gelaufen.
Er blieb stehen und horchte, ob irgendwo gestritten wurde.
Nein, hier am Zaun stritt keiner.
Anfertjew ging zwischen den Buden weiter.
Zwei Schimpfwörter sollte ich noch auftreiben, überlegte der Zwischenhändler, nur zwei Schimpfwörter, dann hätte ich noch einen Rubel in der Tasche. Drei und einer sind immerhin vier. Er ging in die Hocke und wühlte in einem Papierhaufen herum.
»Wieviel nehmen Sie dafür?« fragte er und betrachtete Kinderzeichnungen.
»Na ja, zwei Groschen«, erwiderte ein altes Weib mit versoffenem Gesicht.
»Zwei Groschen ist zuviel«, widersprach Anfertjew, »ich zahle einen halben für drei Blätter, da man die Rückseite benutzen kann.«
»Was bist du so knauserig!« keifte die Alte. »Das ist doch Papier; verkauf ich's als Heringstüte, kriege ich mehr...«
»Einen halben! Willst du's geben, gib's, wenn nicht, dann nicht.«
Anfertjew lächelte.
»Nimm schon, du Geizkragen...«, schimpfte die Frau.
Noch so'n Firlefanz, dachte Anfertjew, na ja, das werd ich auch noch überleben...

In einem schmalen Steinhaus mit Löwenköpfen saßen bei Nacht der Niederländischlehrer und der ehemalige Schauspieler Kusor zusammen, der nun wegen des großen Bedarfs an technischem Personal technischer Zeichner war.

»Haben Sie keine Doppelpfeifchen?« fragte Shulonbin.
»Ein paar, zerbrochene.«
»Wunderbar«, frohlockte Shulonbin. »Mich interessieren zerbrochene Gegenstände mehr als ganze. Ich studiere sie nachts und versuche, sie zu klassifizieren.«
»Haben Sie aber schon mal den Versuch gemacht, Träume zu sammeln?« fragte der technische Zeichner. »Ich habe nämlich einen Bekannten, der Träume sammelt, er besitzt eine beachtliche Traumkollektion. Ein Professor würde viel dafür zahlen! Er hat Träume von Kindern, jungen Mädchen und Greisen.«
»Machen Sie mich mit ihm bekannt«, flehte Shulonbin. Die Hände des Systematikers fingen an zu zittern.
»Gerne«, erwiderte Kusor gönnerhaft, »wenn Sie wollen, gehen wir morgen zu ihm.«
Shulonbin konnte die ganze Nacht nicht schlafen. Er sah sich Träume sammeln, sie in Schachteln verstauen, beschriften, klassifizieren und katalogisieren.

Anfertjew war schon bei Lokonow und verkaufte ihm Träume, die er bei einem Alten aufgeschrieben hatte.
»Der Traum von Iwan Iwanytsch ist phänomenal«, sagte Anfertjew, unter zwei Rubeln gebe ich ihn nicht her. Ich kenne viele Traumliebhaber, und solche Träume begegnen einem nicht häufig.«
»Aber das ist doch schrecklich teuer«, insistierte Lokonow, »soviel Geld für etwas Irreales.«
»Wieso etwas Irreales? Der Traum ist die höhere Realität, im Traum zeigt der Mensch doch sein wahres Gesicht.«
»Sie haben recht«, stimmte Lokonow verlegen zu.
»Meinetwegen ist es auch nicht die Realität, sondern ein Märchen, für Märchen reisen andere allerdings bis ans Ende der Welt und geben Unsummen von Geld aus. Naja, wie Sie wünschen, billiger geht es allemal nicht.«
»Ich gebe Ihnen drei Rubel für alle Träume, die Sie mitgebracht haben«, verkündete Lokonow fest.

»Ich bitte Sie, das ist Diebstahl«, flehte Anfertjew.
Also gut, ich werd schon an etwas anderem verdienen, überlegte er und gab seufzend nach.
»Und jetzt trinken wir ein Täßchen Tee«, schlug Lokonow freundlich vor.
Zum Tee waren auch der technische Zeichner und der Lehrer für Niederländisch gerade rechtzeitig eingetroffen.
»Bald, sehr bald«, rief Anfertjew beim Tee Kusor zu, »werde ich für Sie eine nagelneue Pfeife haben, ich hab sie schon bei einem alten Mann ausfindig gemacht! Muß ihn nur herumkriegen. Ein Andenken, sagt er, darf man nicht verkaufen!«
»Und für Sie habe ich Kinderzeichnungen«, sagte Anfertjew zu Shulonbin. »Und für einen Kunden habe ich ein Silberetui für Finger- und Zehennägel erworben!«
»Zeigen Sie es mir«, bat Shulonbin.
»Ich habe es nicht bei mir«, erwiderte Anfertjew.
Er sah, wie Shulonbins Hände zitterten.
»Es ist ein Museumsstück, das man wie seinen Augapfel hüten muß! Wollen Sie die Kinderzeichnungen sehen?«
Shulonbin hatte keinen Groschen in der Tasche.
»Hier also der Traum eines jungen Mannes. Ein junger Mann mit hervorragender Bildung, und was für einen Traum er geträumt hat. Der Traum ist wahrlich Gold wert. Soll ich ihn denn nun vorlesen?« fragte Anfertjew. »Allerdings unter einer Bedingung: für einen Rubel, nicht weniger, es ist eigentlich kein Traum, sondern ein ganzes Gemälde, ein Horrorbild. Stellen Sie sich also den jungen Mann vor, er sitzt, liest in Büchern, auf seinem Spann aber hat sich so etwas wie ein Hühnerauge gebildet. Er schaute hin und sieht, das ist kein Hühnerauge, sondern ein Auge mit glatten Lidern und Wimpern, nur ohne Pupille. Der junge Mann erschrak, zog den Schuh aus und wollte vorsichtig einen Stiefel anziehen, damit es keiner bemerkte. Während er den Stiefel anzog, versuchte er, das Auge zu öffnen, das Auge wollte jedoch schlafen. Ich habe alles ganz genau und sorgfältig aufgeschrieben, mit vielen Einzelhei-

ten, die Augenfarbe und so weiter, und er ist nicht teuer, nur ein Rubel.«

Anfertjew kippte ein Glas Wodka hinunter.

»Wenn Sie den nicht wollen, biete ich Ihnen einen anderen Traum an.«

Anfertjew kramte in seinen Taschen.

»Ich habe ihn doch nicht etwa verloren? Auf dem Papierfetzen müßte er sein. Nein, auf dem anderen... Es ist kein Traum, sondern ein Horrorstück in fünf Akten. ›Zwei Angestellte und der abgehackte Mädchenkopf.‹ So was könnt ihr nicht einmal im Kino sehen, allenfalls in Kriminalromanen lesen. Ein Buchhalter schläft und träumt, daß alle im Trust schlafen, nur er schläft nicht, wie auch sein Chef. Der Buchhalter sieht, wie sie nett miteinander plaudern. Plötzlich bemerkt er, daß sein Chef mit Entsetzen hochschaut, und da oben ragt aus dem sterilen, opalen Lampenschirm der abgehackte Kopf des Tippfräuleins und lächelt.«

»Alles schön und gut«, erwiderte der Kunde, »nur hätte ich gern ein bißchen poetischere Träume, Horrorträume habe ich zu Hauf, man muß bei allem das Gleichgewicht wahren. Derzeit brauche ich poetische Träume.«

»Wieso haben Sie das nicht früher gesagt«, entgegnete Anfertjew und leerte sein Glas, »letzte Woche haben Sie noch Horrorträume verlangt, und jetzt lehnen Sie sie ab und brauchen andere Träume! Hätte ich das gewußt, hätte ich poetische Träume für Sie besorgt. Obwohl, warten Sie einen Augenblick, es könnte ein poetischer Traum darunter sein. Ach nein«, stellte er bekümmert fest, nachdem er die Papiere überflogen hatte. »Es ist kein poetischer, sondern ein komischer Traum, allerdings in Versen, und gedichtete Träume sind selten.«

Der Kunde zeigte sich interessiert.

»Was für Verse?« fragte er.

»Komische Verse, sie passen nicht«, meinte der Händler.

»Lesen Sie sie trotzdem vor«, verlangte der Kunde hartnäkkig.

Anfertjew las von einem Blatt vor:

Ach da gehen wieder,
Ach da gehen, schau,
Schnauze Nummer sieben,
Fresse Nummer neun.

»Das paßt mir nicht«, sagte der Kunde niedergeschlagen, »zur Zeit brauche ich poetische Träume.«
Lokonow sehnte sich im Augenblick wirklich nach poetischen Träumen, er war in ein Mädchen verliebt und fand keine Gegenliebe. Sie schenkte ihm keine Beachtung. Er wollte sich mit Träumen trösten, eine kleine Anzahl von Liebesträumen kaufen, mit anmutigen Landschaften, Gestaden, mit Berggipfeln, mit einer hohen und tragischen Liebe.
»Gut«, sagte Anfertjew nach kurzem Schweigen. »Ich habe eine Dame, die wunderschöne Träume hat, jede Nacht träumt sie von Tuberosen, von Veranden, Picknicks und Tanzfesten. Allerdings kriegt man sie nur schwer, es wird Kosten machen.«
»Gut, ich kaufe Ihnen die Horrorträume ab«, sagte Lokonow. »Sie trifft keine Schuld, beim letzten Mal wollte ich wirklich nur Horrorträume, ich wollte meine Nerven irgendwie aufpeitschen.«

Kusor und Shulonbin spielten Schach. Sie wußten, daß man Käufer und Verkäufer nicht stören darf, und gaben vor, nichts zu hören und nichts zu sehen und ganz ins Schachspiel vertieft zu sein.
Nachdem Anfertjew weggegangen war, saß der Traumkonsument wieder trübsinnig und grübelnd da. Er selbst hatte die Fähigkeit zu träumen verloren.

Shulonbin und Kusor brachen gemeinsam auf. »Bei Lokonows Mutter«, schwärmte Shulonbin, »sollen sich viele interessante Dinge befinden. Man müßte sie schröpfen ...«

»Das ist mir unangenehm«, erwiderte Kusor, »immerhin ist sie eine gute Bekannte von mir.«
»Ja, natürlich«, stimmte Shulonbin zu und dachte, daß es besser sei, allein zu handeln. »Natürlich, Sie haben recht.«
»Ich habe gehört, daß Sie eine feine Auswahl an Zündholzschachteln besitzen«, meinte Kusor, »die würde ich mir gern mal ansehen. Und jetzt eine Neuigkeit! Es gibt eine Gesellschaft für Sammler von Krimskram aus dem alten und neuen Alltag. Wo sie ihren Sitz hat, weiß ich nicht. Es gibt Gerüchte, daß sie eine beachtliche Kollektion japanischer Zündholzschachteln aufgetan hat. Japanische, mit unseren nicht zu vergleichen, sie erinnern an alte Stiche, Götter mit kreisrunden Gesichtern, langbärtige Geister, Lotusblumen und Phantasielandschaften. Wir sollten Verbindung mit dieser Gesellschaft aufnehmen. Wissen Sie nicht zufällig, wo sich die Gesellschaft befindet? Ein gewisser Ingenieur soll sie gegründet haben, der Kontakte mit Japan, Polen und sogar mit Indochina aufgenommen hat.«
»Nie davon gehört«, erwiderte Shulonbin, »außerdem interessieren mich keine Bildchen auf Zündholzschachteln, mich interessiert etwas ganz anderes.«
»Ja, ja«, meinte Kusor, »Sie interessiert auch nicht der Inhalt von Autographen. Ist es wahr, daß Sie Bleistiftstummel sammeln? Und Bauchnabel? Über Sie kursieren wahre Legenden!«
Shulonbin reckte sich.
»Dennoch ist es Zeit für mich, da ist auch schon mein Haus. Aber wir sollten wohl mit dem Kreis des Ingenieurs Kontakt aufnehmen.«

In der Nacht breitete Shulonbin die Zündholzschachteln aus. Ja, dachte er, ausgerechnet japanische habe ich keine. Und die Klassifikation wird ohne die japanischen nicht vollständig und absolut unverzeihlich sein, da es, wie sich nun herausstellt, in unserer Stadt japanische gibt. Ich muß unbedingt diesen Ingenieur kennenlernen. Anfertjew, dieser räudige Hund, weiß,

daß ich ein Etui für meine Finger- und Zehennägel brauche, und verlangt einen Wucherpreis!
Am Morgen, seine Frau war fortgegangen, stahl Shulonbin die Schuhe seiner Tochter, versteckte sie unter dem Mantel und brachte sie zu Anfertjew.
Anfertjew saß, eine Gurke in der Hand, auf einem Hocker und rauchte.
Die Pantoffeln waren nagelneu.
»Ich würde Ihnen gern das chinesische Etui für Nägel abkaufen«, sagte Shulonbin, »zeigen Sie's mir.«
»Gummischuhe wären mir lieber«, meinte Anfertjew, »Gummischuhe lassen sich leichter verkaufen. Im Handelsgeschäft ist flotter Umsatz gefragt. Solche Pantoffeln werden wohl kaum so schnell gekauft. Nun gut, da Sie sie schon einmal gebracht haben, muß ich sie auch nehmen. Zahlen Sie einen Zwanziger drauf, und das Nageletui gehört Ihnen.«
»Ich habe kein Geld bei mir«, entgegnete Shulonbin.
»Dann wenigstens zwanzig Groschen, ohne Geld geht nichts«, forderte Anfertjew.
Shulonbin wühlte in seinen Taschen und fand fünfzehn Groschen.
»Einen Fünfer bleibe ich Ihnen schuldig«.
Anfertjew schüttelte den Kopf.
Was die Leidenschaft doch nur aus einem Menschen macht, dachte er.
»Ich habe noch ein Anliegen«, sagte Shulonbin. »Kennen Sie vielleicht den Ingenieur, der im Besitz japanischer Zündholzschachteln ist?«
»Nein«, antwortete Anfertjew und zeigte Interesse, »ich versuche, es herauszufinden. Das interessiert mich auch. Wer hat Ihnen von dem Ingenieur erzählt?«
»Eine ganze Gesellschaft soll existieren, und es wäre interessant, Verbindung mit ihr aufzunehmen«, meinte Shulonbin.
Also gut, dachte Anfertjew, wir werden uns erkundigen.

Gleich nach Shulonbin ging Anfertjew hinaus. Pantoffel auf Pantoffel schlagend lief er die Straßen entlang zum Markt. Dort angekommen, schrie er:
»Kinderschuhe, wer braucht Kinderschuhe, nur herbei!«
Anfertjew hatte schwarzes Haar, schielte und war dunkel wie ein Zigeuner. Seine Mutter, eine Französin, hatte einst an einer italienischen Oper gesungen. Anfertjew behauptete, seine Mutter sei die Nichte von Gustave Doré. Anfertjews Vater war Rechtsanwalt gewesen. Allerlei Umstände hatten Anfertjew dazu gebracht, Säufer zu werden. Jetzt war er mit seinem Schicksal versöhnt, lebte fröhlich vor sich hin, und sonntags fuhr er mit Mädchen auf die Inseln.
Im Grünen leerten sie eine Flasche Wein oder ein Dutzend und genossen das Nichtstun in der lieben Sonne unter Akaziensträuchern, unter einer Birke, Föhre oder Tanne.
Hätte Anfertjew nicht getrunken, hätte er gut verdient, doch der Wein stürzte ihn ins Verderben. Verdient er mal an einem Tag zwanzig Rubel, trinkt er drei Tage lang, säuft bis zur Besinnungslosigkeit, trinkt so lange, bis er umfällt. Geplündert und fast nackt erwacht er irgendwo am Rande der Stadt oder am Obwodnyj-Kanal, auch beim ehemaligen Narwa-Stadttor oder im Wyborgschen Bezirk und lacht.
Wie bin ich nur hierhergeraten, und wenn mich Gott erschlägt, ich erinnere mich nicht daran. Diese Aasgeier haben mich mal wieder geplündert.
Er schnorrt bei seinen Kunden Geld für ein Glas gegen den Kater und geht wieder handeln. In seinem Zimmer stand nichts außer einem Hocker und dem Bett, nur eine Fotografie von Warenka Jermilowa in der Uniform der Theaterschule hing an der Wand, die ihm Wassilij Wassiljewitsch Jermilow geschenkt hatte.
Wassilij Wassiljewitsch liebte Anfertjew geradezu, der ihm einen Stich besorgt hatte, auf dem die Taglioni »La Sylphide« tanzte.

Anfertjew trug allerlei Plunder aus der Welt des Balletts zu Jermilow, er versprach sogar, ihm den Ballettschuh Taglionis zu verschaffen, den ein alter Mann verwahrt hielt.

»He, du Ausgepeitschter«, gröhlte und lachte es. »Wen hast du heute geprellt?«

Anfertjew blieb überrascht stehen. Er hatte die Stimme des Händlers mit den zerfetzten Gummischuhen erkannt. Alle Händler und Händlerinnen schienen die Ohren zu spitzen.

Als er spürte, daß sie ihn angafften und sein Widersacher gleich alles erzählen und ihn anschwärzen würde und ihn diese widerliche Gesellschaft sogar verspotten würde, tauchte er, ohne sich umzudrehen, in der Menge von Straßenhändlern unter.

Seine Geschäftslaune war dahin.

Obwohl er morgens schon einen gegen seinen Kater getrunken hatte, zog es schon wieder in ihm.

Lächelnd schlenderte er über den Markt und erinnerte sich daran, wie ihn die Roten gewaltsam rekrutiert hatten, die Weißen ihn gefangennahmen und auspeitschten, weil er als Offizier bei den Roten gedient hatte, wie ihn die Roten nach dem Sieg fast erschossen hatten, weil er Dolmetscher bei den Weißen war, wie die Engländer sich aus dem Staub machten und ihn seinem Schicksal überließen, wie er schließlich das Leben in Freiheit liebgewann, das eigentlich, wie er empfand, nicht im geringsten frei war.

Nachdem er die Kinderschuhe verkauft hatte, zählte Anfertjew sein Geld und überließ sich wieder dem Trunk. Durch die Straßen schlendernd, sang er aus voller Kehle:

> Irrwitzige Nächte, fröhliche Nächte,
> An Wohlgerüchen überreich,
> Am Himmel blitzt ein Stern allein,
> Dein Liebkosen wundergleich.

Er blieb stehen und brummelte: »Was ist's mir langweilig, langweilig.« Er setzte sich auf die Stufen unterhalb der Arka-

den des Alexandermarkts, überzeugte sich von irgendwas, trank Wodka und aß eine getrocknete Salzplötze dazu.
Nachdem er eine flotte Zeit mit für ihn erschwinglichen Frauen auf den Inseln verbracht hatte, stand Anfertjew wiederum ohne eine Kopeke da. Er hatte rasende Kopfschmerzen, sein Herz schlug träge, er mußte sich unbedingt einen Rausch antrinken.
Mit knapper Not schleppte er sich bis zur Hauptstraße, zog seine zerrissene Jacke aus, breitete sie mit der Sorgfalt des Betrunkenen auf dem Gehsteig aus, kniete nieder, legte seine graue, riesige Plüsch-Schirmmütze vor sich hin und kauerte wie versteinert mit bloßem Haupt. So kniete er ziemlich lange. Allmählich sammelte sich ein gewisses Kapital in seiner Mütze an. Anfertjew beobachtete, wie sein Kapital zunahm und rechnete im Kopf nach, ob es bald für eine Flasche reichen würde. Von Zeit zu Zeit fischte er unauffällig ein paar Silber- und Kupfermünzen heraus und steckte sie ein, den Rest ließ er als Köder liegen. Schließlich erhob er sich, setzte die Mütze auf, zog die Jacke an und ging in einen Genossenschaftsladen.
Noch im Eingang kippte er das nötige Achtel.
»Alles in Ordnung«, sagte er.
Es ging ihm besser, fast war er frohgestimmt. Um die Geschäfte aufzunehmen, war es jedoch noch zu früh. Sein Kapital war ziemlich geschmolzen. Anfertjew sank neben dem Wasserleitungsrohr in die Knie und dachte über seine Geschäfte nach.
Im Augenblick braucht Lokonow poetische Träume, überlegte Anfertjew, mit der Zeit könnten ihm aber phantasmagorische Träume dienlich sein, wenn sich seine Liebe als erfolglos herausstellt, von Gebirgen, Abgründen, lebensgefährlichen Brükken, mit ungeahnten, grellweißen Städten. Danach wird er vielleicht Träume vom Weltkrieg, politische Träume, von der Revolution und vom Fünfjahresplan brauchen, jetzt allerdings benötigt er poetische Träume, Träume von der erhabenen Liebe.

Der Säufer wollte dem jungen Mann helfen. Anfertjew erinnerte sich an seine Jugend, und es wurde ihm so traurig zumute, daß er sich eine Träne wegwischte und an etwas anderes dachte: Ein Mädchen träumt und glaubt, sie sei eine Straßenbahn, sie fährt und klingelt, ist frohgemut, weil sie spürt, daß viele Menschen in ihr sind. Ein hübscher Traum, ein sehr hübscher Traum, dachte Anfertjew, vielleicht war das gute Kind schwanger und hat darunter gelitten, der Traum aber hat ihr Linderung gebracht.
Passanten warfen Kupfergeld in Anfertjews Mütze.

Am Abend ging der Lehrer für Niederländisch die Kabinetskaja-Straße entlang. An einer Ecke entdeckte er die kniende Gestalt. Die kniende Gestalt verneigte sich vor den Passanten und murmelte etwas. Der Systematiker kam näher, um die Worte zu verstehen. Der kniende Anfertjew murmelte und verneigte sich, verneigte sich und murmelte:
»Helfen Sie einem enteigneten Kulaken.«
Als Anfertjew Shulonbin bemerkte, brach er das Gemurmel ab, stand auf und verschwand im Nebel.
Zu Hause eingetroffen, zählte er seine Kopeken und konnte einfach nicht verstehen, wieso Menschen Not leiden können. Hat er, zum Beispiel, kein Geld, sinkt er auf die Knie, nimmt die Mütze ab, streckt die Hand aus, und sie geben. Etwa vier Stunden kniet man so und kassiert.
Hin und wieder ging Anfertjew anders vor, denn er liebte die Abwechslung.
Man kann auch auf andere Weise Geld verdienen, man stellt sich auf den Markt und fängt an zu singen. Auf dem Markt muß man keine gute Stimme haben. Dennoch geben sie Almosen.

Der Privathändler studierte seine Kunden, erriet ihre Bedürfnisse, erweiterte unablässig das Sortiment seiner Waren, eröffnete beständig neue imaginäre Läden. Das glich einem Hasardspiel. Doch der Handel faszinierte den schielenden Mann.

»Ich habe heute ein neues Geschäft eröffnet«, sagte Anfertjew zu Lokonow, »mit einem großen Angebot an Gassenhauern, sollten Sie hören, daß einer Ihrer Bekannten Verwendung dafür hat, bitte ich Sie, mich weiterzuempfehlen.«
»Die braucht doch keiner«, erwiderte Lokonow.
»Und ich weiß, daß viele junge Leute diese Lieder laut vorlesen, um eine Gesellschaft zu unterhalten. Das ist ein einfaches Mittel, als amüsanter Mensch zu gelten, und irgendwie feiner, als Witze zu erzählen. Ich bin sicher, daß diese Ware geht«, entgegnete Anfertjew.
»Gut«, gab der Kunde zur Antwort, »ich denke daran, ich merke es mir.«
»Vielleicht kann sie jemand auch für einen Bericht gebrauchen«, fügte Anfertjew hinzu.
»Gut, ich merke es mir«, beteuerte der Kunde, bedeckte das Gesicht mit den Händen und trat ans Fenster.
Anfertjew fiel auf, daß sein Kunde verstimmt war.
»Haben Sie jemals geliebt, Anfertjew?« fragte Lokonow und drehte sich um.
Anfertjew begriff, daß sich Lokonow überhaupt nicht dafür interessierte, ob er, Anfertjew, jemals geliebt hatte oder nicht, sondern daß es sich einfach um eine Gemütsbewegung handelte.
Der Händler überlegte, welche Bedürfnisse wohl nun in seinem Kunden entstehen würden.
Nach Träumen steht ihm jetzt nicht der Sinn, dachte er.
Seinen Kunden wollte Anfertjew jedoch nicht verlieren.

VIERTES KAPITEL
Das grüne Haus

Lokonow folgte seiner Liebe aus der Ferne. Sie ging am Arm eines ihm unbekannten Mannes. Man sah deutlich, wie sie einträchtig im Gleichschritt liefen. Lokonow spürte, daß sie wie ein eiliges, jungvermähltes Paar gingen, das sich an allem erfreute, und er schaffte es nicht, sich loszureißen, und lief hinterher. Lokonow folgte ihnen auf dem Fuß voller Zweifel und beschimpfte sich aufs wüsteste wegen seiner überreichen Phantasie. Er ballte die Fäuste und war böse auf sich, weil er hinter ihnen herlief, doch stehenzubleiben, dazu fehlte ihm der Wille.
Das ist unanständig, beschwor er sich. Ich bin doch kein Geisteskranker, kein Wahnsinniger, daß ich ein Mädchen verfolge, das nichts mit mir zu tun haben will. Ich muß sie in Ruhe lassen.
Dennoch ging er unaufhaltsam dem eiligen, fröhlich schwatzenden, vergnügten Paar hinterher. Sein Rivale war jung und erzählte offensichtlich etwas Interessantes, denn Lokonows Liebe lachte. Sie blieben vor den Auslagen stehen und plauderten, während sie die Waren betrachteten.
Sie erzählen sich Witze, folgerte Lokonow wehmütig.
Es berührte ihn unangenehm, daß seine Liebe mit einem anderen fröhlich war.
Schließlich verschwand das Pärchen in der Toreinfahrt eines Hauses.
Lokonow sah, wie der Unbekannte ihr den Vortritt ließ und dann folgte.
Lokonow blieb stehen, ging bis zur Ecke und wartete.
Er wartete lang, bis ihm die Füße wehtaten, doch das Pärchen erschien nicht.
Um die Zeit irgendwie totzuschlagen, fing Lokonow an zu zählen. Er zählte bis tausend, wobei er gegen Ende hin immer

längere und längere Pausen machte, doch die Verschwundenen zeigten sich nicht.
Eine Weile um die andere stand Lokonow und nahm sich vor, bis zehntausend zu zählen.
Er hatte das Zählen satt, sie tauchten aber noch immer nicht auf. Der Hauswart schloß das Tor ab, und Lokonow fing wieder an zu zählen.
Das Haus war irgendwie seltsam, grün, der Putz war abgeblättert, Figuren ragten auf die Straße hinaus, es hatte einen prächtigen Aufgang, freischwebende kleine Balkons, erstaunlich schmale Fenster, ein ungewöhnliches Runddach und Gaslaternen auf gewundenen Stielen.
Das Haus stand eingezwängt zwischen mehrstöckigen Häusern, die keinen architektonischen Stil zeigten, einfach aufgestockt waren, der Putz war auch hier abgebröckelt. Die unteren Etagen dieser Häuser waren zu Beginn des vergangenen Jahrhunderts entstanden, die oberen wurden daraufgesetzt, je nachdem, wie der Wohlstand der Eigentümer zunahm, oder wenn sie in andere Hände übergingen.
Die Gasse war eng, auch wenn sie sich im Stadtzentrum befand, vernachlässigt, die Gehsteige waren sehr schmal und in schlechtem Zustand.
Lokonow studierte eigentlich gerne die Architektur von Häusern, doch ein ähnliches Haus war ihm auf seinen häufigen und einsamen Wanderungen nie begegnet.
Das Haus wurde weder in dem Buch von Kurbatow noch in den eleganten, vorrevolutionären Ausgaben erwähnt. Nicht einmal in den nachrevolutionären Ausgaben fand es sich. Es gehörte einer von allen verachteten architektonischen Epoche an, die noch nicht lang genug zurücklag, weshalb man ihr nicht gleichgültig gegenüberstand. Es war ein Gebäude aus der Zeit der Mietshäuser, als man den Hausbau für eine äußerst einträgliche Kapitalanlage hielt, als Notare, Lakaien und Kellner Geld horteten, in der Hoffnung, ein Haus zu bauen und auf diese Weise ihren Wohlstand zu sichern und reich zu werden. Das

mit Zierat überladene dreistöckige Haus wirkte wie eine wilde Phantasie, und es war höchst seltsam, daß es ausgerechnet hier, in einer Gasse mit Mietshäusern, stand.
Auf diese Weise grübelte Lokonow, ohne es zu bemerken.
Wie spät könnte es sein? überlegte Lokonow und begann wieder zu zählen.
Auf der breiten Straße, die von der Gasse aus zu sehen war, verschwanden die letzten Fußgänger, das Geklingel der Straßenbahn verstummte.
Lokonow erlöste sein Gehirn von den Zahlen. Er begriff, daß er unbedingt weggehen müsse, dieses Herumstehen war unanständig, und es erniedrigte ihn. Endlich fand er genügend Willenskraft, machte kehrt und ging weg. In diesem Augenblick quietschte das Tor. Lokonow fühlte sein Herz schneller klopfen. Er drehte sich um. Durch das Tor kam langsam das Pärchen heraus. Als Lokonow sah, daß er sich nirgends verstecken konnte, erstarrte er zur Salzsäule. Es schien ihm, als habe ihn seine Liebe erkannt und beschleunigte ihre Schritte. Lokonow wollte hinterherlaufen und ihr erklären, daß er zufällig hierher geraten sei, nicht daran gedacht habe, sie zu verfolgen, und daß es ein äußerst trauriges Mißverständnis sei, doch es war ihm klar, sie würde ihm keinen Glauben schenken.
Der Mann, der sich diese Schmach angetan hatte, sehnte sich nach Träumen. Am nächsten Morgen ging er zu Anfertjew, doch der Krämer war zu der Zeit nicht zu Hause. Lokonow wollte schon fortgehen, als er auf Anfertjew stieß, der mit einem Rausch zurückkehrte. Erhabene Ideen hatten Anfertjew übermannt, er träumte davon, Lieferant für eine staatliche Institution zu werden.
»Es gibt doch ein Institut für Gehirnforschung«, sagte Anfertjew, hocherfreut, daß er einen Gesprächspartner gefunden hatte. »Das braucht bestimmt Träume, wie soll ich aber mit ihm Verbindung aufnehmen? Das habe ich nicht bedacht.«
Der Treppenabsatz war schmal, Anfertjew hatte eine Fahne

und stank widerlich nach Gemüsesalat. Lokonow konnte nirgendwohin entkommen.
»Ob eine staatliche Institution wohl Träume bei mir kaufen wird? Übrigens ist meine Ware kostbar, Ihnen muß ich das nicht sagen. Wenn uns doch Träume aus der Zeit der französischen Revolution überliefert wären, Träume von Babeuf-Anhängern, Jakobinern, Träume aus den Tagen des Direktoriums und der Pariser Commune, was wäre das für ein kostbarer Beitrag zur Alltagsgeschichte der Revolutionen! würde ich sagen. ›Ich verstehe Sie‹«, Anfertjew fuchtelte betrunken mit den Armen und beugte sich vor, »würde mir der Direktor antworten, – ›nur sind solche Ausgaben nicht als Kosten vorgesehen. Der Abschluß solch eines Geschäfts mit einer Privatperson müßte den Kontrollorganen wie ein Traum vorkommen. Doch, unter uns gesagt, Ihr Angebot erscheint mir hochwertig. Natürlich rate ich Ihnen davon ab, das Projekt als Handelsgeschäft vorzuschlagen, sie sollten einfach Ihre Dienste als Traumsammler anbieten, dann können wir vielleicht ein monatliches Entgelt für Sie herausschlagen oder anstandshalber einen Posten erfinden. Bleiben Sie in jedem Fall mit uns in Kontakt.‹«
Anfertjew hielt Lokonow an einem Knopf fest und ließ ihn nicht los. Er wollte sich unterhalten und seine Zweifel äußern.
»Womöglich bieten sie mir nicht einmal das an? Das ist doch schon möglich? – ›Wir haben genügend Anwärter‹, werden sie sagen. – ›Das ist es doch nicht‹, werde ich erfolglos einwenden. – Wohin wollen Sie?« fragte Anfertjew Lokonow.
»Ich begleite Sie«, holte Anfertjew Lokonow ein, der forteilte. »Wohin des Wegs?«
»Ich will ein Weilchen im Garten sitzen.«
»Setzen wir uns zusammen«, schlug Anfertjew vor, »ich habe poetische Träume für Sie eingekauft.«
Lokonow schwieg. Im Augenblick war ihm nicht sehr nach Träumen. Es war ihm nur so vorgekommen, als habe er Anfertjew wegen der Träume aufgesucht.

In der Anlage saß der Statistiker Sawitkow, ehemals Lehrer für Bildhauerei, er rauchte und langweilte sich nach einem Streit mit seiner Schwiegermutter.
Lokonow wollte vorbeischlüpfen, Anfertjew ging jedoch auf Sawitkow zu. Also mußte auch Lokonow ihn begrüßen.
»Ich habe folgenden Traum gehabt«, sagte Sawitkow zu Lokonow. »Ich stehe auf einer Brücke, ringsum Sonne. Von vorn und von allen Seiten kommen Flugzeuge angeflogen, die wie Goldfische aussehen. Die Luft ist voll von ihnen. Alle Flugzeuge verschwinden, nur ein Goldfisch bleibt zurück. Der Motor ist kaputt. Er liegt auf der Brücke und hält den Verkehr auf. Reißt das Maul auf wie ein Fisch, der verendet. Aus seinem Maul kriecht ein splitternacktes Mädchen, hängt sich bei mir ein und sagt:
›Ich habe eine Karte für ›Ruslan und Ljudmila‹.‹
Hier riß der Traum ab und ich weiß nicht, wie es weiterging«, fuhr Sawitkow fort. »Wieder stehe ich da, und abermals fliegen Fische herum. Hier muß doch der Fisch sein, in dem das Mädchen ist, beschließe ich. Wieder landet ein Fisch, ich laufe hin, weil ich glaube, das Mädchen ist drin, da stürzt noch ein Flugzeug ab. Ich renne hin, glaube, hier ist sie drin. Ein Flugzeug nach dem anderen stürzt ab. Ich laufe von einem zum anderen.«
Sawitkows Erzählung unterbrach eine uralte Kinderfrau, die auch hier saß und auf ein Kind aufpaßte.
»Was du nur für Träume hast, mein Liebling«, sagte sie, »das ist doch kein Traum, sondern eine Schande. Jetzt erzähl ich dir mal einen Traum, einen wunderschönen Traum. Mein Sohn ist doch im Krieg gefallen. Also ging ich in die Wladimir-Kirche und betete zu Nikolaj, dem Wundertäter. ›Sag doch, Wundertäter Nikolaj‹, sag ich zu ihm, ›wo ist mein Sohn?‹
In der Nacht kam mein Sohn zu mir und sagte:
›Ich lebe weit weg von hier.‹
›Sag mir, bist du lebendig oder tot?‹ frage ich.
›Meinen Körper haben sie mit der Kugel getötet, die Seele aber lebt. Wir sind alle hier lebendig, es gibt keine Toten.‹

Was war er dünn, abgemagert.
›Was ißt du denn, wie geht es dir?‹ frage ich.
›Ich bin satt …‹
Er winkte und lief davon.«
Ach du, dachte Anfertjew, den hätt ich verkauft. Macht nichts, ich werde die Alte schon noch schröpfen.
Die Kinderfrau nahm das Mädchen und wollte gehen.
»Träumst du oft, Oma?« fragte Anfertjew und lief neben der Alten her.
»Ich träume fast jeden Tag, mein Lieber. Ich habe schöne, sehr schöne Träume!«
»Die mußte mir erzählen, Oma. Warum hast du sie auf der Bank vor allen erzählt. Die geben dir nichts dafür, ich aber zahle dir für jeden Traum einen Fünfer. Ich kaufe dir alle ab.«
Die Bäume rauschten.
Anfertjew, die Kinderfrau und das Mädchen im Steppmantel waren schon jenseits der Eisenpforte. Sie gingen am Palast des Großfürsten Michail vorüber.
»Kann man denn Träume verkaufen?«
»Warum denn nicht, wenn man einen Käufer hat«, antwortete Anfertjew.
»Und wozu brauchst du diese Träume«, fragte die Alte, »du verkaufst sie wohl für teures Geld weiter? Von so einem Handel habe ich noch nie was gehört.«
»Wer weiß, Oma, du wirst mancherlei noch nicht gehört haben«, erwiderte Anfertjew. »Der Traum ist eine Ware wie alles andere auch, man muß nur einen Käufer dafür finden!«
»Laß mich in Frieden!« sagte die Alte.

»Ich wette, Sie wissen nicht, wer Shulonbin ist«, hielt Sawitkow Lokonow auf. »Hat er Ihnen etwa gesagt, daß er der neue Casanova ist? Schon als Gymnasiast war er in Ägypten und Indien, sein Vater war seinerzeit der berühmte Direktor der Aktiengesellschaft Samochod. Das Taschengeld, das ihm seine

Eltern gaben, verbrauchte er nicht für Süßigkeiten, Zinnsoldaten und in Lichtspielhäusern, sondern er sparte und nähte es in dafür bestimmte Säckchen ein. Mit sechzehn besaß er schon an die fünfzehntausend Goldrubel. Las Abenteuerromane über Schatzgräber und wollte Seeräuber werden, manchmal wikkelte er sich ein Handtuch um den Kopf und stand vor dem Spiegel, ob er wohl Ähnlichkeit mit einem König der Meere habe. In Sestrorezk träumte er von unbewohnten Inseln, wo er seine Beute verstecken könnte, von der Rettung edler Spanier und deren ritterlicher Gesellschaft. Später faszinierte ihn die Französische Revolution. ›Das kann auch bei uns noch passieren‹, sagte er einmal zu mir und kratzte mit noch größerer Besessenheit Gold zusammen. ›Meine Eltern werden verarmen‹, prophezeite er, ›ich aber werde reich sein und in der Lage, weiß der Teufel, was für kostbare Dinge spottbillig aufzukaufen, und nach der Restauration des alten Regimes werde ich diese Wertbestände wieder gegen Gold eintauschen und ein sehr reicher Mann sein ...‹ Schon als kleiner Junge las er Handbücher für Raritätensammler, besuchte Museen in Begleitung der englischen Gouvernante, um beim Ankauf keine Fehler zu begehen. Er studierte Kameen, Majolikageschirr, Porzellan, Medaillen, Münzen und Bilder. Er besuchte Auktionen, bereitete sich auf seinen Beruf vor. Ungeduldig erwartete er den Ausbruch der Revolution.

›Es muß eine Revolution ausbrechen‹, sagte er, ›das ist sonnenklar. Es ist genug, Europa hat hundert Jahre lang ruhig vor sich her gelebt, das reicht. Der vierte Stand steigt in den Ring. Keiner weiß, warum diese Leute wie Tiere leben müssen.‹ Im Gymnasium hielt man ihn für einen Roten. Er wurde ein hervorragender Kenner der Französischen Revolution und vertiefte sich in das Studium der Ökonomie. Mit siebzehn Jahren pfiff er auf die Ersparnisse seiner Kindheit. Er verschleuderte sein Gold. Bändelte mit französischen Fotomodellen und Kinokassiererinnen an, fuhr in noblen Kutschen, trug die Studentenuniform, ohne Student zu sein, verwöhnte alle mit

Weißwein und gab sich für einen Grafen aus. Er war Stammgast im Luna-Park und liebte den Ringkampf.«
»Und wieso ist er so heruntergekommen?« warf Lokonow aus Höflichkeit ein.
»Wahrscheinlich ist er übergeschnappt«, erwiderte Sawitkow, »vielleicht hat er sich auch einfach gehenlassen.«

Schlechtgelaunt kehrte Anfertjew heim, der Versuch, eine Hausangestellte zu dingen, war mißglückt.

Es wurde immer dunkler. Das Mädchen schaltete das elektrische Licht an. Lokonow war mehr als ärmlich gekleidet. Mit zärtlichster Sorgfalt schonte er seinen offensichtlich ins Stadium der Unbrauchbarkeit gelangten Anzug. Wie eine zerbrechliche Kostbarkeit behandelte er seine geflickten und stark abgewetzten Hosen. Sorgfältig vermied Lokonow abrupte Bewegungen.

Lokonow hatte vergeblich versucht, das Gespräch auf das grüne Haus und den jungen Mann zu bringen.
Von den Fenstern aus eröffnete sich der Ausblick auf den Mond, die Sterne, die Wellen der Dächer und den Wald von Funkmasten. Unten zog sich eine menschenleere Gasse hin und mündete in eine Straße ein, die früher ein Kanal war. Weiter hinten stand ein riesiges Gebäude, das Haus der Kultur, auf das ein Lenindenkmal hinwies. Hinter Lenin war ein Stadtpark angelegt. Hinter der Anlage erhob sich eine Fabrik, in der Fertiggerichte produziert wurden, rechts davon lag eine kürzlich fertiggestellte Arbeitersiedlung, links ein unscheinbares Dorf.
Anscheinend hat sie in jener Nacht damals gar nicht bemerkt, daß ich ihr gefolgt bin, sonst wäre sie nicht so friedlich, überlegte Lokonow. Sollte ich den gordischen Knoten nicht auf der

Stelle zerschlagen und so beginnen: Kennen Sie das geschmackloseste aller Bauwerke von Leningrad, grün, mit einem blauen Tor, im idiotischen Stil des zweiten Imperiums gebaut und verschnörkelt wie eine Sahnetorte... Doch nähme die Bekanntschaft dann ein jähes Ende. Julenka würde sich sofort erheben und ihm entrüstet die Tür weisen... Nein, unmöglich, erneut Finsternis und ein Leben ohne Ziel. Dann schon lieber Ungewißheit... Oder sie sagt plötzlich: ›Dort wohnt mein Bräutigam‹, oder etwas noch viel Gräßlicheres; die Jugend ist ja vertrauensselig und nimmt kein Blatt vor den Mund.

Lokonow war schon fünfunddreißig Jahre alt und hatte die erste Liebe noch nicht erfahren. Er besaß keine Erinnerungen an das erste Rendezvous, an ein Leben lang unvergeßliche Spaziergänge, an Unruhe, gegenseitige Geschenke, an plötzliche Begeisterungsausbrüche bei den einfachsten, mit der allergewöhnlichsten Stimme ausgesprochenen Worten. Dem Verliebten erscheint alles vielsagend und vielsinnig. Tausend Bedeutungen strahlen aus den Worten, die Natur wird üppig und bedeutungsvoll. Sonnenaufgänge und Sonnenuntergänge, die bis dahin albern waren und danach von neuem albern werden, bereiten unsägliche Wonne. Die Außenwelt wird plastisch.

Lokonow grauste es davor, die sich ihm offenbarende Welt zu verlieren. Wie ein achtzehnjähriger Verliebter wollte er Julja um eine Locke zur Erinnerung bitten, ihr in die Augen sehen, ihre Hände nehmen und die Innenflächen küssen, er hatte das Verlangen, von ihr über den Kopf gestrichen zu werden, doch da fiel ihm ein, daß er fast schon eine Glatze hatte. Er sah sich mit fremdem Blick, sein Herz krampfte sich zusammen. Er stand auf, nahm Juljas Hand und küßte sie zärtlich.

»Wohin wollen Sie? Was macht Ihre Arbeit?« fragte Julja schon in der Tür.

»Nichts Besonderes«, gab Lokonow zur Antwort.

Lokonow lebte, obwohl er die Fünfunddreißig schon überschritten hatte, wie ein Minderjähriger auf Kosten seiner Mutter, die Krankenschwester war. Da er wußte, daß dies nicht ganz in Ordnung war, erzählte er seinen Bekannten, er sei Spediteur und die Arbeit insofern gut, da er sich, wann immer es ihm beliebe, frei nehmen könne. Abends war er recht häufig nicht zu Hause und sagte, er ginge zu einer Sitzung oder auf eine Versammlung.

»Wohin gehst du, mein Sohn«, fragt die Mutter.

»Zu einer Sitzung.«

»Gib acht, daß du nicht zu spät nach Hause kommst«, redet ihm die Mutter zu.

»Die Sitzung ist sehr wichtig, ich komme spät heim«, entgegnet Lokonow fest.

Doch sobald er draußen auf der Straße war und die Nummern der Straßenbahn betrachtete, wurde er nachdenklich.

Nein, es bringt nichts, zu Kusor zu fahren, überlegte er, ich fahr lieber zu Shulonbin. Da kommt schon die Achtzehn, auf die Dreiundzwanzig müßte ich ewig warten.

Statt in die Dreiundzwanzig einzusteigen und, wie verabredet, zu Kusor zu fahren, stieg er in die Achtzehn und fuhr in die entgegengesetzte Richtung. Die Mutter erzählte mittlerweile einer Bekannten, die auf einen Plausch vorbeigekommen war, wie beschäftigt ihr Sohn sei. Sie war zufrieden, daß ihr geliebter Sohn ihren gesamten Lohn für sich ausgab, für Theater, Kino und Konzerte. Die Besucherin mit der Turmfrisur nickte verständnisvoll und kaute mit ihrem künstlichen Gebiß Luft.

»Ihnen geht es doch im großen und ganzen recht gut«, meinte die Besucherin, »andere leben schlechter.«

Der Krieg war vorbei und Lokonows Mutter blieb Krankenschwester. Wie früher fand sie, daß ihr das weiße Kopftuch ungeheuer gut stand. Wie früher konnte man Marja Lwowna bei Frost und Hitze rüstig mit diesem Kopftuch die Straße entlangschreiten, Schlange stehen und tratschen sehen. Was machte es schon, daß sie mittlerweile stark kurzsichtig und schwerhörig war, schließlich glaubte sie, sie spreche mit englischem Akzent. Daß die Leute, an denen alles englisch war, verschwunden waren, weckte in Marja Lwowna eine vage Schwermut, als sei alles Schöne aus dem Leben verschwunden. Sie erinnerte sich an tadellos gezogene Scheitel, an funkelnagelneue Militärröcke, an den süßlichen Duft von englischem Pfeifentabak.

Bald kam die Neujahrsnacht.

Um die Neujahrsnacht wie alle anderen zu feiern, schleppte die hochbetagte Krankenschwester ein riesiges Bild mit Goldrahmen, auf dem sich grüne Vergißmeinnicht rankten, in einen Gebrauchtwarenladen. Dieses Bild liebte die Krankenschwester über alles und trennte sich nur schweren Herzens davon. Eine kräftige Frau mit einem Kranz roter Rosen, in den Armen roter Mohn, schreitet am Meeresufer, gefolgt von einem langen Zug Männer, die mit Ketten aneinandergeschmiedet sind.

Lokonow traf seine Liebe nicht zu Hause an. Er wurde traurig. Es schien ihm, als habe sich seine Vorahnung bewahrheitet, zweifelsohne war sie wieder in das grüne Haus gegangen.

Er trat vor das Haus, in dem seine Liebe wohnte, blieb bei dem Aufgang stehen. Wo sollte er nun hingehen. Sein Herz war leer, mußte mit irgend etwas gefüllt werden. Er sah sich aufmerksam in der Straße um.

Das Haus, neben dem er haltgemacht hatte, befand sich nicht weit von einem grell angestrichenen Bahnhof. Die hellblauen, pavillonartigen Vorbauten stachen ins Auge. Lokonow beschloß, die Stadt zu besichtigen. In selbstbetrügerischer Absicht ging er den Prospekt zum 25. Oktober hinunter, er wollte in die Stadt eintauchen. Absichtlich blieb er vor einzelnen Häusern stehen, studierte, wie sie angestrichen waren, und versuchte, daraus allgemeine Schlüsse zu ziehen, was ihm jedoch nicht gelang.

Als er den Prospekt zum 25. Oktober überquerte, wurde ihm

klar, daß er allemal, wie zielstrebig er sich auch von dem grünen Haus mit den Figuren fortscheuchte, zu ihm gehen würde, daß er sich allemal vor diesem Haus heute einfinden würde, das ihn so sehr interessierte, und daß er den Verdacht, seine Liebe wäre genau dort, niemals loswerden könnte.
Und tatsächlich, als er, von seiner Leidenschaft überwältigt, auf das grüne Haus zuging, kam seine Liebe, leicht schwankend wie im Rausch, mit einem Päckchen unter dem Arm zum Tor hinaus. Erschüttert versteckte sich Lokonow rasch. In seiner Phantasie sah er ein kostbar eingerichtetes Zimmer mit einem wunderschönen Diwan. Ein edler Teppich bedeckte den Boden des Zimmers, gerahmte Stiche von Watteau oder Moreau schmückten die Wände mit der mattschimmernden Tapete. Auf dem Tisch funkelten Wein und bunte Vorspeisen.
Jetzt stand der junge Mann, zufrieden vor sich hinpfeifend, am Fenster.
Es muß ein Spezialist sein, dachte Lokonow, bestimmt verdient er gut, liebt alte Stiche, sammelt seltene Bücher und Elfenbein und kann das Mädchen ohne das geringste Zutun verführen. Sein Zimmer wird jetzt vom Geruch der Exportzigarren erfüllt sein. Sicherlich trägt er eine Hose mit makellosen Bügelfalten.
Lokonow schaute an seinen Hosen hinunter, die wie Lumpen an ihm hingen.
Ich besitze keinen Groschen Geld, kann sie nicht zu mir einladen, ihr keinen Wein kredenzen und nicht mit ihr über die Erlösung der ganzen Welt reden, denn sie ist siebzehn und Idealistin.
Lokonow wußte nicht, wohin mit sich.

Nachdem er die Schuhe verkauft und einige Zeit auf den Inseln verbracht hatte, trieb Anfertjew Mitleid für die Familie Shulonbins zu dem Systematiker, er überreichte Shulonbins Frau eine Blume, nahm die Tochter auf den Schoß und fütterte sie mit Bonbons.

Anfertjew streichelte ihr über den Kopf und küßte sie auf den Scheitel.
Wirst groß, dachte er, und weiß der Teufel, was aus dir noch werden wird.
Daß sie ihn ausgepeitscht hatten, war für Anfertjew ein tödliches Drama gewesen, das sein ganzes, damals noch junges und nicht gefestigtes Wesen verändert hatte. Die erlittene Schmach verzerrte sein Denken für immer, trieb Ekel vor allem in der Welt in sein Herz.
Ein Optimist, der sich in einen Pessimisten verwandelt hat, ist immer davon überzeugt, daß er mehr weiß und richtiger empfindet als der Optimist. Mit der Zeit scheint der Schmerz nachzulassen, Stolz kommt sogar auf, ich kenne das wahre Gesicht der Welt, die anderen jedoch nicht.
Anfertjew bemühte sich, an die Augenblicke nach seiner Entlassung aus dem Gefängnis nicht zurückzudenken, als er gespürt hatte, daß er ein gebrochener Mensch bleiben würde.
Anfertjew war betrunken, und während er Shulonbins Tochter über den Kopf strich, verglich er sich mit dem Mädchen.
»Ich habe einen Teddy gesehen!« sagte das Mädchen.
»Was für einen Teddy?« fragte Anfertjew erstaunt.
Anfertjew erinnerte sich an den Teddybären mit dem Holzteller, den er als Kind heiß geliebt hatte, doch all das verdrängte das Zimmer seiner Mutter: Da war die »Ziege«, eine große, mit weißen Ziegenfellen und vielen bestickten Kissen bedeckte Doppelmatratze, auf der seine Mutter gerne lag und D'Annunzio las. Beim Fenster standen der Flügel, Fayence- und Tonvasen, die im Frühjahr üppig mit Blumen aus der Orangerie gefüllt wurden, die ihr Verehrer während der Vorstellung überreichten, im Sommer mit wilden Kamillen, die das Dienstpersonal pflückte. Anfertjew erinnerte sich, daß man ihn nur unwillig in dieses Zimmer hineinließ, daß dort ständig Tee getrunken wurde, einer deklamierte, ein anderer spielte auf dem Flügel, seine Mutter sang allein oder mit einem jungen

Mann, dann und wann wurden die Möbel in die Diele hinausgeschleppt und irgendwelche Tanten in kurzen Hemden hüpften barfuß zur Musik herum, warfen die Arme in die Luft und wälzten sich auf dem Boden.

Nachdem er Shulonbin verlassen hatte, suchte Anfertjew das von Gesang, Musik, Blumenduft und der Stimme seiner Mutter erfüllte Haus seiner Kindheit auf. Als er auf das grüne Haus zuging, blieb er unentschlossen stehen. Im ersten Stock brannte Licht, drei Fenster auf der rechten Seite waren hell erleuchtet. Der Hauswart stand am Tor und langweilte sich offensichtlich.

»Hast du Zündhölzer?« wandte sich Anfertjew an ihn. »Wenn du willst, rauchen wir eine Sappho.«

Der Hauswart zog die Zündhölzer hervor und nahm eine Zigarette.

»Wieso wird dieses Haus nicht frisch gestrichen?« fragte Anfertjew. »Die ganze Stadt wird heutzutage angestrichen, nur euch hat man vergessen. Soll der Putz wirklich so bleiben?«

»Ach was, sie werden es schon neu verputzen«, gab der Hauswart zur Antwort.

»Ich bin manchesmal hier gewesen«, sagte Anfertjew, »und erinnere mich, die Wohnungen waren groß, reich. Die Miete hat dem früheren Besitzer viel Geld eingebracht. Rechts dort wohnten eine italienische Sängerin und ein Rechtsanwalt, massenhaft Leute haben sich dort rumgetrieben.«

»Jetzt hat sich dort ein Ingenieur einquartiert, ein Spezialist! Er frißt so viel, daß sogar dem Teufel das Kotzen kommt. Bei ihm treiben sich auch viele Leute herum. Ein ständiger Wirbel...«

»Ist er ein Erfinder?« erkundigte sich Anfertjew.

»Ein Erfinder! ... Der und ein Erfinder ...«

Der Hauswart warf nach einem tiefen Zug die Zigarette ärgerlich weg.

»Er geht uns allen auf die Nerven, gibt keine Ruhe. Kaum ist

man eingeschlafen, läutet es: ›Schließ das Tor auf. Iwan Sergejewitsch‹, bittet er mich, ›berichten Sie mir bitte alles, was im Haus vom Essen gesprochen wird.‹ Jede Woche läßt er mich kommen, zwingt mich zu reden.«
»Wirklich?« fragte Anfertjew.
»Er interessiert sich nur für Essen ... und wozu das, ich kneif die Augen zu und schluck es runter. Er sammelt Bonbonpapiere mit Bildchen. Einmal hat er sie mir sogar gezeigt: ›Iwan Sergejewitsch‹, sagte er, ›welche gefallen Ihnen? Ich studiere nämlich die Psychologie der Arbeiterklasse.‹ Mit einem guten Tropfen hat er sich bedankt.
Einmal habe ich ihm einen Gefallen getan, habe ihm Aufkleber von Zündholzschachteln gebracht, die wahrscheinlich ein Schulmädchen in ein Heft geklebt hatte. Dieses Heft habe ich vor der Nummer 14 beim Durchgang gefunden. Ich habe es ihm also gebracht und sage: Vielleicht interessieren Sie sich für diese Bildchen? Er nahm es, bedankte sich und rief irgend jemanden an.«
Anfertjew erinnerte sich an Shulonbins Bitte, doch überkam ihn eine Art Erschöpfung.
»So, so«, sagte er und wurde nachdenklich.
Eine Lüftungsklappe ging auf, ein Kopf mit rotem Kopftuch beugte sich heraus, und eine Weiberstimme gellte:
»He, Wanja, der Ingenieur bittet um Holz.«
»Geht klar«, antwortete der Hauswart und ging.
Erschöpft und zaghaft stand Anfertjew eine Weile vor der Paradetür und taumelte.
Ich müßte ihn überrumpeln ... Nur jetzt nicht ... Das Allerwichtigste ist jetzt – ein Glas. Daß ich es nur nicht vergesse. Ich muß mir zur Erinnerung ein Zeichen machen, überlegte Anfertjew.
Er wühlte lange in seinen Taschen, schließlich zog er einen Bleistiftstummel und einen Papierfetzen heraus, malte mit zittriger Hand, zähneknirschend, unter übermenschlicher Anstrengung die Adresse des Ingenieurs auf und einige Worte zur

Gedächtnisstütze. Er seufzte und torkelte mit auf die Brust herunterhängendem Kopf, Tränen in den Augen, und entfernte sich immerzu seufzend.

Lokonows Gedanken kreisten einzig und allein um den imaginären Spezialisten.

»Genau jetzt, während ich eine Kartoffel esse«, dachte Lokonow, »ißt der Spezialist in dem grünen Haus italienisches Weißbrot oder liest Petrarca, vielleicht erfreut er sich auch an den Ausgaben der Akademie. Er ist bestimmt ein Frauenheld, den alle möglichen Geschöpfe besuchen, parfümiert, trägt ausländische Kleidung, beköstigt sie und macht delikate Späßchen. Abends geht er ins Ballett, auch in die Oper oder verkehrt mit Ausländern und betrachtet die Welt mit strahlenden Augen. Sein Leben gleicht ›Tausendundeiner Nacht‹. Selbstverständlich braucht er keine Träume! Ein unbeholfener Mensch wie ich dagegen, der spürt, wie schrecklich die Welt ist, kann ohne Träume nicht leben ... Was könnte ich meiner Geliebten schon bieten? grübelte Lokonow, welchen Palazzo, mit welchen Raritäten könnte ich sie amüsieren, mit welchen Ausländern bekanntmachen? Klatsch, Tratsch, der Platz vor dem Primuskocher, das wäre ihre Zukunft, wenn sie ihr Schicksal mit meinem verbindet. Ich habe auch nicht eine höhere Idee, mich interessiert überhaupt nichts. Und mein Rivale erzählt ihr vielleicht genau jetzt von seiner Weltreise, von London, Paris, Genua und Konstantinopel und zeigt Fotos: Hier war ich, dort bin ich gelaufen, und diesen Berg habe ich erklommen.

Und sie sitzt da und schaut ihn verzückt an, vielleicht klingelt es auch und ein Neger kommt herein und berichtet von seinem Leben in Harlem, oder ein Japaner taucht auf und erzählt, daß man in JAPAN Tschechow liebt, oder ein Amerikaner, der zwölf Jahre auf den Philippinen gelebt hat, teilt seine Eindrücke mit. Gewiß, auch ich habe Bekannte, die im Westen

herumgereist sind, doch sind das alles triste, bestenfalls senile Kreaturen.
Lokonow fiel eine krumme, zweiundachtzigjährige, schwarzgekleidete Geheimratswitwe ein. Er stellte sich ihr süßlich riechendes Zimmer vor, das riesige in rosahimmelblauen Tönen gemalte Porträt eines sechzehnjährigen Mädchens mit Krinoline und darunter die fast blinde und schwerhörige, geschäftig herumwuselnde, japsende Greisin mit ihrem fast zahnlosen, unablässig mahlenden Kiefer.
»Venedig ist düster«, sagte sie, »die Boote, diese Gondolieri, alles in schwarz. Sie tragen kleine Boleros und kleine runde Filzhüte. Auf mich hat das gräßlich gewirkt. Alles ist schwarz, überall Wasser, und die Häuser stehen bis zu einem Viertel im Wasser, und unten ist alles mit Moos bewachsen. Wir fuhren in die Stadt. Nichts als enge Gassen, auf dem Markt stinkt es widerlich nach Käse, Pferde haben wir überhaupt nicht gesehen. Drinnen im Markusdom ist es düster: Unsere Männer gingen los, um nachzusehen, wo die Inquisition war«, erzählte sie und schnappte nach Luft, »über die Brücke, die jeder zum Tode Verurteilte überquerte. Auch die Werkzeuge haben sie besichtigt. Abends wird auf dem Markusplatz gesungen und gespeist, ein Orchester spielt dazu, alle sind aber ziemlich schweigsam. Alles in der Stadt ist still, ernst. Nein, dieser Markusdom, was ist der groß, fast so groß wie unsere Kasansche Kathedrale. Und diese Stille, ungemütlich ist es in dieser Kirche.«
Lokonow vermutete, daß seine Liebe höchstwahrscheinlich vor so einer Reisebeschreibung weglaufen würde.
Auch ein anderer Bekannter, ein in seinem Jahrhundert weitgereister, alter Doktor, könnte schwerlich die Neugier eines siebzehnjährigen Mädchens befriedigen.
Er wird wieder von Wien anfangen, vom guten alten Wien, dabei jedoch von Venedig erzählen: »Parks sind dort, Kanäle, Gondolieri und Gondeln, die aus Venedig kommen, und es erklingt ein Lied, der Gondoliere singt an der Spitze seiner

Gondel Santa Lucia. Und ringsherum hölzerne Häuserfassaden, Brücken mit Polizisten in italienischen Uniformen.« Wieder wird er erzählen, wie er als Student bis sieben Uhr früh in einem Nachtlokal gezecht und mit anderen Studenten Tirolerinnen in Tiroler Trachten verführt habe, und daraufhin zufrieden strahlend sagen, daß jene Zeit vergangen und ach! das Leben nun ein ganz anderes sei!
Oder eine Freundin seiner Mutter würde sich an Bad Nauheim erinnern und sagen: »Überall nichts als Rosen, Rosen ohne End.«
Lokonow saß da und hatte seine Kartoffel vergessen.
»Warum ißt du nicht, mein Sohn?« fragte die Mutter. »Du bist sehr blaß, hast du dich aufgeregt. Nimm doch Baldriantropfen mit Maiglöckchen? Nun gut, du willst nicht mit mir reden, ich bin doch den ganzen Tag allein und habe keinen, mit dem ich reden kann ... Ist es draußen warm oder kalt? Am Morgen war es klar, und nun regnet es. Warum gibst du keine Antwort? Nicht einmal reden willst du mit mir. Dabei liebe ich dich doch so sehr.«
Lokonow aß die Kartoffel.

Die Neujahrsnacht war angebrochen.
Lokonow stand auf einer Brücke.
Seine Mutter ließ alle Neujahrsfeiern in Gedanken vorüberziehen. Sie waren unterschiedlich gewesen, doch immer in Gesellschaft. Nur einmal, vor dreißig Jahren, hatte sie, wie dieses Jahr, Silvester allein gefeiert.
Damals war ich aber auch so zart, sanft und blutjung, dachte sie wehmütig.
Marja Lwowna nahm den Rasierspiegel zur Hand und betrachtete ihr Gesicht.
Es macht nichts, daß ich mich langweile, dafür ist Tolja lustig. Er ist in Gesellschaft von jungen Leuten, die alle hinter ihm her sind. Er macht jetzt Scherze, bringt Toasts aus, dann wird sicherlich getanzt, Pfänder werden ausgelöst, Versteck und

Blindekuh gespielt. Es wäre schön, wenn das alleranziehendste Fräulein mit ihm zusammen wäre.
Marja Lwowna versuchte, sich an einzelne Tanzfiguren zu erinnern. Sie sehnte sich nach Musik, ging zum Radio, doch das Radio war kaputt.
Also setzte sie sich ans Klavier, schlug auf die Tasten und stimmte fast lautlos ein Lied an, sie hatte Angst davor, ihren Gesang zu hören, denn sie hatte schon lange nicht mehr laut gesungen. Ihr kurzes, champagnerfarbenes Röckchen hob sich wie ein gelber Fleck im Halbdunkel ab. Marja Lwowna sang:

Nächtliche Stille
Läßt mich warten auf dich,
Verzehrt in Liebespein,
Engelsrein stehst du vor mir,
Ich liebe nur dich allein.
Aus dem Orchester erklang ein Galopp,
Der Saal erstrahlte im Kerzenschein,
Bei Lärm, Gelächter und Blumenduft,
Fand ich die Geliebte mein.
Sie reichte ihre zarte Hand,
Einem anderen Mann,
Als Spieler der Nacht beklag ich mein Los,
Entfliehen ich nicht mehr kann.
Bei Monaco rauscht das Meer,
Seine Fluten ziehn mich hinab,
Und finden wirst du nimmermehr
Des jungen Leichnams Grab.

Es läutete. Marja Lwowna flatterte hoch. Sie stieß einen Seufzer aus. Es war ihr Sohn.
»Warum bist du ...«
Der Sohn gab keine Antwort.
Aufnahmen von Soldaten hingen an den Wänden und standen auf dem Büchergestell. Die Soldaten trugen das Georgskreuz und Orden. Die einen zückten wacker die Säbel, die anderen

standen wie angewurzelt, die Hände an der Hosennaht, die dritten salutierten, die vierten saßen in Strohsesseln. Marja Lwowna stand hinter den Sesseln. In der Mitte hing die Fotografie von einem Lazarett. Alles ringsum zeugte von Krieg. Noten von damals beliebten Romanzen lagen auf dem Klavier, Bücher über die Greueltaten der Deutschen standen in den Regalen, und in einem Album für Ansichtskarten waren Bilder von Königen, Zaren und Präsidenten sowie Karikaturen von Deutschen, Österreichern und Türken.

Der Besitz Marja Lwownas stellte in den Augen eines vernünftigen Menschen keinen Reichtum dar. Die Berge von Fotografien, die goldene, silberne oder bunte Bändchen zusammenhielten, konnten allenfalls das Interesse eines Malers wecken. Er würde für jede Aufnahme wohl zehn Groschen bezahlen. Die Stapel angenehm duftender Briefe konnten nur einem Schriftsteller dienlich sein, er würde gut und gern drei Groschen für sie bezahlen. Einige Lesezeichen, Bänder mit aufgestickten Glückwünschen, würde vielleicht das Museum für Alltagskultur annehmen, wenn man sie ihm umsonst anböte. Arzneifläschchen und Parfumflacons könnte man natürlich an eine x-beliebige Apotheke verkaufen. Das Hochzeitsbukett einer alten Dame könnte man aufbinden, die verdorrten, parfümierten Rosen in den Mülleimer werfen oder im Ofen verbrennen, die Spitzen aber sowie das weiße Seidenband auf dem Markt verkaufen. Für die Kinderlocke ihres Söhnchens würde Shulonbin schweren Herzens einen Groschen zahlen. Inmitten dieses Krimskrams fand sich eine Puppe mit Turnüre. Für diese Puppe würde ihr das Museum für Alltagskultur gut und gern zehn Rubel geben.

Marja Lwowna liebte Ordnung über alles: Zweimal am Tag wischte sie das Parkett in ihrem Zimmer feucht auf, an ihren freien Tagen hingegen scheuerte sie den Boden festtäglich, das heißt, sie schrubbte ihn bis zur völligen Erschöpfung. Sobald sie nichts zu tun hatte, brachte sie das Zimmer in Ordnung. Sie nahm einen Lappen und fing an, Staub zu wischen, obwohl nirgendwo auch nur ein Staubkorn lag. Wenn sie etwas verstimmte, fegte sie den Boden, war sie nervös, wandte sie sich aufmerksam dem Büfett zu, wischte mit dem Tuch über die Türen oder wedelte den nichtvorhandenen Staub vom Büchergestell oder rieb aus lauter Zerstreuung mit einem unsäglich schmutzigen Lumpen darüber, mit dem sie am Vortag Schuhe geputzt hatte, sie schnippte die Krümel vom Tisch in den Aschenbecher oder kletterte auf einen Stuhl, um ihr Lieblingsbild abzustauben. Sie fegte die Staubflocken vom Büfett auf den Fußboden und brachte hierauf das abermals staubige Zimmer in Ordnung. Damit konnte sie sich stundenlang beschäftigen.

Diese Beschäftigung seiner Mutter machte Lokonow rasend.

Plötzlich wurde Sturm geläutet. Anfertjew und ein Unbekannter stürzten in Lokonows Zimmer.

Beim Geräusch des nächtlichen Reinemachens erzählte der Unbekannte:

»Zur Zeit der Zaren lebte der Kaufmann Kolokolow, ein Mann, wie es sich gehört. Er trieb einen Handel mit Kostbarkeiten im Gostinnyj Dwor. Eines Tages kommen zu ihm Kaufleute aus Twer in langen Mänteln und mit Rauschebart und bitten darum, ihnen ein Meßgewand für den Erzpriester von Twer, Vater Hermogen, zu zeigen, denn sie wollen ihm zu seinem Geburtstag ihren Dank entgegenbringen. Kolokolow zeigt ihnen das teure, mit Goldfäden gewirkte Gewand. Die Kaufleute sind verlegen, beraten, wie es anprobiert werden könne. Der Erzpriester habe ungefähr die Größe des Kaufmannes. Kolokolow willigt ein, es anzuprobieren. Er schlägt die Mönchskapuze hoch. Da ziehen sie ihm die Kapuze über das Gesicht, packen seine Kostbarkeiten und gaben Fersengeld. Die Burschen waren Gewohnheitsdiebe, Spezialisten. So geschah's. Und es kommt ein Fürst in bestickter Uniform in einer Kutsche mit Wappen vorgefahren. Der Fürst klettert heraus, einen Arm trägt er in der Schlinge. Bis zur Erde verneigt sich Kolokolow.

›In ein paar Tagen hat die Fürstin Namenstag, ich möchte ihr ein Kollier schenken. Haben Sie etwas Hübsches?‹
›Wenn ich bitten darf‹, verneigt sich Kolokolow bis zur Erde.
›Vielleicht dieses Kollier, hier. Mascha wird zufrieden sein. Wieviel kostet es?‹
›Zweihunderttausend, Euer Erlaucht‹, scharwenzelt der Kaufmann.
›Legen Sie es für mich weg. So viel Geld habe ich nicht bei mir. Ich lasse sofort danach schicken. Iwan, ich schreibe alles auf‹, sagt der charmante Mensch zu seinem Diener, ›und du überbringst es der Fürstin.‹
Der charmante Herr nimmt einen Geschäftsbriefbogen von Kolokolows Schreibtisch und bittet dessen Besitzer zu schreiben – der Fürst kann doch nicht mit dem Arm in der Schlinge: ›Liebe Mascha, zahle dem Überbringer dieses Schreibens dreihunderttausend Rubel aus. Dein Petja.‹
›Iwan, mach schon‹, befiehlt der Kunde, ›und sag der Fürstin, zum Mittagessen bin ich zu Hause.‹
Der Diener kam zurück und händigte dem Kunden das Geld aus. Dieser zählte zweihunderttausend Rubel ab und überreichte sie dem Kaufmann. Einhunderttausend steckte er in seine Brieftasche, nahm das Kollier, ging hinaus und stieg in die Kutsche. Der Kaufmann folgte ihm und verneigte sich bis zur Erde.
›Wofür hast du dreihunderttausend Rubel gebraucht, Pjotr Iwanytsch?‹ fragt ihn seine Frau, als Kolokolow in die Diele gestürzt kam.
›Was für dreihunderttausend, Mascha?‹ erblaßte der Kaufmann. Der Fürst war ein Gewohnheitsdieb und Hochstapler.«
Mich wird keiner ausrauben, dachte Anfertjew, bei mir gibt es nichts zu stehlen, keiner außer mir wird mit solch einer Ware handeln können.

»Dieser Kolokolow«, fuhr der redselige Mensch fort, »nimmt immer die Schankburschen aus der Kneipe mit, führt sie in ein Restaurant und nötigt die Kellner dort, die Schankburschen ehrerbietig zu bedienen.«

Lokonow hatte bei der Erzählung des Mannes, der mit Anfertjew gekommen war, nicht zugehört.

»Und über ausländische Industrielle kennen sie keine Witze?« fragte Anfertjew.

»Über ausländische Industrielle ist mir nichts bekannt«, erwiderte sein Gesprächspartner. »Aber über Kirgisien ... fünf Jahre war ich dort.«

Das Rascheln im Nebenzimmer nahm kein Ende. Marja Lwowna dachte darüber nach, weshalb ihr Sohn so früh heimgekehrt war, weshalb er sie nicht lieb hatte, weshalb er sie nicht ins Vertrauen zog, sie nicht um Rat fragte. Das Schweigen ihres Sohnes kränkte sie. Immer emsiger fuhr sie mit dem Staubtuch über das Büfett, dann kam das Büchergestell dran, nochmals polierte sie die lädierte Spirituskaffeekanne, wischte über ihre Jungmädchenbücher, blätterte und las in ihnen herum, während sie ohne Unterlaß die Buchrücken, den Goldschnitt abstaubte. Sie bewahrte nur ihre Jugendbücher auf: eine französische Grammatik, den einbändigen Lermontow, eine Chrestomathie, einen Band mit Puschkingedichten, »Die Aufzeichnungen eines Jägers« und »Eine kleine Aufmerksamkeit für die junge Hausfrau«.

Endlich war die Erzählung, die Lokonow kein bißchen interessierte, wie die Kirgisen den Samowar heizen, Tabak kauen, beendet, als nach einer weiteren, daß der Tee dort, insbesondere gepreßter Tee, ungeheuer viel wert sei und man für hundert Gramm gepreßten Tee einen ganzen Hammel bekomme, der von Anfertjew mitgebrachte Gast verstummte und vor sich hinsann.

»Sie sind sehr dreckig«, fügte er nach kurzem Schweigen hinzu, »und außerstande, sich vorzustellen, daß man ohne Läuse leben kann. Steht doch so ein siebzehnjähriges Mädchen in weiten Röcken da, fängt eine Laus auf ihrem Kopf und zwischen die Zähne. Steht und saugt, spuckt dann das Häutchen aus. Du gehst ins Wächterhaus, zum Teufel noch mal, und trinkst Tee, da stellen sich diese verfluchten Teufel wie zum Rapport auf, wollen dir beim Essen helfen. Ich mache den Mund auf, um ein Stück Zucker hineinzustecken, sofort reißen alle den Mund auf. Ich mache ihn zu, alle machen ihn zu. Ein anderes Mädchen schwingt ihre Röcke, um darunter zu lüften, und du trinkst daneben Tee!

›Hau ab, du Aas!‹ brüllt der Vater auf kirgisisch.«

»Eigentlich bin ich geschäftlich hier«, wandte sich Anfertjew an Lokonow. »Ich habe meinen Freund mitgebracht, weil ich es sehr eilig hatte und hoffte, Shulonbin bei Ihnen anzutreffen.«

Anfertjew log. Er war betrunken, und deswegen hatte er den Unbekannten mit zu Lokonow geschleppt. Anfertjew glaubte immerzu, seinen Kunden zu verlieren, denn mittlerweile hatte sich gerade in letzter Zeit eine stattliche Anzahl von Träumen bei ihm angesammelt. Außerdem quälte ihn der Gedanke an das Mädchen, in das Lokonow verliebt war. Er hatte angenommen, wenn er überraschend käme, könnte er das Mädchen zufällig bei Lokonow antreffen. Anfertjew hatte den Eindruck, Lokonow wollte ihm ganz und gar nicht glauben, daß er gehofft habe, Shulonbin bei ihm vorzufinden.

Anfertjew hatte den Eindruck, Lokonow habe letzte Woche gesagt, Shulonbin habe versucht, das Traumheft bei ihm zu stehlen, und daß er Shulonbin nicht mehr über seine Schwelle lassen werde. Anfertjew war es peinlich, daß er log und keiner ihm Glauben schenkte.

Anfertjew und sein Bekannter waren sternhagelvoll, harrten aber mit stoischer Ruhe aus. Lokonow wollte sie loswerden.

Er trat ans Fenster.

»Was für eine himmlische Nacht«, sagte er, »wollen wir nicht spazierengehen? Kommen Sie.«

»Er lädt uns ein«, zwinkerte Anfertjew absichtlich an dem

Unbekannten vorbei Lokonow zu. »Kommen Sie, wir machen einen kleinen Spaziergang, kehren irgendwo ein und plaudern. Petja, steh auf.«

An der frischen Luft brachen Lokonows Gäste fast zusammen.

Sie hängten sich bei Lokonow ein und zogen ihn mit.

Sie führten ihn durch enge Gassen, an der Fontanka entlang, wieder durch eine schmale Straße, wieder durch Gassen und brachten ihn zu einem hohen Haus.

»Ich gehe nach Hause«, sagte Lokonow.

»Nein, kommen Sie mit, Sie kommen mit uns!«

Lokonow spürte, daß sie betrunken waren, und hatte Angst davor, sie zu reizen. Außerdem ließen sie ihn nicht los.

Sie hängten sich an seine Arme und torkelten ins Haus.

Zu dritt stiegen sie die Treppe hoch, stürzten in eine Wohnung, gingen durch einen langen, endlos langen Korridor, stießen Lokonow in ein kleines Zimmer mit einem prachtvollen Nikkelbett und einem winzigen Tisch, auf dem sich eine angeknabberte Sprotte, eine Konservenbüchse mit Stör und eine angebrochene Wodkaflasche befanden.

Ein Junge saß auf dem Fensterbrett und sang zur Balalajka:

> Und um die zwölfte Stunde,
> verläßt der Feldherr sein Grab ...

Sie zogen Lokonow den Mantel aus und hängten ihn an einen Nagel.

Anfertjews Gefährte schenkte ihm hastig ein Glas Wodka ein und sagte:

»Ich habe heute eine Ziehharmonika gekauft, das müssen wir begießen. Ein ganzes Jahr hab ich darauf gespart.«

Lokonow schaute den Redenden befremdet an. Es war ihm unbegreiflich, weshalb Anfertjew ihn hierher geschleppt hatte. Er begriff nur eins, daß er dieses Glas unbedingt austrinken mußte, sonst würde ihn der Kerl zu guter Letzt noch verprügeln.

Lokonow leerte das Glas.
Der Junge goß wieder mit den Worten nach: »Trink, nun trink schon!«
Das also ist die Neujahrsnacht ..., dachte Lokonow.

Anfertjew erwachte am Ufer des Bajkal-Sees.
Wie er hierher geraten war, darauf konnte er sich beim besten Willen nicht besinnen. Er wußte nur, daß er, nachdem er Lokonow nach Hause begleitet hatte, in einer Kneipe vorbeigeschaut hatte.
Sicher haben sie mich wieder geplündert, dachte Anfertjew gelassen.
Eingehend untersuchte er seine Taschen. Und fand zu seiner Verwunderung zwanzig Rubel.
Hab ich beim Kartenspiel gewonnen, überlegte er, nur wo? Wieso haben die mich denn mit dem Gewinn ziehen lassen?
Anfertjew stülpte seine Taschen um, ob noch etwas zum Vorschein käme. Er fand ein Päckchen Machorka-Tabak, drehte sich eine Zigarette und steckte sie an. Nochmals forschte er in seinen Taschen nach. Schließlich fand er in der Hosentasche einen sorgfältig zusammengelegten Zettel. Er faltete ihn auseinander.
»Ingenieur ... Tschechowgasse, Haus Nr... Wohng... kauft Kleinkram ...«
Mehr war nicht zu entziffern.
Er erkannte seine Handschrift, bemühte sich zu erinnern, konnte sich jedoch an nichts erinnern.

Der Säufer liebte Geschichten über Säufer. Süßer als Honig tropfte eine Säufergeschichte in Anfertjews Ohr. Wie allseits bekannt, vereinigen Laster wie auch Tugenden die Menschen in Korporationen. Solch ein geheimer Säuferbund existiert in jeder Stadt. Mit untrüglichem Instinkt erkennen sie einander. Viele von ihnen weilten im Irrenhaus und betrachteten sich mit Humor – sie begreifen, daß es weder Liebe noch Zukunft für sie gibt. Sie denken an das Delirium tremens wie an einen angenehmen Gemütszustand, an die Irrenanstalt wie an eine außergewöhnlich unterhaltsame Zirkusvorstellung mit lauter überraschenden Attraktionen zurück. Nur ein heftiges Schütteln könnte sie aus der Ruhe bringen. Aufgedunsen saßen sie am Ufer und lauschten der Geschichte eines Jungen, der gerade von dort zurückgekehrt war.

Anfertjew kam hinzu und setzte sich neben sie.

Der aufgedunsene, nicht schlecht gekleidete Junge erzählte. Von Zeit zu Zeit hallte das Ufer vom Lachen wider.

»In was für ein Raritätenkabinett ich da geraten bin. Jede Abteilung hat ihren eigenen Garten: Einer ist für die Irren, ein zweiter für die Nervenkranken, der dritte für delirierende Säufer. Während meiner Zeit dort wurden die Trennwände repariert. Der Krankenwärter mußte für einen Augenblick weggehen.

›Gleich werdet ihr sehen, wie ich euch zum Lachen bringe‹, sagte ein Irrer.

Der Tischler reparierte den Bretterzaun.

Der Irre zwinkerte uns zu, nahm ein Beil und schlug dem Tischler den Kopf ab.

Nahm den Kopf und versteckte ihn im Gebüsch.

Und zu uns sagte er:

›Jetzt kann er seinen Kopf suchen gehen!‹«

»He, du lügst, das ist erstunken und erlogen«, unterbrach ihn ein zweiter Mann. »Das ist gar nicht passiert, als du drin warst. Das haben sie schon erzählt, als ich im Irrenhaus war, wahrscheinlich ist das in der Steinzeit passiert.«

»Wenn du nicht zuhören willst, hör weg, nur laß ihn gefälligst lügen«, mischte sich ein altes Männchen ein. »Wenn ihr wollt, erzähle ich euch ein Abenteuer des Grafen Puschkin. Graf Puschkin war ein berüchtigter Spaßvogel. Liebend gern erschreckte er die Leute. Wenn er besoffen war, mußte er losziehen und die Leute erschrecken. Einmal schlich er sich total besoffen ins Leichenhaus, holte die gefrorenen Leichen aus den

Särgen, setzte sie rings um einen Tisch, gab jedem eine Karte in die Hand und sagte: ›Die Toten sind auferstanden und spielen Karten.‹ Dann wurde er müde, legte sich in einen leeren Sarg und schlief ein. Am Morgen erschienen der Priester mit Kirchendiener und eine Menge Leute. Und sehen, wie die Toten Karten spielen. Plötzlich hören sie:
›Kikeriki!‹
Und sehen, wie der allseits bekannte Puschkin aus dem Sarg klettert.«
»Was weiter?«
»Das weiß doch jeder. Sie sperrten Puschkin ein und steckten ihn in eine psychiatrische Anstalt.«
Anfertjew hörte lange zu, spuckte dann ärgerlich aus und ging.
Die Säufer schauten ihm spöttisch nach, tranken und aßen weiter. Da kam ein Polizist und jagte sie fort.
»Wir gehen ja schon«, sagten sie weise, standen auf und trollten sich.
Anfertjew ging zum Geschäft Centrospiritus.
Als er an einer Apotheke vorbeikam, bemerkte er mit Erstaunen, daß er nicht seinen, sondern einen fremden Mantel trug.
Er winkte ab.
»Ohnehin nur ein Weilchen ...«
Und ging weiter.

Anfertjew suchte die Adresse auf.
So was ..., dachte er.
Er stieg die Marmortreppe hinauf und läutete.
»Verzeihung«, sagte er, als eine bleiche Alte die Tür öffnete, »könnte ich den Ingenieur sprechen?«
»Gehen Sie in sein Zimmer«, erwiderte die Alte, »geradeaus, dann rechts und die zweite Tür links.«
Anfertjew ging den Korridor entlang und klopfte an eine Eichentür mit einer Sirene als Türklinke. Das Zimmer, mit einem Fenster aus venezianischem Glas, das zum Hof hinaus-

Adelaida García Morales:
Die Logik des Vampirs
es 1871. ca. DM 20,– (August 93)

Johannes Jansen: Splittergraben
es 1873. ca. DM 16,– (September 93)

Juan Goytisolo: Quarantäne
es 1874. ca. DM 16,– (September 93)

Amos Oz: Politische Essays
es 1876. ca. DM 24,– (Oktober 93)

Ştefan Bănulescu:
Ein Schneesturm aus anderer Zeit
es 1878. ca. DM 18,– (Oktober 93)

Edition Suhrkamp Leipzig

Uwe Johnson: Jahrestage
Bd. 1–4: es 1822–1825
je Band ca. DM 16,–
zusammen ca. DM 64,– (April 93)

Brecht für Leser der neunziger Jahre
es 1826. ca. DM 24,– (Mai 93)

Bloch für Leser der neunziger Jahre
es 1827. ca. DM 32,– (Oktober 93)

Peter Huchel: Gedichte
es 1828. ca. DM 16,– (Oktober 93)

3)

ungen finden Sie in allen Buchhandlungen. Andernfalls erklärt sich Ihr
edes von Ihnen gewünschte Buch in kürzester Zeit zu besorgen.
spekte wenden Sie sich an Ihren Buchhändler oder direkt an den Verlag.

lejo Carpentier/Marguerite Duras), Alexander Beck (Hans Mayer),
Adolf Muschg), E. Colton (Bodo Morshäuser), Renate von Mangoldt
aum (Tschingis Aitmatow/Jürg Federspiel/Hans Jonas/Jürg Laederach/
imone Sassen (Cees Nooteboom), Horst Tappe (Amos Oz);
chweise über das Bildarchiv des Suhrkamp Verlags

0 Frankfurt/M. 1. Preisänderungen vorbehalten. 1/93 (99496)

Suhrkamp Literatur

Tschingis Aitmatow · Margrit Baur
Walter Benjamin · Bertolt Brecht · Agustina Bessa-Luís
Peter Bichsel · Louis-Jean Calvet · Alejo Carpentier
Hans Peter Duerr · Marguerite Duras · Jürg Federspiel
Bohumil Hrabal · Uwe Johnson · Hans Jonas · Lídia Jorge
Ursula Krechel · Jürg Laederach · Hans Mayer
Bodo Morshäuser · Adolf Muschg · Valeria Narbikova
Cees Nooteboom · Amos Oz · Friedrich-Karl Praetorius
Yann Queffélec · Gerlind Reinshagen
Friederike Roth · Stefan Schütz
Bibliothek Suhrkamp · edition suhrkamp
Deutscher Geist · Spectaculum

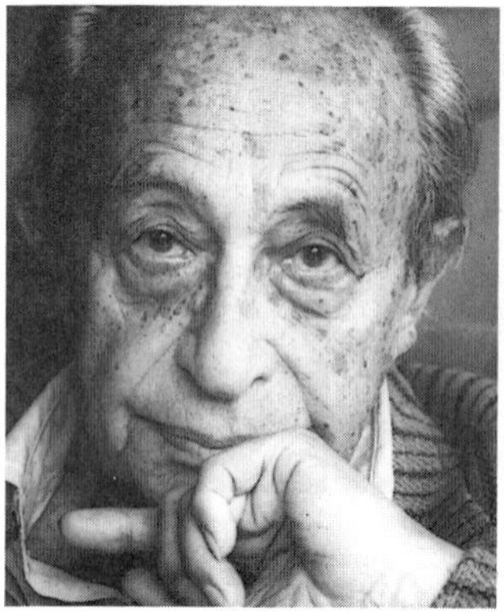

Hans Jonas

Kleine Reihe

Hans Jonas
Philosophie. Rückschau und Vorschau am Ende des Jahrhunderts

Etwa 44 Seiten. Bütten-Broschur
ca. DM 17,80
(März 93)

Hans Jonas, einer der großen Philosophen und Kulturkritiker unserer Tage, hat in diesem Vortrag, gehalten im Mai 1992, noch einmal die Entwicklung der Philosophie seit dem Jahre 1900 resümiert.
Sein Vortrag ist ein fundamentaler Beitrag zur weltweit geführten Diskussion über die Rettung der Erde, ist ein Auftrag an die Philosophie, alle einschlägigen Wissenschaften von der Natur und der Gesellschaft in der Frage zusammenzuführen, wie »zu einem ausgeglichenen Budget zwischen Mensch und Natur« zu kommen sei.

Amos Oz

Amos Oz
Der Hügel des Bösen Ra

Eine Erzählung
Aus dem Hebräischen
von Ruth Achlama
Etwa 100 Seiten. Bütten-Broschu
ca. DM 19,80
(März 93)

Zu Recht wird die Erzählkunst von Ar Oz, des Friedenspreisträgers des De schen Buchhandels von 1992, auch d halb gelobt, weil sie in literarischer Tra formation den Zustand der israelisch Gesellschaft präzise auslotet.
Amos Oz richtet in der 1974 entstandene Erzählung *Der Hügel des Bösen Rate* sein Augenmerk auf die Zeit unmittelba vor der Gründung des Staates Israel.
Diese vielstimmige Erzählung ruft die unterschiedlichen Erwartungen der europäischen Einwanderer in Palästina vor der Gründung des Staates Israel in Erinnerung.

Walter Be
Brie

Herausgegeben und n
versehen von Ger
und Theodor
Zwei Bände. Etw
Gebunden. ca.
(April 9

Wir sind dank der von und Hermann Schwepp worteten *Gesammelten* die Stationen von Walter ken unterrichtet, aber v über die Biographie die Lektüre seiner Briefe nu blick in viele Details Leben und in die Entw Gedanken.
Da das Interesse der Leser Benjamins unvermindert kritische Edition im Rahm ausgabe jedoch noch gera spruch nimmt, hat der einem Nachdruck der zwei gabe entschlossen.

Deutscher Ge

Ein Lesebuch aus zwei Jah
Herausgegeben von Osk
und Peter Suhrkan
Zwei Bände. Etwa 2072 Sei
ca. DM 98,–
(März 93)

Das Lesebuch *Deutscher Ge* 1953 in einer um Namen Marx, Freud, Ricarda Huch, thal, Hesse, Gerhart Hauptr Thomas Mann erweiterten Au 1940 das Erscheinen der Sam hindert hätten. So konnte der *Geist* zu dem Standardwerk w das es konzipiert war.
Auch in unseren Tagen, 40 Ja dem Erscheinen der erweiterten

Mercè Rodoreda:
Auf der Plaça del Diamant
BS 1133. ca. DM 24,80 (Oktober 93)

Francis Ponge: Die Seife
BS 1134. ca. DM 19,80 (Oktober 93)

Günter Eich: Gesammelte Maulwürfe
BS 312. ca. DM 19,80 (Oktober 93)

edition suhrkamp

Kerstin Hensel: Im Schlauch
es 1815. ca. DM 12,– (April 93)

Carmen Boullosa:
Sie sind Kühe, wir sind Schweine
es 1866. ca. DM 20,– (Juni 93)

Miloš Crnjanski:
Tagebuch über Čarnojević
es 1867. ca. DM 16,– (Juli 93)

Cees Nooteboom:
Wie wird man Europäer?
es 1869. ca. DM 14,– (Juli 93)

Undine Gruenter:
Epiphanien, abgeblendet
es 1870. ca. DM 14,– (August 9

Diese hier vorgestellten Neuerschei
Buchhändler gerne bereit,
Für weitere Informationen und Pr

Fotonachweis: Jerry Bauer
Yvonne Böhler (Peter Bichse
(Friederike Roth), Isolde Ohl
Yann Queffélec),
weitere N

Suhrkamp Verlag, 60

ging, lag im trüben Licht. Ein Mann mit Glatze saß mit dem Rücken zur Tür am Schreibtisch und arbeitete. Alle Augenblicke nahm er Bonbonpapiere und legte sie in verschiedene Schubladen.

Ein Heft mit Bildern, die von Zündholzschachteln abgelöst waren, lag auf der Seite.

Darüber beugte sich ein zweiter Glatzkopf.

»Verzeihen Sie, nur eine Sekunde«, sagte Anfertjew mit bebender Stimme in der Tür. »Ich habe gehört, Sie sammeln Bonbonpapier.«

Der Mann, der mit dem Rücken zur Tür saß, zuckte zusammen und stand auf.

»Da ist jemand«, sagte er zu dem zweiten älteren Herrn.

»Ja, da ist jemand hereingekommen«, erwiderte der und stand ebenfalls auf.

»Verzeihen Sie, ich habe gehört, Sie sammeln Bonbonpapier«, wiederholte Anfertjew und trat aus der Dunkelheit heraus. »Mein Name ist Anfertjew.«

»Sehr angenehm, Toropulo. Und das ist mein Freund, Punschewitsch. Womit kann ich dienen?«

»Ich besitze eine umfangreiche Kollektion von Bonbonpapieren«, flüsterte Anfertjew.

Anfertjews Augen, die das Zimmer überflogen, blieben beim Schreibtisch hängen. Er bemerkte die Büsten von Puschkin und Gogol, einen Berg von feuerroten, glänzenden Büchern sowie irgendwelche düsteren Bilder. Es kam ihm vor, als befände sich eine Unmenge kostbarer Gegenstände in diesem Zimmer, als sei es von Ruhe und Ernst beseelt.

»Nehmen Sie Platz«, sagte Toropulo, »Sie würden wohl gern unserer Gesellschaft beitreten?«

»Welcher Gesellschaft?« fragte Anfertjew.

»Der Gesellschaft für das Sammeln und Studieren von Kleingegenständen. Sie wissen doch Bescheid?«

»Nicht ganz«, antwortete Anfertjew, »ich bin ein armer Mann und habe keine Zeit zum Sammeln und Studieren. Ich verkaufe. Ich würde Ihnen gerne das verkaufen, was Sie, denke ich, brauchen könnten. Ich dachte, ich könnte Ihnen nützlich sein.«

»Ich verstehe nicht ganz«, sagte Toropulo.

»Sehen Sie, ich handle mit all dem, was keiner braucht«, begann Anfertjew lebhaft. »Das heißt, ich habe mich nicht ganz klar ausgedrückt, ich vertreibe das, was zur Zeit wertlos ist, in Zukunft jedoch einen ungeheuren Wert haben wird. Ich handle mit Träumen, mit Bonbonpapier, mit Gassenhauern, mit der Gaunersprache, ich biete das feil, was bedeutungslos ist und in unserer Zeit scheinbar nicht den geringsten Wert besitzt. Ich habe meinen Kundenkreis, sie geben mir Aufträge, und ich beschaffe alles, was aus irgendeinem Grund für sie interessant ist. Für Sie, zum Beispiel, könnte ich Bonbonpapier, Zündholzschachteln besorgen und überhaupt alles, was Ihr Herz begehrt.«

»Sie sind ja ein unwahrscheinlicher Mensch«, erwiderte Toropulo. »Wie haben Sie denn von unserer Existenz erfahren? Richtig, das alles sammeln wir, doch auf den Einfall, Träume zu sammeln, sind wir nicht gekommen! Das ist eine Idee, nicht wahr?« wandte er sich an Punschewitsch.

»Man soll sich nicht verzetteln«, entgegnete Punschewitsch.

»Ich kann Jungmädchenträume, Träume von Greisen, Arbeitern und Bauern, Träume von Intelligenzlern übers Essen auftreiben.«

»Höchst interessant! Mit Ihnen müssen wir in Kontakt bleiben. Vielleicht besitzen Sie ja schon Träume vom Essen, Träume, die wie auch immer sich ums Essen drehen?«

»Und was verkaufen Sie noch, was können Sie uns noch anbieten?« unterbrach ihn Punschewitsch neugierig. »Wir brauchen Einwickelpapier für Seifen, nur keins von heute, das können wir selbst auftreiben, es sollte aus der Zeit der Bauernbefreiung stammen oder irgendwas mit dem Weltkrieg zu tun haben.«

»Hier ist es finster«, meinte Toropulo.

Im Zimmer wurde es hell. Anfertjew war geblendet. Bücher

mit selbstangefertigten, mosaikgemusterten, schmiegsamen Einbänden standen in den Regalen. Seide und Moiré, Chagrinleder, Marocain und Pergament wie Elfenbein ergötzten das Auge. Büsten bedeutender Schriftsteller standen in den Regalen und Zimmerecken. Gemälde, Spiegel, ein Teppich mit prachtvoll geknüpften Früchten, die Zimmerdecke mit Jagdszenen ließen das Zimmer größer wirken. All das floß ineinander, glitzerte silbern, schimmerte perlmuttern, funkelte und glänzte in blankem Gold, leuchtete gelb und weiß und schien irgendwie irreal.

Anfertjew verspürte das Bedürfnis, sich zu kneifen, um herauszufinden, ob dies ein Traum oder Wirklichkeit war, vielleicht hatte er Toropulo wirklich im Traum gefunden, vielleicht existierte der Ingenieur Toropulo in Wirklichkeit gar nicht.

»Legen Sie den Mantel ab«, sagte Toropulo, »wir wollen jetzt eine Kleinigkeit essen, trinken und plaudern, wie es sich gehört. Ich glaube, Sie sind von sehr großem Nutzen für uns.«

Anfertjew wehrte ab, er genierte sich, weil er fast nichts am Leibe trug.

»Ich wollte Sie noch fragen«, sagte Toropulo und stellte ein in Weißwein gedünstetes Neunauge auf den Tisch, »wie Sie auf die Idee gekommen sind, mit Träumen zu handeln. Nicht jeder ist imstande, auf so etwas zu kommen. Man muß nur auf die richtigen Leute treffen, um auf eine scheinbar so einfache Sache zu kommen. Gestehen Sie, Ihr Leben ist vom Phantastischen geprägt, denn nicht jeder wird glauben, daß Träume verkäuflich sind.«

»Das Leben ist einfacher, als wir denken«, erklärte Anfertjew. »Anfangs ging ich von Wohnung zu Wohnung und verkaufte Bücher, dann stellte sich heraus, daß manche Leute Tagebücher mögen, andere gaben bei mir Bestellungen für Privatbriefe auf, wissen Sie, die Menschen sind verschieden und haben unterschiedliche Interessen. Wieder andere baten mich darum, Gassenhauer zu beschaffen. Einige interessierten sich für die

Gaunersprache, und ich sammelte für sie die Wörter auf der Straße, auf Märkten, in Kneipen. Und ein junger Mann bestellte Träume bei mir. Er interessierte sich, wer weiß warum, dafür. Das wär es ungefähr. Etwas Phantastisches empfinde ich dabei, ehrlich gesagt, nicht, ich bin, wie gesagt, ein nüchterner Mensch.«

»Trotz allem ist es, offengestanden, merkwürdig«, sagte Punschewitsch, »Träume zu verkaufen ... Weiß der Teufel, was das sein soll! Wie kommen Sie eigentlich an die Träume?«

»Ich muß sie auch kaufen. Nicht immer, zugegeben, aber es kommt vor«, erwiderte Anfertjew. »Dann und wann bekomme ich sie natürlich umsonst.«

»Und wieviel verdienen Sie damit?« fragte Punschewitsch taktlos.

Toropulo nahm Punschewitsch zur Seite.

»Darüber wollen wir nicht reden«, sagte Toropulo zu seinem Freund, »das geht uns doch nichts an. Wir könnten den ersten Tag des neuen Jahres wunderbar beschließen, wenn wir ihn uns nur nicht mit nutzlosen Fragen verderben. Man muß das Leben nehmen, wie es ist. Nur dann ist das Leben schön. Keine verteufelt schwierigen Fragen, keine Selbstanalysen! Der Mensch lebt nur einmal! Jede Minute unseres Lebens sollten wir in Freude verwandeln! Peinliche Nachforschungen zerstören den Zauber der Welt! Staune, teurer Freund, staune, und du wirst glücklich sein! Nichts ist kostbarer als der Appetit auf das Leben! Bewahre ihn dir! Ich denke, wir sollten zu Hause bleiben, wir werden nichts versäumen.«

»Unser Gast weiß sicherlich einiges zu erzählen«, fügte Toropulo laut hinzu. »Löschen Sie den Lüster und zünden Sie die Kerzen an.«

Toropulo stellte ein paar elektrische Kandelaber auf den Tisch.

»So ist es friedlicher«, sagte er, »irgendwie stiller. Bei so einer Beleuchtung, denke ich, wird sich auch unser Gast freier fühlen«, flüsterte er Punschewitsch zu.

Und in der Tat, Anfertjew fühlte sich freier.

»Ein Essen ohne Blumen ist kein Essen!« Toropulo eilte besorgt hin und her.
Er trug eine japanische Vase mit Maiglöckchen herbei. Der Duft der Maiglöckchen und der leichte Wein in den funkelnden, mit silbernen Weinblättern verzierten Karaffen, das nach einem alten Rezept zubereitete Neunauge und der zart rosafarbene Lachs brachten Anfertjew vollkommen durcheinander.
Die Zeit entschwand ihm.
Schließlich kam er wieder zu sich.

Er erinnerte sich daran, wie ein Verehrer, ein Gymnasiast, seiner Mutter einen Strauß Maiglöckchen mitgebracht hatte und die Mutter nicht wußte, was sie mit dem Strauß anfangen sollte, da er unmöglich im Zimmer bleiben konnte, hätten doch alle Kopfschmerzen davon bekommen. Die Blumen wegzuwerfen tat ihr jedoch leid. Der Strauß wurde ins Fenster gestellt, erfüllte aber immer noch die Wohnung mit seinem betäubenden Duft. Der Duft drang sogar bis ins Treppenhaus vor, weshalb alle Bekannten sich verpflichtet glaubten, über den Strauß zu reden.
Anfertjew schaute auf die Vase mit den Maiglöckchen.
»Ich habe in Ihrer Wohnung gelebt!« brach es aus ihm hervor.
»Das ist sehr interessant«, nahm Punschewitsch sogleich das Gespräch auf, »erzählen Sie uns Ihr Leben.«
»Das war 'ne Lüge«, sagte Anfertjew, »ich hab hier nie gewohnt.«
»Das Haus ist übrigens bemerkenswert. Es gehörte dem portugiesischen Konsul Anton Antonowitsch Dauer«, erzählte Toropulo, »dem letzten Repräsentanten eines traditionsreichen Weinunternehmens. Er hatte einen Papagei, fast zweihundert Jahre alt, der Papagei war sogar auf den Firmenetiketten abgebildet. Auf seine Weise wurde er ein lebendiges Wappen. Er hockt und hockt, langweilt sich und singt plötzlich ein melancholisches, schottisches Lied oder ein holländisches vom Meer

oder schmettert eine Arie aus der ›Schönen Helena‹. Der Käfig hing im Arbeitszimmer seines Herrn, der Herr saß am Schreibtisch, raucht, grübelt, erinnert sich an die Dame seines Herzens, eine norwegische Operettensängerin, wirft einen Blick auf seine Frau und spürt das Verlangen, einen Schluck zu trinken. Lautlos tappt er zum Schränkchen, will sich nur ein Gläschen Bitterschnaps einschenken, da krächzt schon der Papagei ›Gluck-gluck-gluck‹. Das hört die Gattin, die unermüdlich im eichengetäfelten Eßzimmer sitzt, um ihren Mann im Auge zu behalten, und eine Serviette für die Keksschale häkelt.
›Sascha‹, schreit sie, ›du trinkst wie ein Bauer!‹
Der letzte Repräsentant des hundert Jahre alten Unternehmens weicht vom Schrank zurück und setzt sich wieder an den Schreibtisch, langweilt sich und grübelt, und der Papagei singt mit Schaljapins Stimme:

> Um das Gold dreht sich alle Welt,
> und man dient dem goldnen Kalbe,
> das man als Götze auserwählt!
> Jeder dreht sich in dem Reigen
> um des Götzen Weltaltar
> und sein Opfer bringt er dar!

Im Arbeitszimmer stand ein Grammophon, zwischen all den anderen war auch diese Platte mit der Arie. Die Gäste mochten diese Platte sehr.«
»Typisch«, warf Punschewitsch ein.
»Dauer war ein stiller, bescheidener Mensch, er wollte das Leben genießen, seine Gattin war jedoch ehrgeizig und zwang ihren Gatten, portugiesischer Konsul zu werden. Um seine Frau ein wenig zu befriedigen, freier zu sein und sich seiner Freundin widmen zu können, wurde Dauer portugiesischer Konsul. Doch die ehrenwerte Gattin begann, Empfänge und Diners zu geben. Dauer oblag es, sie zu organisieren und an ihnen teilzunehmen. Daher gelang es ihm nicht, sein Leben zu

genießen. Ein tragisches Schicksal ereilte ihn. Eines Tages sollte Anton Antonytsch Dauer den portugiesischen König auf dem Bahnhof empfangen. Es war naßkalt, eben das Petersburger Wetter im Herbst. Der unglückliche Dauer ging auf dem Bahnsteig auf und ab, langweilte sich und machte in Gedanken seiner Gattin Vorwürfe, deretwegen er bei so einem Wetter hier herumstehen mußte. Erst war ihm heiß, dann kalt. Schwerkrank kehrte er vom Bahnhof heim. An einer kruppösen Lungenentzündung verschied er. Da hast du es, das Leben des Menschen. Das blaßgelbe Gaslicht beleuchtete nach wie vor das abendliche Petersburg aus jener Zeit, in den Gassen standen die Kutschen und eleganten Droschken aufgereiht: Frauen mit Schleppe, die Hände in bauchigen Muffs, schwebten vorbei, Männer in Hosen, die bis zur Ferse reichten, folgten ihnen. Die Restaurants waren hell erleuchtet, die Theater voll, in einem sang seine Geliebte. Doch der Papagei krächzte nicht mehr ›Gluck-gluck‹. Als ich seinem Sarg folgte, sah ich viele Leute mit Dreispitz. Die Witwe schritt am Arm des belgischen und des deutschen Konsuls. So starb der letzte Besitzer dieses Hauses, gebaut hat es jedoch ein Staatsanwalt, der viel Miete einnahm. Hier gab es ja nur riesige Wohnungen.«

Die Nacht verging bei amüsanten Geschichten. Früh am Morgen verließ Anfertjew seine neuen Kunden. Hocherfreut stieg er die mit Merkur geschmückte Marmortreppe hinunter.
Der Handel expandiert, dachte er, in früheren Zeiten hätte ich mich jetzt ins Auto gesetzt und wäre auf die Inseln oder zu Ernest, ins Samarkand zu den Tataren oder ins Nowaja Derewnja zu den Zigeunern gefahren. Sie hätten den Samowar für mich aufgestellt, die Zigeuner hätten gesungen und getanzt, und dann der fliederfarbene Morgen im Fenster, ich trete vor die Tür, in der Allee zwitschern die Spatzen, das Auto wartet. Zu Hause wirfst du deinem Diener den Pelzmantel zu, reichst den Zylinder und gehst in dein Schlafzimmer. Befiehlst, man möge dich um zwei Uhr wecken, niemanden empfangen und

sagen, er ist ausgegangen. Wie angenehm, nach einer schlaflosen Nacht die Kleider abzulegen, fünf Minuten zu lesen und einzuschlafen. Um zwei Uhr trinkst du Kaffee mit Zitrone, ziehst den Schlafrock an und gehst ins Arbeitszimmer, wo bereits Telegramme und Briefe dich erwarten. Im Arbeitszimmer steht ein bequemer Sessel. Am Abend gehst du ins Theater oder in den Klub. Anfertjew lächelte spöttisch. Ich handle mit Gegenständen, für die es zweifelsohne nach dem Krieg eine große Nachfrage geben wird.

Anfertjew ging durch den fliederfarbenen Morgen, die Tauben gurrten unter den Dächern, die Spatzen tschilpten.

Es waren noch keine Fußgänger unterwegs.

Anfertjew beschloß, einen Spaziergang an der Newa zu machen.

FÜNFTES KAPITEL
Umzug

Die Angst vor dem Alter quälte Lokonow. Er lag im Bett und betrachtete wehmütig die Gegenstände, die bereits bedeutungslos für ihn waren. Irgendwann hatte er mit großer Freude den Schreibtisch aus der Zeit Alexanders I. erworben, den kleinen Bücherschrank aus der Zeit Pauls I., das Sofa und die beiden Mahagonisessel. Er erinnerte sich, wie er sie aufstellte, darum bemüht, daß sie seiner Seele denkbar viele Eindrücke vermittelten, daß irgendwelche Farben sie unsichtbar umschwebten und sie ein nie gekanntes Empfinden für verschiedenartigste Epochen heraufbeschwören und daß all das zusammenströmte und zu einer gewissen Gesamtheit verschmolz. Auf diesem Sofa las er gerne Puschkin, gerührt vergoß er sogar von Zeit zu Zeit über einzelne Verse Tränen, da er machtlos gegenüber so viel Schönheit war. Wie liebte er Dostojewskij, und wie sehr beunruhigten ihn dessen ästhetische Probleme! Nun waren diese Dinge leblos, und Lokonow empfand es als unangenehm, daß sie in seinem Zimmer standen, sobald er sie anschaute, bildete sich ein dichtes Gespinst an Erinnerungen, das ihn, Lokonow, in die Vergangenheit mit sich zog, ihn unablässig an sein Alter mahnte. Sie waren nicht nur nutzlos, nicht nur unangenehm für ihn geworden. Sie waren ihm zuwider. Lokonow beschloß, sich von ihnen zu trennen, sie zu veräußern.

Beim Einschlafen hatte er überlegt, daß er ein Inserat in der Wetschernaja Krasnaja aufgeben müsse: In der Straße sowieso, Nummer sowieso, stehen ein Mahagonischreibtisch aus der Zeit Alexanders I., ein Bücherschrank aus der Zeit Pauls I. und zwei Mahagonisessel zum Verkauf. Und Lokonows letzter Gedanke war, daß seine Mutter entsetzlich überrascht sein werde: Sie wird es entsetzlich bedauern und ihn überreden, nichts davon zu verkaufen. Am Morgen aber stand Lokonow auf, und es war ihm, als habe er folgenden Traum gehabt: In einem Schloß lebt ein wunderschöner Jüngling, und alles um ihn herum ist wunderschön; himmlische Gemälde hängen an den Wänden, draußen sind wunderschön beschnittene Alleen mit anmutigen Kunstwerken. Und plötzlich spielt der wunderschöne Jüngling verrückt, ratscht mit dem Messer über die herrlichen Gemälde, schlägt die kostbaren Gegenstände kurz und klein, läuft in den Park hinaus, zerschmettert die Statuen, zerstampft die Blumenbeete und zerstört die zu mannigfaltigen Figuren gestutzten Büsche.

Dennoch muß ich mich von euch trennen, überlegte Lokonow. Sei es auch nur um der Erfahrung willen, die Einrichtung muß verkauft werden, vielleicht sollte ich mich sogar von diesem Zimmer trennen, wegziehen, irgendwohin übersiedeln und ein neues Leben beginnen. Ich werde die Möbel verkaufen, dachte Lokonow, und ein Inserat aufgeben: Tausche Zimmer von der und der Größe gegen Zimmer der und der Größe, und dann weg von hier, ich muß unbedingt weg von hier.

Anfertjew machte sich auf den Weg zu der neuen Adresse. Er betrat ein Holzhaus. Wie sich herausstellte, wohnte Lokonow im Erdgeschoß. Er zog an der Türklingel.

Ein Junge öffnete die Tür.

»Wohnt hier ein Lokonow?« fragte Anfertjew.

»Ja, die nächste Tür links.“

Anfertjew klopfte. Keiner antwortete. Anfertjew klopfte nochmals mit gekrümmtem Finger, abermals war nichts zu hören.

»Gehen Sie hinein, vielleicht ist er eingeschlafen“, meinte der Junge.

Anfertjew drückte die Klinke herunter und trat ein.

Das Zimmer war klein. Auf dem Bett lag Lokonow und schlief allem Anschein nach. Ein billiger Stuhl stand am Kopfende des Betts, ein unlackierter Küchentisch beim Fenster, auf einem winzigen Büchergestell, das er auf dem Markt erstanden hatte, lag Brot. Durch die schmutzigen Fensterscheiben waren eine Ecke des Hofs und eine verkrüppelte Birke zu sehen. Über dem Bett hing ein Porträt des berühmten Ringkämpfers Onkel Wanja. Wie ein Fächer waren Ansichtskarten an die Wand geheftet, Mary Pickford, Gary Peale.

Anfertjew war erschüttert. Das hätte er nie und nimmer von dem Liebhaber von Träumen erwartet. Er berührte Lokonow an der Schulter.

»Verzeihen Sie«, sagte er.

Lokonow schlug die Augen auf und sah seinen Gast verständnislos an. Dann stützte er sich auf den Ellbogen, ließ den Blick einmal durch das Zimmer kreisen und setzte sich auf den Bettrand.

»Sind Sie etwa krank?« erkundigte sich Anfertjew.

Lokonow gähnte.

»Ach, Sie sind es, Anfertjew. Was gibt es Neues? Setzen Sie sich.«

Lokonow nahm seine Hose vom Stuhl und legte sie aufs Bett.

»Ich habe lange nach Ihnen gesucht«, sagte Anfertjew. »Sie haben sich offenbar vorübergehend hier eingemietet. Dieses Haus ist ohne jeglichen Komfort.«

»Ja, später ziehe ich natürlich um, vorläufig ist es aber nicht übel hier. Der Blick aus dem Fenster ist sehr nett. Im übrigen wollte ich meine Situation ändern.«

Die erfolglose Liebe, dachte Anfertjew, wahrscheinlich treibt ihn die erfolglose Liebe in den Wahnsinn.

»Nun«, meinte Lokonow, »im Augenblick brauche ich keine Träume, oder doch, vielleicht irgendwelche besonderen Träume. Oder nein, ich brauche überhaupt keine Träume.«

»Es geht nicht um Träume«, erwiderte Anfertjew, »ich wollte Sie mit einem Ingenieur bekannt machen. Ein unglaublicher Kauz!«

»Nein, ich gehe nirgendwo hin«, antwortete Lokonow, »ich

fühle mich hier wohl, der Blick aus dem Fenster ist angenehm, ich bin von netten, einfachen Menschen umgeben und brauche nicht das Geringste. Ich esse in der Kantine und führe ein Leben wie alle anderen.«

Lokonow zündete sich eine Zigarette an und atmete den Rauch tief ein.

»Es ist schön, sich als Durchschnittsmensch zu fühlen. Man mag, sagen wir mal, Blumen und junge Mädchen, plaudert über das Wetter mit den Hausfrauen, steht Schlange und hat das Gefühl, das Leben ist herrlich.«

Anfertjew war erstaunt. Er spürte, Lokonow meinte das, was er sagte.

»Gut wäre es auch, ein Spezialist zu sein«, meinte Lokonow, »Mädchen mögen Fachleute, ich aber bin ein älterer Herr, ich brauche nicht das Geringste. Deshalb geht es mir hier gut. Wozu brauche ich ein Mahagonisofa, wozu einen Schreibtisch, mir reichen Bett und Stuhl. Ich brauche nicht das Geringste. Ich esse Schwarzbrot und trinke Karottentee.«

»Aber der Ingenieur! Ein nicht ganz unbekanntes Fräulein ist dann und wann bei ihm.«

Lokonow schwieg.

»Julja Sergejewna ist ab und an dort. Kommen Sie«, wollte Anfertjew ihn überreden, »wir nehmen die Zwanzig und fahren geradewegs hin. Tschechowgasse, Nummer 12, Wohnung 2. Wir werden auf jeden Fall den Abend angenehm verbringen.«

Doch Anfertjew gelang es nicht, Lokonow zu überreden.

Kaum war allerdings die Tür hinter Anfertjew zugefallen, fuhr Lokonow hoch. Er wollte aufstehen und Anfertjew hinterherlaufen. Er wollte Julja sehen.

Ein günstiger Vorwand, sie wiederzusehen, überlegte er. Einen Abend verbringe ich wenigstens mit ihr, und wenn ich mich davon überzeugt habe, daß sie glücklich ist, können wir uns auf immer trennen. Ich werde ihr Gesicht sehen, vielleicht gelingt es auch, ein wenig mit ihr zu plaudern und sei es über die banalsten Dinge. Ich muß mich entscheiden: Gehen oder Nichtge-

hen. Die Zeit verfliegt, Anfertjew müßte schon in der Straßenbahn sein.
Lokonow warf einen Blick auf die Uhr. Es war zehn Minuten vor neun.
Zu spät, Anfertjew ist schon losgefahren, und allein dort zu erscheinen ist mir irgendwie peinlich.
Es war bereits halb elf, als Lokonow endlich einen Entschluß faßte und zur Straßenbahnhaltestelle ging. Er stieg ein und fuhr los.
Was soll's, überlegte er, irgendeinen Vorwand werde ich schon finden.
Die Straßenbahn raste. Lokonow saß in einer Ecke. Die Straßenbahn war fast leer. Mit verzweifelter Eile stieg Lokonow aus, stürmte zur Shukowski-Straße und bog dort in die Tschechowgasse ab. Erstaunt sah Lokonow, daß die Tschechowgasse eben die Gasse mit dem grünen Haus war. Auch die Nummer war die gleiche. Während Lokonow die Treppe hinaufging, stieg in ihm der Verdacht auf, daß es auch die Wohnung sein könnte, in die Julja immer mit dem jungen Mann ging. Läuten oder Nichtläuten, erwog Lokonow, vielleicht habe ich die Hausnummer vergessen oder Anfertjew hat sich geirrt. Plötzlich erscheine ich, und die beiden sind allein. Man erklärt mir, hier links oder dort rechts, ich klopfe an, die Tür wird aufgerissen, und sie trinken Wein, vielleicht spielt sie auch Klavier und denkt: Was für ein aufdringlicher und nichtswürdiger Mensch!
Lokonow ging die Treppe wieder hinunter, stieg dann wieder bis zum Treppenabsatz hinauf. Die Tür der Nachbarwohnung öffnete sich, eine Frau spähte hinaus und blieb, Lokonow mißtrauisch beäugend, stehen, als wollte sie abwarten, ob er klingeln würde oder nicht. Lokonow überlegte: Sie muß durchs Schlüsselloch beobachtet haben, wie ich dastand, hinunterging und wieder bis zum Treppenabsatz hinaufgestiegen bin. Sie wird mich für einen Einbrecher halten, und wenn ich versuche fortzugehen, wird sie gar noch um Hilfe rufen.

Lokonow klingelte.
Die Frau wartete ab, bis die Tür aufging.
Lokonow betrat die ihn beunruhigende Wohnung.
Die Tür zum Flur stand offen. Aus dem Zimmer drang Stimmengewirr. Ein älterer Herr mit Glatze, der Lokonow an der Tür empfing, fragte höflich:
»Wen belieben Sie zu suchen?«
»Anfertjew hat mich...«, rang Lokonow nach Worten.
»Mit wem habe ich die Ehre?« fragte der Gastgeber und reichte ihm die Hand.
»Ich bin Lokonow.«
»Sehr, sehr angenehm. Legen Sie ab und kommen Sie.«
Toropulo ließ dem Gast den Vortritt.
»Verzeihen Sie, daß ich so spät komme...«
»Macht nichts, macht nichts«, erwiderte Toropulo.
Im Zimmer waren eine Menge Leute. Anfertjew lief ihm freudig erregt entgegen und flüsterte Toropulo etwas zu.
Lokonow sah Julja auf dem Sofa sitzen.
Unsicher nickte er allen von der Tür aus zu.
»Unser neuer Bekannter«, wandte sich Toropulo an die Anwesenden, »sammelt Träume. Sie haben hoffentlich Ihre Träume mitgebracht? Ich hoffe, Anfertjew hat Ihnen schon von unserer wissenschaftlichen Gesellschaft erzählt.«
Doch die Worte des Gastgebers drangen nicht bis in Lokonows Bewußtsein vor. Der Gast bemühte sich, seinem Gesicht irgendeinen Ausdruck zu verleihen, aber was für einen, war ihm selbst unklar. Während er vortäuschte, den Worten Toropulos zu lauschen, starrte er immerzu Julja an, bis er endlich begriff, daß sie irgendwelche Bildchen betrachtete.
Sie schenkt mir keine Beachtung, dachte Lokonow und wandte den Blick ab.
»Ja«, sagte er zu Toropulo, »sehr angenehm.«
Plötzlich ertönte Juljas Stimme:
»Anatolij Dmitrijewitsch, kommen Sie zu uns!«
Julja rückte zur Seite.

»Wohin sind Sie denn verschwunden«, flüsterte sie, »nirgendwo sieht man Sie.«
»Ich bin umgezogen«, antwortete Lokonow, »deswegen war ich verschwunden.«
»Alte Bekannte zu vergessen ist nicht schön«, sagte Julja und schüttelte ihr Haar. »Doch darüber reden wir nachher. Schauen Sie nur, was für Bilder. Das sind japanische Massenartikel.«
»Ja,« sagte Lokonow, »schöne Bilder.«
»Sie sind ein erstaunlicher Mensch!« sagte Julja traurig. »Immer und ewig geben Sie nur leere Worte von sich, wohl, weil Sie mich für leer halten. Das ist nicht schön. Mit den anderen reden Sie wie mit Menschen über dies und jenes, mit mir aber nur vom Wetter, oder Sie sagen, daß Sie nasse Füße bekommen haben, niemals reden Sie aber über etwas Ernsthaftes. Halten Sie mich für zu jung dafür oder wie? Sehen Sie, ich nehme es Ihnen übel, wenn Sie sich nicht bessern.«
»Da fliegt ein Gnom«, sagte Lokonow verwirrt, »und seine Mütze ist sehr hoch. Und das sind japanische Kinder, der Japaner da trägt einen Dreispitz.«
Was schwatze ich nur für einen Unsinn, dachte Lokonow.
»Wissen Sie was«, versuchte er kühn zu sein, »wir nehmen diese Bilder und gehen dort in die Ecke, hier ist es zu laut.«
»Sagen Sie doch einfach, daß Sie hier nicht bequem sitzen, zu wenig Platz haben.«
»In der Tat, hier ist zu wenig Platz«, bestätigte Lokonow, »dort fühlt man sich freier.«
Julja ergriff das Heft und sagte:
»Kommen Sie!«
Sie blieb stehen:
»Wissen Sie was, wir gehen ins Nebenzimmer.«
»Hier herrschen aber lockere Sitten«, reagierte Lokonow und dachte an das Fenster, an Juljas imaginären Liebhaber.
»Ja, Toropulo ist ein entzückender Mensch«, antwortete Julja Sergejewna, »bei ihm fühlt man sich wie zu Hause.«

Julja schaltete das Licht in dem finsteren Zimmer an.
»Hier ist es besser, nicht wahr. Setzen Sie sich. Wissen Sie was, ich spiele Klavier. Was soll sich Ihnen vorspielen?«
»Na ja, ich weiß nicht recht.«
»Schon gut, das, was uns einfällt.«
»Hier sind die ›Lieder ohne Worte‹«, Lokonow blätterte die Noten durch, »oder die ›Jahreszeiten‹.«
»Geben Sie die ›Lieder ohne Worte‹.«
Julja spielte, sie betonte die gefühlvollen Noten, hob besonders klar und deutlich alle Arpeggios und Triller hervor, hin und wieder verlangsamte sie das Tempo mutwillig oder faßte zwei Takte zu einem zusammen.
Lokonow beobachtete das siebzehnjährige Profil. Draußen regnete es offenbar. Lokonow bedauerte, daß er im Grunde genommen über nichts mit dem netten Mädchen reden konnte. Da haben wir uns abgesondert, aber es gibt nichts, worüber wir reden könnten, trotzdem muß ich ein Gespräch beginnen.
»Soll ich noch etwas vorspielen?«
Sie verheimlicht mir etwas, überlegte Lokonow, heuchelt.
»Sagen Sie, haben Sie jemals geliebt?« fragte er zu seiner eigenen Überraschung.
Das Mädchen lächelte.
»Oho, so einer sind Sie, und ich hielt Sie für die Zurückhaltung selbst.«
Lokonow errötete.
»Erzählen lieber Sie von Ihrer ersten Liebe«, schlug Julja vor.
»Unmoglich«, schrie Lokonow fast.
»Ich habe noch keinen geliebt«, antwortete Julja, als sie die Verwirrung ihres Gespächspartners bemerkte.
»Und der junge Mann in dem grünen Haus?« Lokonow brach alle Brücken hinter sich ab. »Er begleitet Sie häufig abends.«
»Ach, den meinen Sie«, Julja lachte hell auf. »Er ist doch korrespondierendes Mitglied dieser Gesellschaft. Was sind Sie boshaft, der ist doch fast schon sechzig Jahre alt. Er begleitet

mich, weil ich viele Wohltätigkeitsabzeichen habe, er will sie klauen.«

»Zeigen Sie ihn mir«, bat Lokonow.

Julja stand auf und führte Lokonow zur Tür.

»Das ist er«, und wies auf das Sofa.

Auf dem Sofa neben Toropulo saß ein schlanker, glattrasierter alter Mann mit leicht pockennarbigem Gesicht und kahlem Schädel.

»Wirklich?« fragte Lokonow.

»Natürlich«, gab Julja zur Antwort.

»Ich erkläre die Vollversammlung für eröffnet«, erklang Toropulos Stimme im Nebenzimmer.

»Auf der heutigen Tagesordnung stehen: der Vortrag von Dr. Schelleracher.

1. Versuch einer Einführung in das Studium der Wirkung von kulinarischen Träumen auf die Ausscheidung des Magensafts.
2. Rezitation von kulinarischen Träumen: Lokonow.

   Nach der Vollversammlung folgt ein Konzert.

3. Kulinarische Romanzen. Es spielt Anna Kremer.
4. ›Hochzeitsmahl‹, Suite von Bach, von einem Quartett ausgeführt.

   Nach dem Konzert:
   Tanz und Tee bis zum Morgen.

Lokonow lauschte der Suite. Die Gläser klirrten und sangen wie Kinderstimmen. Ein buntes Gemisch von Menschenstimmen wurde laut, vereinzelte Stimmen, und es wurden wohl auch Reden geschwungen. Gelächter kam auf und erfaßte gleichsam den ganzen Tisch, die ganze Zeit über erklang gedämpft wie eine ferne Begleitung zärtliche und ernste Musik, die gleichsam der Hintergrund für den klingenden Hochzeitstisch war.

Dann trug Toropulo eigene Verse vor:

Die Häuser vergehn. Und die Liebe lacht,
Geht aus dem Garten der reifen, epikureschen Nacht.

Sie träumte von einem jungen Garten,
Voll Zirpen und Gesang,
Mit fröhlichen Kinderstimmen
Und fernem Schlachtengeschrei, das lockte.

Wie schwer ist die Liebe mit sechzehn Jahrn.
Ihr scheint: das betörende Licht erlosch,
und ringsum steht schrecklich und dicht der Wald,
und immer werden Regen und Wolken sein.

Lokonow lauschte aufmerksam. Das könnte doch ein Gedicht über Julja sein, dachte er beunruhigt.

SECHSTES KAPITEL

Shulonbins Privatleben

Das Fenster stand offen, dennoch stank es in dem Unterschlupf des Einkäufers ekelhaft. Alle Gegenstände, die in dieses Zimmer hineingebracht wurden, nahmen zwangsläufig einen für sie untypischen Geruch an. Sie verbreiteten ein scharfes und säuerliches Aroma.

Seine Ehefrau kämpfte mit diesem Gestank. Manchmal schenkte sie ihrem Mann Blumen, die jener mit Stolz entgegennahm. Allerdings erregte auch der Blumenduft Übelkeit in diesem Raum, er wurde widerlich süß. Nach einiger Zeit verflog der ursprüngliche Duft der Blume. Allmählich stanken auch sie nach verschiedensten Ausdünstungen. Dann verwelkte die Blume ungewöhnlich schnell.

Weder Faulbeere noch Flieder, auch nicht Jasmin oder das sperrangelweit offene Fenster konnten die Zimmerluft erneuern.

Lokonow saß vor einem Fliederstrauß und wunderte sich, daß er einen so widerlichen Geruch verströmte.

Dennoch existierten auch in diesem Leben, dachte Lokonow, die siebzehnjährige Julja und ein Lebensziel.

Shulonbin erklärte, wie glücklich er sei, daß er jetzt ganz und gar in der Klassifikation von Zigarettenkippen aufgehe, das sei die wirkliche Vielfalt, und er verlas ein ganzes Traktat über verschiedene Formen, über die verschiedenen Arten, wie die Kippen geknifft, gekrümmt, angeraucht sind und über ihre Einfärbungen.

»Das ist ein Glassplitter«, fuhr Shulonbin fort, »und an ihm klebte eine Kippe. Genau hier entsteht die Schwierigkeit bei der Klassifikation. Die persönlichen Vorlieben des Klassifikators. Man könnte diesen Gegenstand Glassplittern, jedoch auch Zigarettenkippen zuordnen. Gerade hierbei entstehen die Zweifel – keiner kann es entscheiden«, fügte Shulonbin niedergeschlagen hinzu. »Alles auf der Welt ist auf wundersame Weise miteinander verbunden.«

In der Stadt schlief schon längst alles. Lokonow und Shulonbin saßen in der Küche unter einer Bürolampe. Lokonow beobachtete Shulonbin bei der Arbeit und schwieg.

Julja kam nicht.

Shulonbin schloß die Augen, und es war offensichtlich, daß er krampfhaft nachdachte, dann schlug er sie auf und notierte etwas in ein Inventarbuch.

»Die Klassifikation ist die erhabenste Schöpfung«, sagte er, nachdem er alle auf dem Tisch liegenden Kippen in das Buch eingetragen hatte, »die Klassifikation ist im Grunde genommen die Formgebung der Welt. Ohne Klassifikation gäbe es keine Erinnerung. Ohne Klassifikation wäre jegliches Erfassen der Realität unmöglich. Die Menschen verteilen alles unbewußt in Schubladen. Ich tue es bewußt. Der Klassifikator ist der beste Mensch.«

»Ich muß gehen«, meinte Lokonow.

»Bleiben Sie noch, wir trinken Tee, ich mache gleich heißes Wasser.« Shulonbin steckte den Petroleumkocher an und stellte den Teekessel darauf.

»Nach getaner Arbeit muß man ruhen, sich unterhalten«, sagte Shulonbin, der am Petroleumkocher hantierte.

Lokonow hatte nicht die Kraft zu gehen.

»Halten Sie mich für keinen Geizhals«, fuhr Shulonbin fort, »ich bin der Menschheit äußerst nützlich. Es ist wahr, daß ich mich seelisch kastriert habe, doch habe ich dies alles für das erhabene Werk des Systematisierens getan. Das Systematisieren ist meine große Leidenschaft. Wie jeder Mensch, der von einer großen Leidenschaft besessen ist, habe ich natürlich meine Schrullen. Schenken Sie ihnen keine Beachtung. Denn wäre ich ein Geizkragen, würde ich Dinge sammeln, die einen realen Wert haben. Ich aber sammle, wie Sie sehen, allen möglichen Kram oder das, was für Kram gehalten wird. Gehen Sie nicht fort«, hielt er Lokonow zurück, »ich zeige Ihnen alles, was ich besitze. Ein Geizhals würde Ihnen seine Schätze niemals zeigen. Für mich jedoch ist es eine reine Wonne, Ihnen meinen Besitz zu zeigen. Während ich ihn vorführe, erinnere ich mich, wieviel Mühe es mich gekostet hat, ihn zu erwerben, wie viele Menschen ich überlisten mußte, um all dessen habhaft zu werden. Ich verbrachte schlaflose Nächte, während ich ihn zusammentrug, saß stundenlang mit alten Weibern herum, nur wegen eines verblichenen Haarbands. Das alles tat ich um der Klassifikation willen.«

Lokonow ging. Als Shulonbin den Deckel einer Truhe hochhob, war im Zimmer ein Stöhnen zu vernehmen.

»Niemand kann sich unbemerkt bei mir einschleichen,« frohlockte der Systematiker. »Die Saite hier wird stöhnen. Und dort steckt im Türschloß, für das uneingeweihte Auge unsichtbar, ein vertrocknetes Blatt.«

Er machte sich daran, die von ihm ergriffenen Vorsichtsmaßnahmen zu überprüfen. Alle Gegenstände waren wie mit einem Gespinst aus Knarren, Pochen und Stöhnen umhüllt. Shulonbin konnte ruhig schlafen. Sollten seine Tochter oder Frau, in der Absicht, seine Arbeit zu stören und einen x-beliebigen Gegenstand zu entfernen, sich in das Zimmer schleichen, während er schlief, würde er es augenblicklich hören, und geschähe dies in seiner Abwesenheit, würde er es sofort bemerken.

Shulonbin ging zur Tür, steckte den Schlüssel hinein und lauschte. Er drehte ihn zweimal um. Bei jeder Umdrehung des Schlüssels klang es, als würde eine Saite langsam gespannt und jäh reißen. Früher waren die Leute klüger, überlegte Shulonbin an der Tür. Die Truhen hatten Schlösser mit einer vorgetäuscht gefälligen Musik. Die Ehefrau konnte den versoffenen Ehemann sofort am Ort des Verbrechens stellen. Jetzt ist nichts mehr so, alle haben diese Schlösser vergessen. Erstaunlich, wie die einfachsten Dinge vergessen werden, und spätere Generationen glauben, musikalische Schlösser hätte es um der Ästhetik willen gegeben.

Shulonbin schüttelte begeistert sein langes, feines Haar.
Wie schade, daß mein Zimmer so klein ist, daß ich auf das Systematisieren von sperrigen Gegenständen verzichten muß und nur Dinge sammeln kann, die fast nichts wiegen.
Shulonbin setzte sich an den Schreibtisch und zog mit Zahlen beschriebene Blätter heraus.

Brief der Köchin an ihre Tochter:

a – 32	Anzahl der Wörter 102	Substantive 20
b – 9	Ausrufezeichen 1	Adjektive 40
c – 12	Punkte 33	Konjunktionen 10
d – 7	Kommas 0	Präpositionen 5

Brief des Leiters einer Kooperative an das Objekt seiner Leidenschaft:

a – 19	Anzahl der Wörter 58	Substantive 15
b – 8	Punkte 3	Adjektive 20
c – 10	Kommas 3	
d – 6		

Shulonbin holte einen Brief aus der Tasche, den er tagsüber in der Kooperative gestohlen hatte.

Webereikontor 7. Juli 1912
W. I. Gawrilow Erben

An den Kujbyschinsker Amtsbezirksvorstand

Sehr geehrter Herr!
Aus Gründen des Abgangs zweier Personen ins Jenseits und einer Person zur Armee werden die Pässe dem obengenannten Amt zurückerstattet.
Ich verbleibe mit vorzüglicher Hochachtung
Im Auftrag der Erben
N. Utkin

Ohne auf die Originalität dieser Notiz zu achten, ohne sich auch nur eine Sekunde damit aufzuhalten, möglicherweise hatte er nicht einmal den Sinn erfaßt, fing Shulonbin an, die Anzahl der Vokale, Konsonanten, Wörter, Substantive und Adjektive zu zählen.

Dann legte er den Brief zu den anderen Papieren, nahm das Rechenbrett und zählte zusammen, wie viele Vokale, Konsonanten, Wörter, Substantive, Adjektive ihm der heutige Tag eingebracht hatte...

Das Rechenbrett klackerte. Shulonbin war in Gedanken vertieft.

Angenommen, ich wäre wirklich ein Geizhals, Leibniz war auch gegen Ende seines Lebens außerordentlich geizig, was ihn aber nicht daran hinderte, Philosoph zu bleiben.

Noch lange saß Shulonbin so da, offensichtlich beunruhigte ihn diese Frage. Es wurde Abend. Shulonbin trällerte nun französische Chansons.

Als er an dem Fliederstrauß roch, träumte er von seinen Liebesabenteuern. Ziemlich häufig spazierte Shulonbin, Lederhandschuhe übergestreift, in der nahe gelegenen Grünanlage. Stolz schritt er einher in der Erinnerung an flüchtige Abenteuer und in der Vorahnung neuer. Er liebte die Frauen als angenehme Unterhaltung.

Schade, daß Julja nicht gekommen ist, überlegte Shulonbin.

Er ging los, um in der kürzlich angelegten Grünanlage einen Spaziergang zu machen. Er ging die schmalen Kieswege entlang und hielt immerzu Ausschau. Bisweilen setzte er sich, horchte. Stand wieder auf und ging weiter.

Schließlich setzte er sich neben ein einsames Mädchen und zeichnete Schiffe, Häuser und Pyramiden in den Sand.

Das Mädchen sah geraume Zeit zu und wurde neugierig.

»Ach was, meine Frau«, antwortete Shulonbin dem Mädchen, »meine Frau ist für mich eine Köchin, sie ist gänzlich ungebildet.«

Zärtlich nahm er die Hand der zu Verführenden.
»Meine Liebe«, sagte er, »wenn Sie nur wüßten, wie weh einem manchmal bei der Erkenntnis ist, daß man sein Schicksal mit einem der nichtswürdigsten Geschöpfe verbunden hat, wie man sich manchmal danach sehnt, etwas Höheres, Zartes sanft zu berühren und den Schlag eines reinen Herzens zu fühlen. Mit meiner Frau kann ich über das, was den Inhalt meines Lebens ausmacht, nicht sprechen. Schmerzlich ist es zu spüren, daß das Herz verschlossen ist, daß sie all das kalt läßt, was mich interessiert. Sie begreift nicht im geringsten, was es bedeutet, wenn das Grab von Tut-ench-Amun geöffnet wird. Übrigens war ich seinerzeit in Ägypten, und das Grab dieses Erneuerers hat mich sehr beeindruckt. Von der Arktis will sie überhaupt nichts wissen.«
»Sie waren in Ägypten und am Nordpol? Nehmen Sie vielleicht an der Expedition auf der ›Malygin‹ teil?« fragte das Mädchen lebhaft.

»Ich war nicht nur in Ägypten«, antwortete Shulonbin. Shulonbin knöpfte den Mantel auf, das Mädchen erblickte die Plakette eines Teilnehmers der Arktisexpedition. »Ich war auch auf Formosa. Wenn Sie wüßten, was für Augen Sie haben. Solchen Augen bin ich in meinem Leben noch nie begegnet. Solchen Augen kann man nur einmal im Leben begegnen. Ach, schauen Sie mich noch einmal an. Nein, nicht so, so, wie Sie mich vor einer Minute angesehen haben. Danke! Nein, schön sind Sie nicht; doch geht von Ihnen ein Zauber aus. Es ist gut so, daß Sie nicht schön sind, wenn man eine schöne Frau sieht, hat man immer den Verdacht, die ist dumm«, fuhr Shulonbin innig fort. »Mein Gott, worin verbirgt sich das Geheimnis Ihres Zaubers, nicht wahr, Sie gefallen den Männern sehr?«
Die Unbekannte saß auf der Bank. So hatte bis jetzt noch keiner mit ihr gesprochen. Sie war dem unbekannten Mann dankbar für seine Worte, dankbar, daß er glaubte, sie würde den Männern ausnehmend gefallen.

Sie wurde immer lebhafter und betrachtete Shulonbin zärtlich. Shulonbin nahm wie zufällig ihre Hand, drehte sie um und studierte die Handfläche.

»Was für eine schöne Hand Sie haben«, sagte er. »Nein, nein, schweigen Sie! Ich werde selbst herausfinden, wer Sie sind. Die Besitzerin einer solchen Hand müßte glücklich sein, indessen Sie...«

Shulonbin ließ die Hand des Mädchens nicht los.

Es gab nichts, worüber sie an diesem Abend nicht sprachen. Das Mädchen erzählte Shulonbin ihr ganzes Leben.

»Wie heißen Sie?«

»Tanja.«

»Ich heiße Michail Prisoborow, nennen Sie mich aber einfach Mischa.«

Sie trennten sich als Freunde und verabredeten, sich schon morgen wieder hier zu treffen.

Doch nein, Shulonbin begleitete sie nach Hause, und sie unterhielten sich noch lange vor dem Tor. Shulonbin äußerte den Wunsch zu sehen, wie sie wohne.

»Nicht doch, heute noch«, beharrte er.

»Ach, lieber nicht«, sagte das Mädchen, »sind Sie denn nur deswegen mitgekommen?«

Früh am Morgen verließ Shulonbin sie. Zur Erinnerung nahm er eine Haarsträhne, ein Taschentuch und einen Strumpf des Mädchens mit.

Tags darauf wartete das Mädchen auf der Bank vergeblich auf Prisoborow.

Eines schönen Tages begegnete sie Prisoborow auf der Straße. Er sah sie nicht einmal an. Er war mit Sawitkow unterwegs, und begeistert erzählte er ihm etwas. Shulonbin berichtete von seinem letzten Liebesabenteuer.

Shulonbin stand an der Theke und plauderte mit dem Büfettfräulein. Um Geld zu holen, knöpfte er den Mantel auf. Für eine Sekunde blitzte der Orden des Roten Banners hervor.

»Da unterhalte ich mich schon zum fünften Mal mit Ihnen und habe erst heute herausgefunden, daß Sie Polina heißen.«
»Nicht Polina«, mischte sich ein älterer Gast giftig ein, »sondern wohl Praskowja.«
Shulonbin wartete geduldig. Der Gast leerte einen Humpen Bier und ging.
»Ich heiße Arkadij Trifonow«, sagte Shulonbin, »freut mich, Sie kennenzulernen. Weshalb arbeiten Sie hier, warum gehen Sie nicht im Hotel Oktjabr arbeiten. Ich kenne dort den Maître d'hotel.«
Im Café waren keine Gäste mehr. Als Shulonbin sein Bier bezahlen wollte, überredete sie ihn, davon abzusehen.
Shulonbin ging hinaus und sah sich um: Weit über die Theke gebeugt, winkte sie ihm nach.

Witalij Noskow, eigentlich Shulonbin genannt, machte sich auf den Weg zu einer pensionierten Choristin. Dort würden sie ihn aufs beste bewirten. Dort konnte man über die Liebe sprechen. Stark gepudert empfing ihn die Choristin. Sie warf sich ihm entgegen. Er war ihre letzte Liebe. Sie spürte, daß sie Noskow bald nicht mehr halten könnte.
Sie verabschiedete sich ausgiebig von Noskow. Mit inniger Zärtlichkeit küßte sie seine Augen, seinen Hals. Von der Treppe aus sah sie zu, wie das ihr teure Geschöpf hinunterging.
Witalij verließ sie, nachdem er Geld von ihr geliehen hatte. Liebende müssen alles teilen. Er konnte doch eine Frau, die ihn abgöttisch liebte, nicht kränken, indem er es abschlug.
Lange schaute die Choristin aus dem Fenster, Witalij drehte sich jedoch nicht um. Sie holte ein Fernglas und spähte unermüdlich der teuren Gestalt nach. Nein, er drehte sich nicht um.

SIEBTES KAPITEL

In der Bierkneipe

Während er bei den ›Zwei Schwestern‹ zechte, schrieb Anfertjew in einer Anwandlung von Fröhlichkeit dem Ingenieur einen Brief:

Sehr verehrter Wassilij Wassiljewitsch!
Als Antwort auf Ihr ehrenvolles Angebot vom 13. Februar d.J. habe ich die Ehre, Ihnen die Preisliste der Waren, die diesen Monat bei uns eingetroffen sind, zu übersenden.

Mit vorzüglicher Hochachtung
Anfertjew

PREISLISTE

Nr.	Bezeichnung	Preis	
		Rubel	Kop.
1.	Existenz nach dem Tod; Traum einer Kinderfrau	1	–
2.	Fünfjahresplan; Traum einer alten Kaufmannsfrau	2	–
3.	Das Mädchen und die höfliche Beziehung eines Bären zu ihr; Traum einer Bibliothekarin	–	50
4.	Pest; Traum einer Juristin im Jahre 1921	2	–
5.	Traum einer Gymnasiastin. Sie soll ein Mädchen aussuchen, mit dem sie die Schulbank teilen wird. Die Gymnasiastin gerät in Verlegenheit. Plötzlich verwandeln sich alle Schülerinnen in Kuchen. Die Wahl wird leicht.	3	50
		(besonders zu empfehlen)	
6.	Der Traum, wie eine Dame im Treppenhaus einer Gestalt mit architektonischem Gesicht		

begegnet, die allen ihr Schicksal aushändigte, und wie die Dame auf die Gestalt zuging, die ihr jedoch kein Schicksal mehr gab, denn es fehlte. 1 –

7. Alptraum eines Mädchens, wie es jemanden erschießt, und daß der Zustand der Leute, die sie erschießt, gruselig ist, sie wollen den Augenblick des Todes hinauszögern, einer beginnt, sein Taschentuch zu suchen. 1 –

Anfertjew schüttelte sich vor Lachen und schrieb Lokonow einen kurzen Brief.

Sehr verehrter Genosse Lokonow!
Zu unserem tiefsten Bedauern fühlen wir uns außerstande, den Traum der Gymnasiastin von den Kuchen zu verkaufen, weil dieser Traum, wie erwiesen, schon an Toropulo verkauft wurde, der von seinem Kauf unter keiner Bedingung zurücktreten will.
(Beiliegend sein Brief im Original).
In Erwartung Ihrer weiteren Aufträge, zu deren äußerst sorgfältiger Erfüllung wir stets bereit sind, verbleiben wir mit vorzüglicher Hochachtung

Anfertjew

ACHTES KAPITEL
Nochmal jung

Kaum hatte sich Lokonow hingesetzt, da ging das Licht aus. Lokonow schaute nicht auf die Leinwand. Er lauschte der Musik. Ein Symphonieorchester spielte abgedroschene Melodien, die er aus seiner Kindheit kannte. Das störte ihn nicht. Es half ihm, sich zu konzentrieren. Lokonow peinigte die Perspektive seines Daseins. Jetzt, da sich herausgestellt hatte, daß Julja frei war, quälte ihn das ganz besonders. Dieses verfluchte Gefühl, daß die Jugend vorbei war! Wie konnte er Julja heiraten. Wenn doch alles ein paar Jahre früher geschehen wäre!
Kaum ging das Licht an, rannte Lokonow aus dem Kino.
Zu Hause warf er sich mit Kleidern aufs Bett. Er wollte an nichts mehr denken.

»Drei Pik«, räusperte sich der Staatsanwalt und zupfte an seinen graumelierten, rötlichen, kurzgeschnittenen Koteletten, wobei er die Karten eigentümlich in der linken Hand hielt.
»Ich passe«, warf ein überaus reinlich und sorgfältig gekleidetes, grauhaariges altes Männchen mit kleiner Glatze, glattrasierten Wangen und kurzgeschnittenem grauem Schnurrbart bescheiden ein.
Nachdem der Partner des Staatsanwalts seine Karten sorgfältig auf den Spieltisch gelegt hatte, verkündete er rasch »ohne Trumpf!« und schloß dabei die Augen wie ein Hahn.
Der vierte Spieler betrachtete unbeeindruckt und gelassen seine Karten, legte sie wohlgeordnet ab, nahm sie in die linke Hand, zog mit der rechten einen Kreidestrich auf dem Tisch für das Gutschreiben der Punkte und erklärte ruhig:
»Sehr verehrte Herren, ich erlaube mir mitzuspielen und riskiere: Fünf Pik.«
Minutenlang herrschte Schweigen. Der Staatsanwalt zupfte immer nervöser an seinen Koteletten, während er sie gleichzei-

tig mit dem gekrümmten kleinen Finger der rechten Hand glättete und über sie strich.
Das reinliche, bescheidene Männchen, an die siebzig Jahre alt, hatte niemals irgendwo gearbeitet und sich mit nichts beschäftigt. Er war ein alter Junggeselle und lebte zusammen mit seinen zwei Schwestern, die fast ebenso alt waren wie er, in einer Villa irgendwo in Peski. Die Schwestern waren Zwillinge.
»Wie konnten Sie es wagen, mich anzustoßen!« drang es an Lokonows Ohr. »Wie konnten Sie es wagen, mich während des Spiels anzustoßen!« schrie der Dickwanst, ein Militärarzt, und funkelte Lokonow böse an.
»Wie konnten Sie es wagen, nach fremdem Geld zu grabschen!« schrie der Student mit verzerrtem Gesicht.
»Wie konnten Sie es wagen, mich um Wechselgeld zu bitten, während ich beim Gewinnen war«, sagte das alte Männchen weinerlich.
»Wie konnten Sie es wagen zu behaupten, daß diese Karte gestochen wird!« bellten fünf, sechs Spieler.
Einer schrie sogar hitzig:
»Was für ein Esel!«
Lokonow sah, wie er stumm vom Tisch fortging und sein Geld zählte. Der Tisch summte wie ein wütender Bienenstock ihm hinterher.
Dann sah Lokonow, wie er ins Café ging, wo er bis sechs Uhr plauderte. Dort wurde eine hitzige Diskussion über die vergangene Nacht geführt: Iwanow hatte gewaltig gewonnen. Kornilow hatte geschickt aus zehn Rubel zweitausend gemacht. Von neuem zog es Lokonow in den Klub, um das Verlorene zurückzugewinnen. Sobald es acht Uhr schlägt, schon treibt es ihn in die Spielhölle.
Sobald er zwei Kartenspiele zusammengeworfen und gehörig gemischt hat, wird er sie dem Nachbarn reichen. Der hebt ab und legt sie in ein Holzkästchen. Der Bankhalter wird das Kästchen in die linke Hand nehmen und viermal je drei Karten austeilen. Eine Minute später waren die Karten aufgedeckt.

Lokonow saß auf dem Bett und lächelte spöttisch. Er hatte gewonnen. Er hatte eine Neun, der Bankhalter eine Acht.
Heute habe ich Glück.
Da erschien Anfertjew in seinem Zimmer.
»Die Schwermut«, sagte er, »ich will mir einen antrinken...«
Anfertjews Erscheinen verscheuchte Lokonows Wunschträume.
»Einen trinken?« fragte er, »was soll's, warum nicht. Ich bin Ihnen nicht böse. Holen Sie was, da haben Sie...«
»Und Sie stehen auf, es ist unanständig, im Bett zu trinken, außerdem kann sich kein freundschaftliches Gespräch entwikkeln«, meinte Anfertjew.
»Wozu soll ich aufstehen«, entgegnete Lokonow, »mich widert alles an, das alte wie das neue Leben, ich will nichts mehr. Heute habe ich auch Lust, mich zu besaufen, mich volllaufen zu lassen. Machen Sie schnell, sonst schließt womöglich die Kooperative. Und kommen Sie augenblicks zurück. Sehen Sie zu, daß Sie nicht verlorengehen.«
»So schnell wie möglich«, sagte Anfertjew, »wie der Blitz, ein Bein noch hier, das andere schon dort.«
Während Anfertjew davonstürmte, um den Fusel zu besorgen, kramte Lokonow seine Jugendtagebücher hervor. Wie widerwärtig spiegelten sie seinen Charakter. Mit Abscheu schleuderte er sie von sich.
Und wenn sie jemand liest, überlegte er, sie zufällig nach meinem Tod findet, wird er über mich lachen, ganz bestimmt wird er lachen. Ich muß sie verbrennen. Verbrennen? wiederholte er. Das ist zuviel der Ehre. Man muß Heringe in sie einwickeln, Tüten für Graupen aus ihnen machen, Stiefel mit ihnen putzen, das Los haben sie verdient.
Also zerriß Lokonow die Hefte.
Heute können sie uns noch anstelle von Tischtuch und Servietten dienen. Wir stellen den Wodka und die Salzgurken darauf und trinken. Betrunken hängt man sich ja leichter auf.

Anfertjew kam zurück. Er fand Lokonow angezogen vor. Einige Heftseiten bedeckten den Küchentisch.

»Also, trinken wir«, sagte Lokonow. »Wie läuft Ihr Geschäft? Blühen Ihre imaginären Läden? Haben Sie viele Verkäufer? Und was ist mit der Werbung? Welche Schiffe befrachten Sie? Händler, das klingt stolz. Der Kaufmann ist eine im Staat geachtete Persönlichkeit. Welchen Rang hat man Ihnen zuerkannt? Warum sehe ich auf Ihrer Brust keine Medaillen? Was für wohltätige Institutionen haben Sie gegründet?«

Anfertjew schwieg.

»Im Grunde«, setzte er dann an, »ist der Handel heutzutage keine ehrenhafte Tätigkeit mehr, sondern gleicht eher der Schwarzbrennerei: Wirst du erwischt, ziehen sie dir ordentlich eins über den Schädel. In früheren Zeiten hätte ich meinen Handel in der Tat unglaublich ausgedehnt. Ich hätte schon herausgefunden, womit man handeln kann. Wahrscheinlich hätte ich mit der ganzen Welt korrespondiert. Die Akkumulation überaus verfeinert. Hätte alle irrealen Güter gesammelt, sie bei mir selbst eingekauft. Und von diesem Geld hätte ich irgendwo eine Villa erworben, mir Frau, Kinder, zwanzig Diener und elegante Autos angeschafft. Mein Leben wäre ein einziges Fest. Und mit Trinken hätte ich nicht angefangen, niemals. Jetzt aber bin ich ein Säufer. Ja, auch Sie wären ganz ein anderer.«

»Als Kartenspieler, der Romanzen liebt«, sagte Lokonow. »Nichts wäre aus mir geworden.«

»Es lohnt nicht, schlechter Laune zu sein«, antwortete Anfertjew. »Hier sind Wodka, Salzplötze und Gurken, Salziges regt zum Trinken an. Wozu grübeln, was wir hätten sein können und was wir wurden. Was wir werden konnten, sind wir geworden. Sich aber umzubringen, ergebensten Dank! Wenn ich verliebt und achtzehn Jahre alt wäre, wenn ich die Wonnen des Lebens noch nicht genossen hätte, wäre das was anderes. So aber ist mein Leben doch nicht so schlecht, aus der Sicht eines vierzigjährigen Mannes? Ich bin frei wie ein Vogel, habe keine

Idole, verbeuge mich vor nichts. Heldentum ist ein leeres Wort für mich. Die Liebe – nackte Physiologie. Kinder – eine subtile Rechnung mit der Unsterblichkeit. Der Staat – ein System der Vergewaltigung. Geld – ein Mythos. Ich lebe sorglos in den Tag hinein. Los, trinken wir auf das sorgenfreie Leben! Auch Ihr Leben ist nicht so übel. Daß das Mädchen einen anderen geheiratet hat? Das ist doch kein Unglück. Vielleicht brauchen Sie gar kein Mädchen, genaugenommen ist das nichts weiter als eine Reizung Ihres Hirns.«

»Was heißt hier Reizung Ihres Hirns?« fragte Lokonow.

»Ganz einfach. Sie wollten sich von Ihren Träumen losreißen, sich ins wirkliche Leben eingliedern, irgendwie eine Verbindung mit dem Leben aufnehmen, nun gut, das ist mißglückt. Kehren Sie zu Ihren Träumen zurück.«

»Sie sind betrunken!« erwiderte Lokonow. »Wie können Sie es wagen, sich in mein Privatleben einzumischen?«

»Privatleben, das heilige Recht auf Eigentum! Wer hat mir verboten, mich einzumischen, die Sitten der alten Gesellschaft? Darauf pfeife ich. Sie meinen, Anfertjew sei ein harmloser Mensch, harmlos, weil er keinen zum Reden hat! Dann sagen Sie, wozu brauchen Sie das Mädchen? Was könnten Sie ihr bieten? Den seelischen Reichtum des Jahres eintausendneunhundertundzwölf? Dieser Ladenhüter wird wohl keinen Abnehmer finden. Träume von einem schönen Leben haben Sie auch keine. Über jugendliche Ansichten verfügen Sie ebensowenig. Sagen Sie, was besitzen Sie eigentlich? Sie haben nichts anzubieten. Schlagen Sie sich besser die Liebe aus dem Kopf.«

»Ich kann aber nicht mehr weiterleben wie bisher, wo soll ich mich nur lassen?«

»Das ist schlecht«, antwortete Anfertjew, »man kann nirgendwohin. Nur die Armee der Zyniker verstärken. In der Tat, Geld interessiert Sie nicht, eine Anstellung interessiert Sie nicht, die Bequemlichkeiten des Lebens ebensowenig, Ruhm ruft Abscheu in Ihnen hervor, die alte Welt verachten Sie, die neue hassen Sie. Zum Zyniker sind Sie auch nicht geeignet. Wie ist Ihnen nur zu helfen, ich weiß es nicht. Ich weiß nicht, was Ihrem Dasein einen Sinn geben könnte.«

»Aber das ist doch Langeweile, vielleicht eine ganz gewöhnliche Langeweile«, erwiderte Lokonow.

»Nein, das ist keine Langeweile, das ist Leere. Sie sind leer wie diese Flasche. Blumen haben Sie nie in Ihrem Leben wahrgenommen, die Vögel schweigen für Sie, und die Nachtigall krächzt immerzu dieselbe gräßliche Arie. Was tun, Ihre Jugend ist vorüber, ein reifer Mann sind Sie nicht geworden. Ich rate Ihnen, trinken Sie. Sie aber werden nicht trinken. Denn das Trinken kommt Ihnen langweilig vor, ist eine beschwerliche Verpflichtung. Sie sind ein Greis, das ist es«, schloß Anfertjew, »aus dem Jüngling wurde von heute auf morgen ein Greis. Nun scheint Ihnen das ganze Leben verfehlt. So fühlt man sich doch nur im Angesicht des Todes. Der Wein ist eine weise Einrichtung, er lockert die Zunge besser als alle Universitäten! Na, jetzt habe ich Ihnen ein Loch in den Bauch geschwatzt, und wozu ich geschwatzt habe, weiß ich nicht. Sinnieren um des Sinnierens willen vielleicht, die philosophische Betrachtung eines Gegenstands? Auch in betrunkenem Zustand sticht die Bildung hervor! Nicht umsonst wollte ich Pädagoge werden. Und dann war alles beim Teufel. Grämen Sie sich nicht. Ihre äußere Erscheinung ist noch nicht davon gezeichnet, und in Ihre Seele kann niemand hineinsehen. Und glauben Sie meinem Geschwätz nicht, es war der Wein, der aus mir sprach.«

Lokonow rauchte eine Zigarette nach der anderen. Er wollte Anfertjew hinauswerfen.

»Sie sollten schlafen gehen!« sagte er.

Seit einiger Zeit lebte Lokonow aus freiem Willen wie eingemauert in seinem kleinen Zimmer. Keiner besuchte ihn, weil er seine Bekannten ein wenig seltsam empfing: Er bot ihnen keinen Platz an, sondern blieb stehen, wodurch er seinen Gesprächspartner zwang, ebenfalls stehenzubleiben, und mit

seiner ganzen Haltung gab er ihm zu verstehen, daß er eigentlich wünschte, er möge so rasch als möglich aus seinem Zimmer verschwinden.
Lokonow spürte, daß er nicht genug Willen besaß, dieses Zimmer zu verlassen. Er wollte sich den Glauben bewahren, daß seine Liebe zu der siebzehnjährigen Julja keine Hirnreizung war. Er wollte nicht glauben, daß die siebzehnjährige Julja für ihn nur ein Mittel war, um das Zimmer zu verlassen, von neuem in die schöne Natur zurückzukehren, dem Gesang der Nachtigall zu lauschen, wie er es mit neunzehn Jahren getan hatte, ein Mittel, das Leben in sich wachzurütteln.
Nachdem Anfertjew gegangen war, legte sich Lokonow, von allem angewidert, aufs Bett.
Was soll's, dachte er, rauchen wir. Das Leben ist also zu Ende. Und ich habe geglaubt, nur mit zwanzig sei es leicht, sich das Leben zu nehmen.
Doch in diesem Augenblick begriff Lokonow, wenn er erst einmal anfängt zu grübeln, ist er abgelenkt und wird sich nicht umbringen und morgens wieder in diesem verfluchten Zimmer aufwachen.
Das Leben ist mißglückt, dachte er und seifte ein langes Handtuch ein.

Die Morgendämmerung brach an.
Die Vögel zwitscherten.
Eine unerwartete Beruhigung kam über den tätigen Mann.
Es ist noch zu früh, überlegte Lokonow.
Er legte die Seife und das gut eingeseifte Handtuch beiseite und beschloß, durch die Stadt zu streifen.
Die vergangene Nacht schien ihm wie ein wüster Traum.
Er empfand eine ungewöhnliche Munterkeit und einen Schwung wie ein Mensch, der glücklich einer Gefahr entronnen ist.
Allen Fußgängern lächelte er zu.

NEUNTES KAPITEL

Die Lust auf Abenteuer

Er hatte Lust zu laufen.

Mit Vergnügen wäre er über Straßengräben gehüpft, wenn sie seinen Weg gekreuzt hätten, so geschmeidig und jung fühlte er sich.

Entzücken übermannte ihn, er staunte über den bewußt farbenprächtigen Anstrich der Häuser, über die freundlichen Gesichter der Menschen um ihn herum. Das häßliche Zerrbild war verschwunden.

Sein erregter Geist nahm alles mit Zustimmung auf, sein Blick war schärfer, er fühlte, daß etwas den häßlichen Belag weggewischt hatte und alle Gesichter frisch erscheinen ließ.

Verlockend spannte sich der blaue, nördliche Himmel über ihm, und wollüstige Sonnenstrahlen spielten auf den Fensterscheiben der Häuser.

Vergnügt betrat Lokonow den Friseursalon.

Rasiert und pomadisiert trat er heraus.

Sogar sein Gang hatte sich irgendwie geändert, an Sicherheit gewonnen.

Fast mit dem Blick eines Feldherrn überflog er die Straße.

Und beschloß, Julja zu erobern.

Heute ist Mittwoch, fiel ihm ein, am Abend wird Julja im grünen Haus sein.

Den ganzen Tag lang genoß Lokonow das Leben.

Beim Spazieren überlegte er, was er zu Julja sagen würde. Den ganzen Tag lächelte er den entgegenkommenden Mädchen und Jungen zu, in Gedanken gesellte er sich zu ihnen.

Und als es Abend wurde, betrat er das grüne Haus.

Eine unbekannte Stimme (laut): »Im Putilowwerk hauste der Ziegenbock Andrjuschka. Kaum war er morgens erwacht, trabte er in die Kneipe. Dort gab man ihm zu trinken. Er läßt sich vollaufen, torkelt die Straße hinunter, schwankt. Und ging

wie ein echter Säufer zugrunde: Er stellt sich auf die Gleise, der Zug kommt, pfeift aus allen Rohren, aber Andrjuschka, als sei nichts, senkt nur den Kopf.
Er war grau, riesengroß und hatte ein dichtes Fell.
Und hatte eine Frau.
Auch ihr brachte er das Saufen bei.
Morgens stand er auf und jagte sie zur Kneipe.
Sie kamen in die Kneipe. Wer ihm nichts gab, den versuchte Andrjuschka mit den Hörnern zu stoßen. Bevor Andrjuschka hereinkam, klopfte er an die Tür. Sogar der Schankwirt brachte ihm den Schnaps in der Schüssel.«
Toropulos Stimme (freudig): »Rosen erinnern an Fische.
Das ist nicht mir aufgefallen.
Nehmen Sie einen beliebigen Katalog zur Hand, und Sie werden dort lachsrosa, lachsgelbe und Rosen mit einem Hauch von Lachsfarbe finden.
Mitunter begegnet man auch Rosen, die an Milch, Obst und Beeren erinnern.
Einige rufen die Vorstellung von Aprikosen wach, andere von Granatäpfeln.
Es gibt Rosen, die wie Kirschen leuchten.«
Eine Frauenstimme (schmachtend): »Mein Onkel war Gutsbesitzer. Er kam auf den Gedanken, ein Industrieller nach amerikanischem Vorbild zu werden. Also beschloß er, Blumen zu züchten, und bestellte verschiedene Rosensorten aus dem Rheintal. Ich erinnere mich an die Metallbögen über den Toren, an einem rankten kleine, weiße Rosen hoch, an dem anderen rote. Mein Onkel vertraute alles dem Gärtner an. Den hatte er aus dem Ausland kommen lassen. Mein Onkel machte mit seinen Rosen bankrott. Später hat sich irgendein Parvenü seine Idee zunutze gemacht.«
»Was ist denn mit Ihnen: Immerzu schweigen Sie und erzählen weder was von Affen, Papageien noch von Blumen«, wandte sich Julja Lokonow zu.
»Das ist doch ziemlich uninteressant«, erwiderte ein strahlen-

der und frischer Lokonow, »was kann man von denen schon erzählen.
Papageien sind nichts weiter als gefiederte Affen. Natürlich haben sie den Wohnungen ein besonderes Flair verliehen. Jetzt gibt es keine Papageien und Affen mehr, und es ist kein bißchen bedauerlich, daß es sie nicht mehr gibt. Und die Blumen waren auch kennzeichnend für eine bestimmte Lebensweise.
Zum Beispiel Chrysanthemen im Knopfloch oder irgendwelche Ansteckblumen und Blumensträußchen vor den Gedecken.
Mit der Lebensweise verschwanden auch bestimmte Blumen.
Derzeit haben wir kein Lieblingsblümchen und wissen nicht, welches es sein wird.«
Nun schaute Lokonow Julja an.
»Weshalb laden Sie mich nicht zu sich ein? Es würde mich sehr interessieren, wie Sie wohnen«, sagte Julja.
Lokonow war verblüfft.
»Kommen Sie nur«, antwortete er und wurde abwechselnd rot und blaß, »nur glaube ich kaum, daß es für Sie interessant sein wird.«
»Doch, es interessiert mich sehr«, erwiderte das Mädchen. »Verabreden wir uns jetzt gleich! Morgen! Gut?«
Julja wollte Energie an den Tag legen, Lokonow wachrütteln. Eine ihr selbst unklare Abenteuerlust steckte in ihr. Instinktiv suchte sie keine allzu gefährlichen Abenteuer.

Womit könnte ich denn mein Zimmer verschönern, sann Lokonow, für den Besuch meiner Phantasiebraut. Womit werde ich sie unterhalten? Ich muß zu meiner Mutter fahren und die Überbleibsel der kleinen chinesischen Kostbarkeiten, Brokatflicken, einige Kupferstiche mit Wasserflecken, eine Karaffe, zwei Gläser, irgendein Tablett holen, Blumen kaufen, Shulonbin um die Gitarre bitten, wahrscheinlich spielt Julja Gitarre. Vielleicht wird der Abend wie bei jungen Leuten verlaufen. Ich kaufe etwas Wein, eine Dose Sprotten, Gebäck, an

die anderthalb Kilo Äpfel, ein paar Weintrauben und leg sie in die Schale mit dem Hirsch.
Den ganzen Tag über war Lokonow mit den Vorbereitungen für den Empfang des lieben Gastes beschäftigt. Seit dem Morgen stand er Schlange vor den Geschäften oder lief in die Kooperativen. Als er die notwendigsten Einkäufe erledigt hatte, begab er sich zu seiner Mutter, um die für Luxus und Gemütlichkeit unentbehrlichen Gegenstände auszusuchen.
Die Mutter war nicht zu Hause. Mit Müh und Not fand Lokonow endlich den Schlüssel und schloß die Truhe auf. Er kramte einen chinesischen Buddha hervor, einen Geist mit langen Ohren aus Jamaika, die Lampe aus Karthago mit einem aufgemalten Kamel, den Kopf einer Tanagra-Figur, einen Kupferstich, auf dem ein Trick-Track-Spiel abgebildet war, himmelblaue chinesische Brokatflicken und ein Buch über Spitzenmuster. Vom Büfett nahm er die Schale mit dem Hirsch. Öffnete das Büfett, holte vier an Delphine erinnernde Gläser und eine federleichte Karaffe heraus. Nahm noch ein Sofakissen mit aufgestickten Kornblumen und einen Pekingfächer aus Tauben- und Pfauenfedern mit. Das alles packte er ein und trug es in sein Zimmer.
Unterwegs dachte er: wie erbärmlich und schlecht das alles für die Liebe ist.
Mit dem blauen chinesischen Brokat bedeckte er das Tischchen.
Auf den Brokat stellte er die bunte Karaffe.
Neben die Karaffe stellte er die neusilberne Schale mit dem Hirsch.
In die Schale legte er Äpfel, Birnen und Weintrauben.
Auf die Teller verteilte er Schinken, Käse und grobkörnigen Kaviar.
Er legte zwei Gedecke auf.
Vor jedes Gedeck stellte er jeweils zwei Gläser.
Das Kissen band er an die Rückenlehne des Wiener Kaffeehausstuhls.

Wie könnte ich die Wände abdecken, die Zimmerdecke ist auch ganz verrußt ... Das Zimmer wirkt so düster und feucht. Womit könnte man das elektrische Licht dämpfen? Die Lampe in Stoff einzuhüllen, würde dumm aussehen. Kerzen wären da schon besser, sie geben dem Zimmer vielleicht den Anschein von Sauberkeit. Es wäre vor allem der Tisch beleuchtet. Auch wird es dann nicht so auffallen, daß ich so schäbig gekleidet bin ... Nur kann ich jetzt nirgends Kerzen auftreiben, höchstens bei Shulonbin, aber der Knauser wird sie mir für nichts auf der Welt geben, obwohl er sie in allen möglichen Farben und Größen hat. Meine Mutter hat sicher welche in irgendeiner Truhe, um jetzt noch zu fahren, ist es wohl zu spät, hin und zurück anderthalb Stunden. Ich habe vier Stunden Zeit, das schaff ich wohl noch. Nein, es geht nicht.«
Noch einmal wanderte Lokonows Blick durch das Zimmer, es war unerträglich, da fuhr er los, um Kerzen zu holen.

»Da bin ich also«, sagte Julja. »Wie gemütlich es bei Ihnen ist, Kerzenlicht. Sehr originell.«
»Die Lampe ist kaputt«, antwortete Lokonow. »Möbel habe ich zwar keine, aber setzen Sie sich hier auf diesen Stuhl.«
»Und die Gitarre hängt an der Wand, spielen Sie das Instrument?« fragte das Mädchen.
»Ein wenig«, log Lokonow.
»Draußen ist es kalt«, sagte Lokonow. »Möchten Sie jetzt ein Gläschen Tokajer?«
Lokonow ging zum Tisch, schenkte ein und stieß mit Julja an.
»Worauf trinken wir?« fragte er.
»Auf unsere Bekanntschaft«, antwortete Julja. »Was sind das für kleine Figuren, die Sie da haben?«
»Sie stammen aus dem Fernen Osten. Es soll ein böser Geist sein. Nicht wahr, er hat ein abscheuliches Gesicht? Diese plattgedrückte Nase, der grinsende Mund, und die Ohren hängen bis zu den Schultern herunter! Und das hier ist ein Peking-

fächer aus Tauben- und Pfauenfedern. Und das chinesischer Brokat.«

Ich müßte ihr noch was zeigen, dachte Lokonow wehmütig und weil er das Gefühl hatte, daß es nichts gab, worüber sie reden konnten.

»Und das ist ein Kupferstich. Mit einem alten Trick-Track-Spiel. Ich schenke nochmals nach«, fügte Lokonow hinzu und lief geschäftig hin und her. »Aber wozu trinken wir im Stehen, setzen wir uns doch an den Tisch.«

Sie setzten sich.

»Sprotten, bitte sehr«, bot Lokonow an. »Mögen Sie Sprotten? Oder vielleicht ein Stück Käse. Und dann spielen Sie, nicht wahr?

Was werden Sie denn spielen und singen?« fragte er.

»Was möchten Sie hören?«

»Was immer Sie mögen.«

Es dämmerte.

»Die Straßenbahn fährt schon«, bemerkte Julja.

»Wir haben den Abend doch nicht übel verbracht«, erkundigte sich Lokonow unsicher.

»Ich begleite Sie«, schlug er vor.

»Gehen wir zu Fuß«, sagte Julja.

Sie war ein bißchen traurig.

Was ist los, überlegte sie, er hat mich nicht einmal geküßt, sollte ich ihm nicht gefallen.

Lokonow begleitete das Mädchen bis nach Hause. Julja redete. Lokonow nickte nur zustimmend. Wieder hatte Julja den Eindruck, als würde Lokonow einzig und allein mit ihr über Nichtigkeiten sprechen, indes er sich mit den anderen schön, geistreich und interessant unterhielt, und das nur, weil sie für ihn nicht gebildet genug war.

»Verachten Sie mich auch nicht«, fragte sie, »weil ich zu Ihnen gekommen bin?«

Lokonow kehrte in sein Zimmer zurück, betrachtete die Reste des Gelages und empfand plötzlich Mitleid mit sich und eine entsetzliche Sehnsucht.

Einsam, so einsam wie früher, meine Jugend ist unwiederbringlich dahin, das ungetrübte und frohe Lebensgefühl.

ZEHNTES KAPITEL
Essenstherapie

Lokonow zog den Mantel an und verließ das Haus. Das Gefühl seelischer Trägheit quälte ihn. Er lief an festlich erleuchteten Häusern vorbei bis zur Newa, wo Schiffe vor Anker lagen, die mit unzähligen bunten Glühlämpchen geschmückt waren.
Die Bootsscheinwerfer ähnelten in Lokonows Vorstellung dem Aufputz auf Damenhüten. Die mit elektrischen Streifen, Zickzacklinien und Rhomben aufgeputzten Straßenbahnen erinnerten ihn an die mit Blumengirlanden geschmückten Equipagen im Ballett. Und die auf den Häusern leuchtenden roten Sterne veranlaßten ihn, an Weihnachtsschmuck zu denken.
Lokonow traf sich mit Anfertjew. »Eigentlich sieht das alles nach einem Kinderfest aus«, sagte er gähnend zu dem Händler. »Dieser Überfluß an Glanz und Musik, doch was die Kinder morgen erwartet, weiß niemand.«
»Erstens sind das keine Kinder«, widersprach Anfertjew, »es ist ein Festtag für Erwachsene. Die Frauen haben, wie Sie sehen, üppige Gestalten, und die Männer, zumindest viele von ihnen, tragen Bärte und haben nicht eben beneidenswerte graue Schläfen. Das ist ein einzigartiger Festtag, ich rate Ihnen, seine Einzigartigkeit mitzuerleben, dann werden Sie großes Vergnügen daran haben und sich mit allen anderen amüsieren.«
»Aber das ist doch unmöglich«, entgegnete Lokonow. »Diese Scheinwerfer, schauen Sie nur, sehen wie der Aufputz auf den Damenhüten aus!«

Die Sonne strahlte über der Stadt.
Nunechija Ussfasanowna ging in den Flur zu der Pyramide aus Truhen.
Sie stieg auf einen Hocker und nahm die Kartons herunter.

Eine grüne, altertümliche Truhe mit Eisenbeschlägen kam zum Vorschein.
Nunechija Ussfasanowna drehte den Schlüssel um, es erklang ein langgezogener melodischer Ton.
Die Alte hob mit Mühe den Deckel hoch.
Sie nahm ein vergilbtes Zeitungsblatt heraus.
Und wurde nachdenklich.
Was muß ich davon verkaufen, damit er genug Geld für sein Gastmahl hat... Fast kein Haar mehr auf dem Kopf und immer noch so... unvernünftig. Wie oft hatte sie ihm schon gesagt, daß nicht mehr allzu viel Sachen übriggeblieben waren.
Nunechija Ussfasanowna war immer traurig, wenn sie Dinge von Toropulo verkaufen mußte.
Jetzt zog sie einen Samtrock, ein nilfarbenes Morgenkleid, ein grünes Kleid aus durchsichtigem Wollstoff mit grüner, plissierter Gaze auf der Brust und an den Ärmeln und eine kaukasische Wollkapuze heraus.
Was wird derzeit bevorzugt gekauft?
Mechanisch öffnete sie eine Schachtel und erblickte zum fünfundzwanzigsten Mal das Hütchen von Toropulos Mutter, das einem mit Moos überwachsenen Erdhügel nachempfunden war.
Ebenso mechanisch machte sie die Schachtel wieder zu.
Schließlich entschied sie sich, das grüne Kleid aus durchsichtigem Wollstoff zu verkaufen. Vielleicht kauft es eine bekannte Künstlerin. Die Spitzen könnte man ihr obendrein anbieten.
Nunechija Ussfasanowna schlug die altertümliche Truhe zu. Und öffnete eine rote Truhe, auf deren Boden ein goldbestickter, mit Eiderdaunen besetzter Tüllschal und ein Spitzenjäckchen lagen.
Das ist was für eine Operettensängerin, überlegte die Alte, und was soll ich jetzt für den Torgsin, den Trödelmarkt und die Milchfrau auswählen?
Sie kramte aus einer großen schwarzen Hutschachtel die Nach-

bildung einer Orange sowie einen Strang Bänder hervor, das ist für den Trödelmarkt und das silberne Auto mit Ledersitzen für den Torgsin.
Sie fand ein Päckchen und wurde neugierig. Wickelte es aus – ein Geschoß als Pfefferstreuer.

Schließlich waren die Sachen zum Verkauf und Eintausch ausgesucht.
Nunechija Ussfasanowna entschied, zuerst zu der befreundeten Operettensängerin zu gehen. Wenn sie nichts kauft, kaufen ihre Freundinnen, sie müssen sich gut kleiden, das gehört zu ihrem Beruf. Danach zum Torgsin und morgen auf den Trödelmarkt.
Mühevoll kletterte sie vom Hocker herunter und jammerte:
»Hätte er mir doch rechtzeitig schon vor einer Woche gesagt, daß er Geld braucht. Jetzt muß ich alles zu einem Spottpreis verkaufen. Er gerät kein bißchen nach seinem Papa. Der hat alles nach Hause getragen, und er schleppt alles weg. Und wofür? Um alle möglichen Gauner zu verköstigen!«
Sie besann sich, was noch in den Truhen war. Und es schauderte sie fast vor Entsetzen, Wertvolles war kaum mehr übriggeblieben. Eine Truhe mit altmodischen Korsetts, eine zweite mit Schnittmustern für Kleider, eine dritte mit Lockenwicklern, falschen Zöpfen und Locken. Es existierten noch ein paar Kleider mit Krinoline, ein paar merkwürdige Bänder und federleichte Ballschuhe mit außergewöhnlich langen Spitzen.
Nunechija Ussfasanowna schneuzte sich.
Doch plötzlich lächelte sie, sie hatte sich an eine Truhe mit Andenken erinnert. Die hatte sie noch nicht angerührt, darin lagen Löschpapierunterlagen mit massiven Silberbeschlägen voller Aufschriften und Dampflokomotiven, die Toropulos Vater zu seinem fünfundzwanzigjährigen Dienstjubiläum von den Angestellten der Eisenbahn überreicht bekommen hatte. Auch die Orden des alten Toropulo lagen dort aufbewahrt.

Lokonow empfand sich als Teil eines Bildes. Er hatte das Gefühl, daß er aus diesem Bild nicht heraustreten konnte und wider seinen Willen hineingemalt worden war, nicht als Hauptfigur, sondern nur am Rande, und daß dieses Bild aufgrund bestimmter Lebensverhältnisse und einer bestimmten politischen Lage im ersten Viertel des 20. Jahrhunderts entstanden war.
Es quälte Lokonow, daß er sich in einem bestimmten Bild wiederfand und einer bestimmten Epoche angehörte. Er fühlte sich wie ein aufgespießter Schmetterling.
Lokonow blickte zum Fenster hinaus. Die Nacht war dunkel. Es regnete.
Lokonow träufelte Baldriantropfen mit Maiglöckchen in ein Glas und trank es aus.
Ich muß irgendwie die Jugend zurückgewinnen, sonst kann ich nicht weiterleben, ich muß das Gefühl von der Leere der Welt loswerden.

Der Deutsche lüftete seinen Hut und verbeugte sich liebenswürdig lächelnd vor einem Hund. Als er sich ein letztes Mal vor dem Hund verbeugt hatte, ging er zur Straßenbahnhaltestelle und half mit dem Diensteifer eines Betrunkenen, wobei er unablässig den Hut lüftete und torkelte, der Allgemeinheit beim Einsteigen. Der Deutsche kam aus einem rätselhaften Land, das Lokonow gänzlich unbekannt war. Er kannte das Deutschland Goethes und Schillers, Hoffmanns und Hölderlins, wußte jedoch nicht im geringsten, was das heutige Deutschland darstellte, wovon es sich geistig nährte.
Dieser Deutsche, der sich vor dem Hund verbeugte, erinnerte ihn eher an den Deutschen Schiller aus dem ›Newskij Prospekt‹ als an eine reale Gestalt.
Dennoch hatte Lokonow Lust, auf den Deutschen zuzugehen und ein Gespräch mit ihm anzuknüpfen.
Lokonow ging zur Straßenbahnhaltestelle, besann sich eines anderen und wartete die nächste Straßenbahn ab.

Zu Hause hörte er durch die Wand eine junge Stimme singen:

Das Weinen laß, das Schluchzen, Liebster
Ich liebe dich so inniglich.

Lokonow lauschte:

Mein Freund, wie bang ist's mir um dich,
Dein kann ich niemals sein:
Der Vater ist ein Priester,
Und du, Geliebter, Kommunist.

Hinter der Wand klapperte Geschirr. Offensichtlich wurden dort Tassen, Messer und Gabeln gespült. Zwischen dem Klappern des Geschirrs hörte er die Stimme:

Er liebt die Sowjets gar nicht sehr,
Als Anarchist aus Leidenschaft.

Beim Wort Anarchist lächelte Lokonow.

Da überfiel mich ein Gedanke,
Erst töt ich sie, dann mich,
Mag feuchte Erde uns umarmen.

Eine Romanze, dachte Lokonow.

Die rechte Hand zog aus der Tasche,
Die schwarze, neue Waffe.

Lokonow hörte nicht mehr zu. Das war keine Romanze, sondern eher eine Ballade.

Ich decke auf die Wahrheit, Richter.

Lokonow erinnerte sich an seinen Vater, einen Staatsanwalt, der mit Vorliebe Potpourris vortrug und damit die Gesellschaft erheiterte. Er erinnerte sich an seine verrunzelte Mutter. Man kann nicht sagen, Lokonow habe seine Mutter nicht geliebt. Nein, er liebte sie. Wie man ein getrocknetes Blümchen liebt, das uns mit den ersten Gefühlen verbindet.

In seiner Kindheit war sie Lokonow, um die alte Terminologie zu gebrauchen, wie ein Engel vorgekommen. Immer wieder hatte er das Dienstmädchen gefragt, ob seine Mutter ein Engel sei, und das Dienstmädchen sagte, sie ist ein Engel.

Toropulo stürzte ins Zimmer.
»Sind Sie etwa krank?« fragte der Gast.
»Ja, das bin ich, und ich weiß nicht, wann ich wieder gesund sein werde...«
»Das kommt davon«, diagnostizierte Toropulo, »weil Sie nicht von italienischen Würstchen, Hammel-Roastbeef mit allerlei Gemüse, Austern aus Ostende und Newalachs auf holländische Art träumen. Ich rate Ihnen, sich mit der Kochkunst zu beschäftigen, die heilt Sie schneller als jedes Medikament. Und was für Dimensionen werden sich Ihnen eröffnen! Dort können Sie kleine italienische Häuser, mauretanische Lauben, gotische Pavillons aufbauen und Ihren Tisch mit Trophäen schmücken. Und das alles wird zu Ihrem Nutzen sein. Kommen Sie, ich bewirte Sie. Als Vorspeise gibt es Canapé mit roter Sauce, eine äußerst schmackhafte Suppe werde ich für Sie zubereiten und der dritte Gang ist Vanillereis mit Erdbeerpüree. Und bei Tisch reden wir über marinierte Austern, Bärentatzen in pikanter Sauce und Ajvargelee mit kandierten Rosen. Danach lese ich Ihnen aus Fourier vor. Glauben Sie mir, der war gar nicht so dumm. Kommen Sie schon! Ohne Sie gehe ich nicht fort von hier. Ich rate Ihnen, sich mit der Kochkunst zu beschäftigen. Sie werden sehen, hören Sie nur auf mich, schon in einer Woche haben Sie Ihre Schwermut vergessen!«
»Ich gehe heute ins Konzert«, log Lokonow.
»Essen ist doch auch Musik«, blieb Toropulo hartnäckig, »auch wenn der Ton anscheinend keine Farbe, zumindest keine so kräftige und so eindeutige Farbe wie die verschiedenen Gerichte hat. Dabei liegt es daran, daß wir noch nicht imstande sind, die Speisen zu genießen, denn auch sie klingen, und wie sie klingen! Das feine und geübte Ohr könnte die verschiede-

nen Klangnuancen der eingeschenkten Weine heraushorchen, das Knacken der Wildbret- oder Spanferkelhaut unterm Messer und den saftigen Klang des Roastbeefs. Es ist nur eine Frage der Übung. Ohne Üben kann selbst die herrlichste Symphonie in unseren Ohren wie eine Kakophonie klingen. Ihr Konzert läuft Ihnen nicht davon!«

»Gehen wir...«, sagte Lokonow, »ich bin gleich so weit.«

Den ganzen Weg über versuchte Toropulo, Lokonow in die Welt würziger Ragouts, erfrischender Gelees und kräftiger Saucen einzuweihen. Lokonow ging und dachte an die Eindrücke des Tages zurück. Er merkte, daß er von dem Festtag nur eine verschwommene Erinnerung hatte, der Gostinnyj-Dwor, eigentlich nur die Arkaden im Obergeschoß waren wohl mit gigantischen Abbildungen von Arbeitern auf Plakaten dekoriert gewesen, es schien ihm, als hätten Stangen mit Stoffbahnen, vielleicht auch Schilder, auf denen Parolen standen, die Straßen beim Haus der Kultur ganz eingenommen, und dann erinnerte er sich noch an die Straßenbahn mit dem elektrischen roten Stern und an eine Flagge auf irgendeinem Gebäude, die von unten beleuchtet war und im Wind flatterte. Das war alles.

Die Nacht war fortgeschritten. Sie gingen zu Fuß, Lokonow und der vom Mitleid bewegte Ingenieur, er wollte den jungen Mann von seinen überflüssigen Qualen erlösen, indem er ihn in die Welt des Essens, der vollkommenen Harmonien, in die Welt der Gerüche, des Dickflüssigen und Streufähigen einweihte. Der Weg bis zum grünen Haus war weit. Oben auf dem Haus glühte ein Stern. Als stünde der Schein einer Feuersbrunst über der Stadt.

Toropulo und Lokonow gingen durch das Tor. Toropulo ließ den Gast für einen Augenblick in seinem Zimmer allein. Der Tisch, auf dem eine Torte prunkte, war für zwei Personen gedeckt.

Als Toropulo wiederkam, nahm er die Torte vom Tisch.

Lokonow flüchtete vor Toropulo. Er spürte, daß Toropulos

Welt trotz allem die ihm wohlbekannte eigene Welt war, nur durch eine andere Brille betrachtet.
Toropulo ist ein Epikureer, dachte Lokonow.
Und ausgerechnet Toropulos Torte war merkwürdig und beängstigend. Anmutige Figürchen aus silbernschimmerndem Zucker standen auf den Schichten der Torte, und von unten, aus einem Bassin mit grünem Likör, tauchte Cypria empor. Auf der obersten Tortenschicht stand die Göttin Psyche. Und diese Torte beschäftigte Lokonows Gedanken immer noch, als er in sein weit entferntes Zimmer zurückkehrte.
Unterwegs machte er kehrt und ging zu Toropulo zurück. Ihn ängstigte die Einsamkeit in dieser wie von Flammen erhellten Stadt.
»Wunderbar, daß Sie sich beruhigt haben und zurückgekommen sind«, sagte Toropulo.
Toropulo hatte beschlossen, heute zu glänzen.
Während der Epikureer kochte, er hatte sich in die Küche zurückgezogen, tauchte unerwartet Punschewitsch auf. Er setzte sich hin und betrachtete Blätter aus Reispapier mit Bildchen von japanischen Zündholzschachteln.
Das ist der Einfluß Europas auf Asien: Der Pferdekopf im Hufeisen ist ein Symbol für das Glück, zweifellos ein europäisches. Herakles, der dem Löwen das Maul auseinanderreißt, geht auf den Einfluß der griechischen Skulptur zurück. Und der Affe auf dem Fahrrad, dort der Waräger mit Bart und Brustschild. Auch der Brillant, das alles ist der Einfluß des vorrevolutionären Europas, unterhielt sich Punschewitsch mit sich selbst.
Als Toropulo zurückkam, zeigte er Lokonow seine Bonbonpapierchen.
»Das Einwickelpapier von einem Bonbon aus Perm«, sagte Toropulo.
Ein Karamelbonbon aus der Metropole, las Lokonow. Das soll wohl Petersburg sein, überlegte er, nur gibt es solche Brücken eigentlich nicht in Leningrad.

Lokonow erblickte zahlreiche Kirchen mit Zwiebeltürmen. Moskau, aber das ist nicht das Moskau von heute.
»Und da die Abbildung eines Negers, der einen riesigen Köcher mit Pfeilen trägt, im Hintergrund eine Palme, das könnte die Inseln meinen. Und sehen Sie hier, der Indianer, der mit dem Bogen schießt, vertritt wohl Südamerika. Und die Häschen, das ist in keinem Fall eine japanische Aufschrift, wahrscheinlich das Wahrzeichen von Korea. Ja, ja, ohne Zweifel von Korea«, entschied Punschewitsch. »Und hier kehrt die berühmte chinesische Kaiserin auf einem Schimmel aus der mongolischen Gefangenschaft nach China zurück. Und dort sitzt ein chinesischer Junge auf einem Frosch, der größer ist als ein Mensch. Die aber sind japanisch: die ältere Schwester bringt dem Bruder das Schreiben bei, der Gott des Reichtums zählt seinen Gewinn, der Gott des Glücks und des Reichtums und des langen Lebens sitzt auf einem Storch, ein Kind auf Lotusblumen, und es betet – im Paradies blühen die Lotusblumen ewig. Und hier ist ein europäischer Engel, sind Affen, die Hieroglyphen der Freude hochhalten. Doch das geflügelte Kind, der europäische Amor, der mit einem flammenden Streichholz in der Hand von Japan nach China läuft, kommt mir wie ein Exportsymbol vor, wahrscheinlich ist es nicht nur ein Symbol für den Export, sondern auch für die japanische Eroberungspolitik.«
Punschewitsch bedauerte, daß es ihm jetzt nicht gelingen würde, dem Gast die Sammlung zu zeigen. Seufzend legte er sie beiseite. Es ist nützlich, dachte er, wenn man im Kleinen das Große sieht.
In Punschewitsch' Gehirn tummelten sich zwischen immergrünen Bäumen Störche, die tausend Jahre alt werden, besoffene Affen, eine Affenmutter trinkt Wein und die Kleinen betteln. Auf einem gehörnten Stier reitet ein Kind von übermenschlicher Kraft und spielt Flöte. Sterne und Kreise umrahmen Hieroglyphen des Glücks, der Freude und des langen Lebens. Ein bärtiger Gott des Glücks und des langen Lebens steht in einem

Ring aus Störchen. Und ein reicher Mann, der auf einer Veranda sitzt, bewundert Lotusblumen.
»Ja«, sagte er, »eine sehr, sehr nützliche Kollektion. Wir müssen Europa einholen, wie Japan das einst geschafft hat.«

»Ist das Volk so lustig wie früher?« fragte Punschewitsch. »Nach wie vor ausgelassen? Früher wurden an Feiertagen Versteigerungen und Märkte abgehalten. Religion und Handel vereinten die Menschen in der Stadt, und heute, was vereint die Menschen heutzutage in der Stadt, ich weiß nicht, wahrscheinlich die Erfüllung des Fünfjahresplans. Zweifelsohne führt dieser Plan die Menschen in neuen Verbänden zusammen, stellt eine Verbindung zwischen ihnen her. Und wenn in früheren Zeiten der Kaiserpalast der Stadtkern war, die Akropolis, dann wird heute eine Fabrik im Zentrum der Stadt stehen. Um sie herum werden Gebäude und Anlagen entstehen, von Alleen und Brücken eingefaßt.«
Punschewitsch hing seinen Gedanken nach.
Die Volksfeiertage, die Poesie im Leben des Volkes, sind eng verbunden mit dem Familienleben und der Moral, mit seiner Vergangenheit und Gegenwart. Ich will versuchen, für die Gesellschaft der Sammler von Krimskram die Feiertage des neuen Lebens zusammenzutragen, überlegte Lokonow verzweifelt, vielleicht ermöglicht mir dies, die schönen Seiten des Lebens wahrzunehmen.
Und dann erinnerte er sich daran, wie vor den Feiertagen ein Fuhrwerk mit Wodka angefahren kam, hinter dem eine Menschenmenge herlief: Die vorderen klammerten sich an das Gefährt, einige Menschen rannten mit Aktentaschen hinterher. Er erinnerte sich, wie ein altes Weib damit prahlte, daß sie für fünf Rubel ihren Platz in der Schlange vor dem Wodkaausschank verkauft hatte.*

* Die ursprüngliche Fassung des elften Kapitels ist nicht erhalten. (Anmerkung d. Übersetzerin.)

ZWÖLFTES KAPITEL
Unterm Sternenhimmel

Anfertjew war, ohne es zu merken, auf der Wassiljew-Insel angelangt.
»Na, so was«, sagte Anfertjew, »ich habe ein Liedchen gedichtet.«
Der Stromer begann zu singen:

Wo der alte Trödel lebt,
Wandern die Gespenster,
Sehnen sich nach Bällen,
Nach vergangnen Nächten,
Hassen alles Neue.

Shulonbin arbeitete. Er war mit der Klassifizierung von Hochzeitsbuketts beschäftigt.
In der Hand hielt er ein getrocknetes Brautbukett aus weißen Blumen und Myrtenzweigen.
Vor ihm lagen Buketts mit den silbernen und goldenen Ziffern »25« und »50«.
»Für mich«, stellte er fest, »lebt der alte Trödel nicht, ich systematisiere ihn nur, für mich besitzen Gegenstände überhaupt keinen Inhalt, ich bin nur mit dem Systematisieren beschäftigt. Es wird Ihnen nicht gelingen, mich zu verwirren.«
Und Shulonbin vertiefte sich von neuem in das Systematisieren.
Es wollte kein rechtes Gespräch aufkommen.
Anfertjew brauchte aber unbedingt einen Geprächspartner, da er getrunken hatte, und Lokonow wohnte weit weg, im Wyborger Bezirk.

Auf dem Weg dorthin brachte Anfertjew es fertig, in fünf oder sechs Bierkneipen reinzuschauen und sich mit den Stammgä-

sten zu unterhalten. Die Gespräche waren nicht sehr verständlich.
Einer erzählte ihm, wie aus seiner Tasche auf unbegreifliche Weise 20 Rubel verschwunden seien.
Der nächste bat ihn, sich den Gauner anzusehen, und versicherte ihm, der sei ein Betrüger, weil er mal versucht habe, auf seine Kosten zu trinken.
Der dritte erzählte von einem Telegrafisten und Halunken, der in Bierkneipen mit Wodka und Salzheringsstückchen dazu handle.
Das Anhören dieser Ungereimtheiten kostete Anfertjew fast vier Stunden.
Anfertjew wanderte von Bierkneipe zu Bierkneipe und munterte sich mit dem liebgewonnenen Liedchen auf:

Wo der alte Trödel lebt,
Wandern die Gespenster,
und so fort.

Er hatte fast sogar schon beschlossen, dieses Liedchen unter Lokonows Fenster zu singen, es wie eine Serenade vorzutragen und einen befreundeten Gitarristen zu engagieren.
Fast wäre er schon zu diesem befreundeten Krüppel mit den Beinstümpfen, einem Marktmusikanten, gelaufen, da fiel ihm ein, daß der um die Zeit wahrscheinlich stockbesoffen war.
Schließlich lief Anfertjew geradenwegs zu Lokonow.

Wir sind alle über ein abgeerntetes Feld verstreut, überlegte Lokonow, lesen die vergessenen Ähren auf und glauben, daß wir ein Werk vollbringen, und zur gleichen Zeit sind neue Säer auf das unberührte Getreidefeld hinausgekommen und bereiten eine neue Ernte und den Sieg eines neuen Prinzips vor. Punschewitsch hofft offensichtlich, daß sich aus Kleinigkeiten und Details eine annähernd umfassende Charakteristik des Jahrhunderts und der Epoche gewinnen läßt.
Es kam Lokonow vor, als pfiffe draußen im Hof der Wind wie

eine Flöte, raschelte dann wie Gras und flüsterte wie Laub, schließlich heulte der Wind auf, und durch das Heulen des Windes vernahm Lokonow:

Wo der alte Trödel lebt,
Wandern die Gespenster,
Sehnen sich nach Bällen,
Nach vergangnen Nächten,
Hassen alles Neue.

Dann sah er, daß sich eine Fratze an das Fenster schmiegte.
Lokonow trat ans Fenster.
Die Fratze verschwand nicht, im Gegenteil, sie grinste freudig drauflos.
Wie kann ich den Säufer nur loswerden? Um nichts in der Welt sperre ich auf. Ich mache das Licht aus, soll er glauben, daß ich schlafe.
Lokonow drehte den Lichtschalter und legte sich aufs Bett.
Anfertjew ging jedoch nicht fort.
Er trommelte an die Scheibe, um auf sich aufmerksam zu machen.
Lokonow drehte sich zur Wand und versuchte, an etwas Nebensächliches zu denken, das nichts mit Anfertjews Erscheinen zu tun hatte, er dachte an Nat Pinkerton, Nick Carter, Sherlock Holmes, an Bücher, die er tagsüber gelesen hatte. Da gab es Mord und Totschlag um das Erbe, Einbrüche in schicke Villen, Notare, japanische Spione, die Dokumente entwenden, den Besitz von enormen Reichtümern, die Berechnung des Reichtums, gemessen an der Anzahl der Arbeitskräfte, die im Unternehmen beschäftigt waren – damit war es zu Ende.
Ist er weg oder nicht? unterbrach Lokonow seine Gedanken.
Er drehte sein Gesicht zum Fenster.
Anfertjew stand nach wie vor am Fenster und schaute ins Zimmer hinein.
Soll er doch stehenbleiben, ärgerte sich Lokonow.

Das Buch hat keine Tiefe, einfach keine Tiefe, dachte er über das Traumbuch Artemidoros'. Und dennoch hat es Jahrhunderte überdauert, vielleicht passiert das auch Nat Pinkerton. Was für ein Unsinn mir im Kopf herumgeht! Und meine Mutter, dieser ehemalige Engel, verwandelt sich in eine Eule, wird ein stumpfsinniges, altes Weib. Sitzt oder rennt herum und begreift nichts, tut nichts anderes, als beim Schlangestehen vor dem Geschäft auf das Geschwätz zu lauschen. Vielleicht ist es das, was man gemeinsame Interessen nennt. Sie erfährt, daß einem alten Mann die Geldbörse entwendet wurde oder daß sich eine Frau aus Versehen den Finger abgehackt und ihn nicht mehr gefunden hat.

Vor dem Fenster sang Anfertjew mit der Stimme eines Marktschreiers:

> Un grande spettacolo
> a ventitré ore
> prepara il vostr'umile
> e buon servitore.*

Und trommelte wieder ans Fenster.

Der wird noch die Scheibe einschlagen, regte sich Lokonow auf, ich geh raus und sag ihm, er soll mich in Ruhe lassen.

Lokonow drehte das Licht an, zog den Mantel über und ging hinaus. Die Nacht war herrlich. Der Mond leuchtete, der Schnee glitzerte.

Lokonow traf Anfertjew nicht vor dem Fenster an.

Der Gast saß mit hochgeschlagenem Kragen auf einer Bank unter der Birke.

Anfertjew stand auf, reichte ihm die Hand und sagte:

»Da sind Sie ja, los, gehen wir spazieren.«

»Also gut, gehen wir spazieren«, willigte Lokonow ein. »Wohin gehen wir denn?« fügte er hinzu.

»Gehen wir in Richtung Stadt«, gab Anfertjew zur Antwort,

* Aus der Oper *Bajazzo*, Arie des Canio, 1. Akt. Anm. des Autors.

»vorbei an diesen wiederaufgebauten blitzblanken Häusern, Fabriken und Betrieben. Sicherlich haben Sie die neue Architektur noch nicht bei Mondschein betrachtet. Bis jetzt haben Sie doch im Zentrum gewohnt, umgeben von Empiregebäuden, Barockpalästen, Kathedralen, Amtsgebäuden und Mietshäusern aus der Zarenzeit. Betrachten Sie bei Mondschein die anderen Häuser, wie sie nachts aussehen, ob Lichter in ihnen brennen, ob Musik erklingt. Klappern wir die Häuser der Kultur ab.«

»Einverstanden,« erklärte Lokonow, »versuchen wir, die Zukunft vorwegzunehmen.«

»Also«, begann Anfertjew, »hinter diesen Brücken und Birken steht eine neue Fabrik. Was wissen Sie von ihr?«

Lokonow gab keine Antwort.

»Sie wohnen doch gleich nebenan. Warum haben Sie sich nie dafür interessiert, was für eine Fabrik das eigentlich ist? Das ist nicht schön, junger Mann«, kicherte Anfertjew, »diese Fabrik hat doch den Fünfjahresplan innerhalb von drei Jahren absolviert, und jetzt ist sie auf Bonbonpapierchen abgebildet, Ingenieur Toropulo hat sie mir gezeigt, aber das wissen Sie ja auch nicht.

Bald, bald«, rief der Stromer aus, »wird man vor dieser vorbildlichen Fabrik einen Garten anlegen, Gräben ausschaufeln, über die man elegante Brücken schlägt, da und dort werden Blumenbeete erblühen, damit die Arbeiter, wenn sie in den Betrieb kommen, über Grün gehen und ihre Arbeit sich in einen Blumenstrauß, in eine Knospe verwandelt, Vergnügen ist.«

Gemeiner Kerl, dachte Lokonow.

Von irgendwoher kam ein Hund gelaufen und kläffte Lokonow und Anfertjew an.

»Hau ab, Köter«, sagte Anfertjew. »Stör uns nicht, wenn wir uns an der Stadt erfreuen. Verstehen Sie etwas von Astronomie?« fragte er. »Ich wüßte gern, in welchem Tierkreiszeichen sich das Sternbild Hund befindet.«

Doch da stolperte Anfertjew.
»Schade«, meinte er, »daß ich kein Fläschchen mitgenommen habe. In solch einer Nacht sich einen anzutrinken ist herrlich, erst dann, wissen Sie, fängt man nämlich an, die Architektur zu begreifen. Brrr ... Ein Gebäude klingt in deinen Ohren wie eine Symphonie. Ich liebe es, in betrunkenem Zustand Häuser zu betrachten. Ein anderes Gebäude entfaltet sich zu solch einer Ouvertüre, daß du dir sogar die Finger leckst. Ein anderes Haus wiederum klimpert wie eine Balalajka. Wollen Sie die Musik der neuen Häuser kennenlernen? Nur, ein Jammer, ohne Wodka wirst du sie nicht kennenlernen. Im Wodka steckt die Begeisterung, lieber Freund, die Begeisterung. Könnten wir doch jetzt bei Mondschein einen trinken.«
Die Sterne leuchteten über Lokonow und Anfertjew.
Das Bellen des Köters verhallte in der Ferne.
Anfertjew und Lokonow gingen an riesigen, mehrstöckigen Gebäuden aus Glas, Metall und Beton vorüber.
Hinter diesen Bauten waren in einiger Entfernung weitere solcher Bauten zu erkennen und dahinter immer noch mehr.
Diese Gebäude bildeten keine Straßen.
»Möchten Sie nicht wissen, wie diese Häuser klingen?« erkundigte sich Anfertjew.
Lokonow zündete sich eine Zigarette an.
»Man muß sich mal vorstellen«, fuhr Anfertjew fort, »daß sich das Stadtzentrum seit den siebziger Jahren fast nicht verändert hat. Wenn ein altes Weib jetzt nach Leningrad käme, wo es seit den siebziger Jahren nicht mehr war, würde es mit Mühe bemerken, daß in der Welt bedeutende Veränderungen vor sich gegangen sind. Sie würde wiederum über den Newskij-Prospekt marschieren und ein paar neue Gebäude aufmerksam betrachten. Vor allem die Banken. Sie würde über den Nadjeshdinskij, den Wosnessenskij-Prospekt, die Kirotschnaja, Spalernaja, Shukowskaja-Straße entlanggehen und durch Gassen spazieren – alles ist ihrer Meinung nach geblieben wie eh und je. In den Tagen unser beider Jugend liebte die Stadt ele-

gante und billige Miniaturen, die Stadt war voll davon. Verstand und Humor dienten als Mittel, um die Käufer anzulokken. In diesem Geschäft zum Beispiel, sofern Sie sich erinnern, gab es solche Nippsachen: Der Kammerdiener hält eine Kerze und dient auf diese Weise als Kerzenleuchter, oder ein Pelikan, der mit dem Schnabel die Zigarrenspitze abschneidet.«
Der Mond schien auf Anfertjew und Lokonow.
Lokonow schwieg.
Anfertjew schwieg nun auch.
Welche Träume könnte diese Gegend brauchen, überlegte er ironisch. Viele Träume sind aus der Mode gekommen, Weihnachtsträume zum Beispiel: versilberte Zweige und Tannenzapfen, Christbäume, die mit nicht brennbarer Watte behängt sind. Nur hab ich mittlerweile recht viele davon! Überhaupt besteht mein ganzes Unglück darin, daß ich den Handel verachte. Sonst würde ich Träume finden, die zu einer gegebenen Zeit und in einer entsprechenden Gegend gebraucht werden.
»Meinen Sie nicht«, fragte er Lokonow, »daß der Handel mit Träumen die widerwärtigste Form des Handels ist? Sie brauchen einen bestimmten Traum, und ich, der findige Krämer, besorge ihn für Sie. Ich war aber nicht immer so, hab nicht immer Handel getrieben. Wären Sie gern noch einmal jung?« fragte Anfertjew. »Manchmal erstickt mich die Sehnsucht danach, die Überzeugung wiederzugewinnen, daß ich zu irgend etwas fähig bin und die Welt als schön und jeder Anstrengung wert ansehen werde.«
Lokonow schwieg.
»Manchmal möchte ich nach Italien reisen, nicht in das politische Italien, auch nicht in das geographische, sondern in ein nur geistig erfahrbares Italien, unter einem strahlenden, nicht physischen Himmel und unter einer herrlichen physischen und zugleich nicht physischen Sonne.«
Lokonow saß schon lange auf den Stufen und gab vor zu dösen. Anfertjews Worte quälten ihn. Was Anfertjew Italien nannte, war ja nur das Land seiner Träume.

»Und die Frauen in meinem Italien«, fuhr Anfertjew fort, »sind ganz anders, wahrhaftiger, es gibt dort nicht eine Menge von Frauen, sie verschmelzen alle zu einer Gestalt, zu der Gestalt, die wir in der Jugend suchen.«
Lokonow schnarchte jetzt leise, pfiff durch die Nase, doch Anfertjew fuhr fort:
»Und was bleibt eigentlich, wenn wir das vierzigste oder vielleicht das fünfunddreißigste Lebensjahr erreichen, von dieser Frau und dem wunderschönen Land Italien. Sie werden ein Traum, und wir mutmaßen von nun an, daß die Welt ringsum böse und banal ist, und der herrliche Gesang der Nachtigall wird für uns ein flottes Liedchen.«
Wir sind Doppelgänger, dachte Lokonow, einfach Zwillinge, und wahrscheinlich waren unsere Kindheit und Jugend im Grunde genommen vollkommen gleich.
Die Morgendämmerung brach an.
Anfertjew glaubte, daß Lokonow schlief, und da ihm einfiel, daß Feuchtigkeit für den Schlafenden gefährlich ist, beschloß er, seinen Gefährten zu wecken. Anfertjew betrachtete den herabhängenden Kopf, den halboffenen Mund, das bleiche Gesicht des fünfundreißigjährigen Mannes. Dann trat der Zechbruder vor einen Parfümerieladen und musterte sein Spiegelbild. Es stand ihm ein älterer, bärtiger Vagabund mit roter Nase im Laden gegenüber.
»Auf«, sagte Anfertjew und weckte Lokonow.
»Äh?« machte Lokonow und tat so, als ob er aufwachte.
Dann schaute er wie verständnislos den Mann an, der ihn geweckt hatte. Doch allmählich blickten Lokonows Augen wieder vernünftig, und er stand auf.
»Wo sind wir«, fragte er.
»Es ist schon Morgen«, sagte Anfertjew anstelle einer Antwort. »Kommen Sie, trinken wir ein Glas gegen den Kater. Ein altes Weib schenkt nicht weit von hier aus.«
Soll ich aus Neugier mitgehen? überlegte Lokonow.
Nach Hause zu gehen hatte er keine Lust.

»In einer Kneipe zu saufen wäre natürlich lustiger, wissen Sie, da nimmt man alles irgendwie ironischer. Zum Beispiel wird irgendeiner seine Jacke für vier Humpen verkaufen, überhaupt ist alles von einer diabolischen Atmosphäre umgeben. Was soll's, zuerst trinken wir bei dem Schankweib, danach geht's in 'ne Bierkneipe, und dann machen wir uns auf zum Markt, lauschen den Straßensängern, beobachten die weinenden Zuhörer und daraufhin fahren wir Karussell, schaukeln zur abgehackten Musik und schauen von oben auf das Volk herunter, das sich ringsum drängt.«
Lokonow war mit diesem Plan einverstanden.

Anfertjew und Lokonow saßen rittlings auf den Pferdchen und sausten unter einem perlenbestickten Baldachin durch die Luft. Aus dem Inneren des Karussells erklang Musik, vor ihnen jagte ein zärtlich umschlungenes Pärchen dahin.
Krämer und Käufer waren berauscht, die Musik, die aus dem Inneren des Karussells erklang, schien ihnen volkstümlich und fast schön. Krämer und Käufer wollten schweben, nichts als schweben, hinausfliegen in die Weite des Raums, fliegen, fliegen, nur um des Fliegens willen.
Die Musik verstummte. Das Karussell blieb stehen.
»Wohin gehen wir jetzt«, sagte Lokonow und glitt vom Pferd.
Am anderen Morgen, als Lokonow aufwachte, erinnerte er sich, daß er tags zuvor mit Anfertjew bei ein paar Mädchen gelandet war, daß dort ungeheuer viel getrunken wurde, die Mädchen wilde Romanzen gesungen hatten, Anfertjew sich auf einer mit Bändern geschmückten Gitarre zu einer italienischen Arie aus einer vergessenen Oper begleitete, und danach hatte es eine wüste Balgerei gegeben.
Wie er in seinem Zimmer gelandet war, daran konnte sich Lokonow überhaupt nicht erinnern.
Taumelnd stand er auf, öffnete das Fenster und drehte sich um. Zu seiner Überraschung sah er Anfertjew. Der schlief nackt auf

dem Boden vor der Tür. Offensichtlich hatte er sich in seinem Säuferdelirium bis auf die Haut ausgezogen.
Lokonow bekam plötzlich Durst. Bemüht, Anfertjew nicht zu wecken, stellte er den Wasserkessel auf und setzte sich ans Fenster.
Das Wasser fing an zu kochen, und Anfertjew pfiff noch durch die Nase.
Lokonow goß Tee auf, näherte sich dem Schlafenden, beugte sich über ihn und wollte ihn wecken, da zogen Striemen auf dem Körper des der Länge nach ausgestreckten Mannes seine Aufmerksamkeit auf sich.
Lokonow richtete sich auf und betrachtete Anfertjew mit stummem Erstaunen.
Dieser Mensch ist ausgepeitscht worden, dachte der Hausherr.
Lokonow fiel die Geschichte eines gewissen Realschülers, Puschkinow, ein, den seine Schulkameraden, die sich als Freiwillige gemeldet hatten, während des Bürgerkriegs auspeitschten, weil er die Ikonen in den Schulen heruntergenommen hatte, und wie diese Züchtigung sein Leben zerstörte und ihn in einen Zyniker verwandelte.
Lokonow betrachtete seinen Saufkumpanen eingehend. Vor ihm lag zweifellos einer dieser Menschen.
Er darf nicht erfahren, daß ich sein Geheimnis kenne.
Lokonow deckte den Schlafenden mit seiner Kleidung zu.
Nachdem er den Gast zugedeckt hatte, trat Lokonow ans Fenster.
Spatzen pickten ein Brötchen. In der Ferne war die vom Regen spiegelglatte Birke zu sehen, unter der noch vor kurzem der Zyniker Anfertjew mit hochgestelltem Kragen gesessen hatte.
Ohne sich umzudrehen, blieb Lokonow bis zur Dämmerung sitzen.
Ein Zug fuhr über die Eisenbahnbrücke.
In dem riesengroßen Haus gegenüber gingen Lichter an.

Jeden Pakt, mit wem auch immer, war der dahinsiechende Mann bereit zu schließen, um seine Jugend, sei es auch nur für eine Weile, zurückzuerlangen und die ihn quälende Empfindung von der Leere der Welt loszuwerden.
Im Zimmer wurde es langsam hell. Von Schlaflosigkeit geplagt, stand er auf und ging zum Fenster. Die Sonne schien in den Hof, unter dem Fenster waren Fußspuren, die sich mit Wasser gefüllt hatten.
Anfertjew erhob sich furchterregend, aufgedunsen. Sein Blick irrte im Zimmer umher.
Das Pochen in den Schläfen artikulierte sich nun.
Anfertjew lauschte.
Die Stimme in seinen Schläfen sagte jetzt eindeutig Wörter.

DREIZEHNTES KAPITEL
Raub und Diebstahl

»Das ist die Sonnengöttin, die Gründerin Japans, die Mutter des ersten Kaisers. Ihr jüngster Bruder beleidigte sie, als er das Fell eines unreinen Tieres in ihr Schlafzimmer warf!«
Punschewitsch steckte sich eine Zigarette an und fuhr fort:
»Die Göttin saß zu dieser Zeit am Webstuhl. Sie war erzürnt und versteckte sich hinter einem Felsen. Die ewige Nacht brach an. Die Götter, ihre Vasallen, versammelten sich und überlegten, wie man es anstellen könne, sie hinter dem Felsen hervorzulocken, damit die Sonne von neuem erscheine. Sie feierten ein üppiges Gelage vor dem Felsen. Lange sangen sie dort und tanzten. Unter ihnen war eine schöne Frau, eine Göttin. Sie tanzte so komisch, daß sie sich sogar dabei entblößte und ihre Brüste zeigte. Die Götter lachten. Die Sonnengöttin ertrug das nicht länger, sie wollte wissen, was die Götter so belustigte. Sie schob die Felsen ein wenig auseinander. Da stürzten die stärksten der Götter los und schoben die Felsen ganz auseinander und zwangen sie, hervorzutreten. Und es erschien wieder die Sonne auf Erden. Sie war die letzte Repräsentantin des patriarchalischen Lebens, die letzte regierende Göttin!«
Punschewitsch warf die Zigarette weg.
»Nicht schlecht, was?« fragte er Shulonbin.
»Mehr als schlecht,« gab Shulonbin mürrisch zurück. »Wenn wir jedem Gegenstand so viel Zeit widmen und uns von jedem Gegenstand so weit forttragen lassen...«
»Gestatten Sie«, widersprach Punschewitsch, »ich vertiefe mich in einen Gegenstand und schweife keineswegs ab.«
»Ach was, erlauben Sie mal«, fuhr Shulonbin scharf dazwischen, »was ist das für ein Gegenstand? Eine Zündholzschachtel. Dann lassen Sie sie uns als Zündholzschachtel betrachten. Was aber tun Sie? Sie schweifen in die Mythologie. Was haben diese Zündholzschachtel, sagen Sie schon, und das, was Sie mir

alles erzählt haben, gemeinsam? Wir müssen die Gegenstände klassifizieren, die Gegenstände sozusagen immanent studieren. Was gehen uns all diese Bildchen an? Wir sind doch keine Kinder, die bunte Farben und Gestalten faszinieren. Geben Sie mir also Ihre Sammlung für einen Abend.«

»Gestatten Sie«, erwiderte Punschewitsch, »Sie verhalten sich nicht ganz korrekt. Wir tragen alles in die gemeinsame Schatzkammer, und Sie haben noch nicht einmal den unbedeutendsten Gegenstand herbeigeschafft. Sie versprechen immer – morgen bring ich's, und bringen nie etwas.«

Shulonbins Hände zitterten.

»Geben Sie mir die Sammlung doch nur für eine Nacht,« flehte er in schon milderem Ton. Vor Erregung stand er auf. Sein Gesicht zeigte Spuren erhabenen Kummers.

Der gibt sie nie zurück, überlegte Punschewitsch, ich darf sie ihm auf keinen Fall mitgeben. Er ist ein schrecklicher Mensch, dem nur der Vorgang des Sammelns Genuß verschafft. So sind für den Kartenspieler die Karten zunächst nur ein Mittel. So erregen den Spieler zunächst die in der Zukunft denkbaren Visionen, und das Leben erscheint ihm wunderbar. Und dann bleibt nur: Gewinn ich oder verlier ich. So ist wohl auch der Schriftsteller, er schreibt zunächst, um sich eine besondere Welt aufzutun. Doch nein, der Schriftsteller hat hiermit nichts zu tun.

Shulonbin stand flehend da und blätterte bekümmert in dem Heft.

»Wenn Sie es mir für eine Nacht geben«, sagte Shulonbin und preßte das Heft an sich, man konnte sehen, daß seine Hände es in der Tasche verschwinden lassen wollten, »dann bringe ich Ihnen morgen...«

Doch da geriet Shulonbin ins Stocken. Nein, um nichts in der Welt würde er sich von den Hosenknöpfen, von den beschädigten Käfern, von den Bleistiftstummeln, von den Auberginenaufklebern, von den Visitenkarten trennen. Shulonbin spürte, daß er morgen nichts, entschieden nichts bringen würde, und er wußte, falls dieses Heft in sein Zimmer geriete, dann bekäme es keiner jemals wieder zu Gesicht, selbst mit den schlimmsten Schimpfworten wäre es ihm nicht mehr zu entlokken.

»Obschon Sie eine grundlegend andere Beziehung zu den Dingen haben, eine ganz andere als wir, riskiere ich es dennoch und gebe Ihnen dieses Heft für eine Nacht mit. Nur, daß es um zwölf Uhr wieder bei mir ist.«

»Danke«, sagte Shulonbin hocherfreut, »ich bin ein ehrlicher Mensch!«

Gebückt, ohne nach links oder rechts zu schauen, kehrte Shulonbin in sein Zimmer zurück und legte sich aufs Bett.

Iraida kam herbeigelaufen und deckte ihn bis über die Schultern zu.

»Laß mich in Ruhe, stör mich nicht, ich mag das nicht.«

Iraida klatschte in die Hände und wurde zudringlich:

»Los, sag schon, wie du es magst, sag, wie du es magst, nun sag schon, wie du es magst!«

»Trample nicht herum, geh zur Mama«, erwiderte Shulonbin.

»Ich habe im Traum einen Wolf gesehen«, rief Iraida freudig aus. »Er hat mich umarmt, geküßt.«

»Warte! Ein Traum!« schrie Shulonbin. »Ich habe ganz vergessen, daß ich beschlossen habe, Träume zu sammeln.«

Und Shulonbin versank in Wunschträume von einer neuen, riesengroßen Domäne des Sammelns.

Shulonbin träumte, er kämpfe mit Lokonow und reiße ihm die Traumsammlung aus den Händen, Lokonow stürzt und er, Shulonbin, läuft in der Dunkelheit über die Dächer und trägt Lokonows Vermögen davon.

Und was, wenn ich sie stehle, überlegte Shulonbin. Kein Mensch wird glauben, daß man Träume stehlen kann.

VIERZEHNTES KAPITEL

Immer häufiger und häufiger wiederholte die Stimme in Anfertjews Schläfe:

»Säufer, Säufer!«

Aufgedunsen und krebsrot im Gesicht spürte Anfertjew, daß er nicht mehr weiterarbeiten konnte. Die Stimme in seinen Schläfen hinderte ihn daran.

Mit Entsetzen hatte Toropulo einmal gesehen, wie Anfertjew trank. Der Säufer nahm das Glas mit beiden Händen, beugte den Kopf tief herunter und trank mit erschreckender Andacht.

Toropulo wollte ihn überreden, einen Arzt aufzusuchen.

Toropulo ging mit Anfertjew ins erstbeste Café. Er wollte seinem Freund heißen Kaffee einflößen, ihn überreden, einen Arzt aufzusuchen.

Anfertjew zitterte in seiner erbsengesprenkelten, mit Otter gefütterten Weste wie ein ertappter Taschendieb.

Der hochgestellte Kragen, der früher mal aus Schafpelz war, schützte seinen nackten Hals nur dürftig.

Der Säufer trug riesige englische Soldatenstiefel, die mindestens zehn Jahre bei irgendwem herumgelegen hatten.

Der in seinem Pelz mit Biberkragen würdig und erhaben aussehende Spezialist Toropulo und der nach einer lustigen Nacht übelriechende finstere Mensch gingen zum Büfett.

Toropulo studierte die ausgehängte Speisekarte, doch das Büfettfräulein sagte beiläufig mit einem Grinsen:

»Lesen Sie das lieber nicht, sonst kriegen Sie umsonst Appetit, es gibt sowieso nichts. Setzen Sie sich an den Tisch, was da ist, wird Ihnen serviert.«

Der Ingenieur und die finstere Gestalt setzten sich an den Tisch unter einer grellen Palme, die nach frischer Farbe roch.

Unterwürfig und lautlos machte sich ein kleiner und altgedienter Kellner an sie heran. Den Kopf zärtlich geneigt, fragte er mit leidender Miene, was sie wünschten.
»Gibt es Stör?«
»Nein, meine Herrschaften, es gibt nur Lebkuchen und Fladen. Ich bringe Ihnen welche für zwanzig Groschen, nicht die für fünfzehn«, flüsterte er dem korpulenten Spezialisten ins Ohr, »die sind besser.«
»Gut, bringen Sie etwa zehn und Kaffee.«
»Sehr wohl.«
Der alte Kellner zog sich rückwärts zurück und verschwand. Mit einem freundlichen Lächeln brachte er zwanzig Lebkuchen und vier Gläser Kaffee und stellte sie auf den Tisch.
»Dieser Mensch steckt mit dem Büfettfräulein unter einer Decke«, sagte Anfertjew, während er mit einem nervösen Zittern kämpfte.
»Meinetwegen«, erklärte Toropulo, »soll er mich betrügen, das ist sein Beruf.«
Anfertjew aber sah, wie das Büfettfräulein auch die anderen Gäste mit einem Lächeln abwimmelte, woraufhin der Alte sie rupfte.

Der Umgang mit Räubern, Banditen und Mördern bereitete Anfertjew einen gewissen moralischen Genuß. Ihre verdorbene Sprache, ihr Zynismus, das ständige Gefühl der Gefahr wirkten auf ihn wie ein kräftige Sauce auf den geschwächten Magen, das heißt, sie weckten den Appetit und den Wunsch, noch ein Weilchen zu leben und Witze zu machen.
Doch ein Gesindel wie diesen Alten und das Büfettfräulein verachtete Anfertjew, an die Gemeinschaft mit Räubern und Banditen gewöhnt, zutiefst. Das waren armselige Beutelschneider.
Nach dem Café begleitete Toropulo Anfertjew nach Hause. Er wollte wissen, wie sein Bekannter lebte, ob man ihm helfen konnte.

Anfertjew ging die Straße entlang und bemerkte ungewollt, auch wenn er immer heftiger zitterte, das, was andere nicht wahrnahmen.
Er sah Quallen, die ihre Fangarme in die Kooperativen ausstreckten, sah, mit welch unschuldiger Miene diese Leute die Waren fortschleppten. Er erkannte das Gesindel und die Gesichter, die aufmerksam die unbeleuchteten Fenster beobachteten, er wußte, sie gingen hinauf, läuteten, und wenn keiner öffnete, brachen sie die Tür schnell mit ihrem Werkzeug auf, rafften die erstbesten Gegenstände zusammen und machten sich mit unschuldiger Miene aus dem Staub.
Mörder und Banditen waren für Anfertjew genauso Menschen wie alle anderen, manchmal allerdings etwas gefährlicher.
Er glaubte, er stehle und raube nur deshalb nicht, weil stehlen und morden sich für ihn nicht lohnte.
Die Diebe wußten, auch wenn Antfertjew nicht ganz einer der ihren war, verraten würde er sie nie.
»Nur keine Angst, ich verrat dich nicht«, sagte Anfertjew einmal zu einem Taschendieb.
»Wir haben keine Angst vor dir, zeig uns nur an!«

Das Haus, in dem Anfertjew wohnte, erinnerte an eine Räuberhöhle oder die Lawra von Wjasemskij. Dort fristete allerlei finsteres Volk sein Leben.
Das Haus war so dicht bevölkert, daß der Gestank aus den offenen Fenstern quoll.
Viele Zimmer waren durch Vorhänge in vier Teile unterteilt. Jedes der Zimmer erinnerte an ein Zigeunerlager, halbnackte Kinder lugten hinter den Vorhängen hervor, alte Frauen sagten an Tischen, auf denen unbedingt eine Tischdecke lag, die Zukunft voraus, junge Damen drehten sich, kaum waren sie alleingelassen, affektiert vor dem Spiegel und bewunderten ihre Schönheit, Männer klopften sich auf die Brust und waren so begeistert von ihrem Körperbau, daß sie kreischten und stampften.

Jeder hatte Schulden beim anderen, und alle haßten und verachteten einander.
Als Anfertjew und Toropulo eintrafen, rannte ein Huhn über den Hof. Im Fenster des zweiten Stocks erschien die Brust eines Sängers, der mit fremden Liedertexten Handel trieb. Auf dem Kopf der Brust saß ein elegantes Käppchen, ein blaugestreifter Schal war um den Hals geschlungen.
»He, Ratte«, brüllte die Brust, »ich brauche dich. Und du, Anfertjew, komm auch.«
Die Brust warf eine Zigarettenkippe in den Hof und verschwand.
Ein verkrüppelter Tabakarbeiter stieg keifend die Treppe hinauf.
»Hör mal«, sagte Mirowoj, »ich brauche einen Krüppel, und biete dir auf deine alten Tage ein freies und wohlhabendes Leben, kannst jeden Tag stockbesoffen sein, wenn du es willst. Ich habe gehört, wie du singst, du hast eine heisere Stimme und betatschst deine Gitarre wie ein Weib. Du wirst Liebesromanzen singen und mein Publikum zu Tränen rühren. Es schadet nichts, wenn du dir eine Kubankosakenmütze anschaffst. Setz dich, Opa, ich will dir mal alles der Reihe nach erklären.«
Er schaute spitzbübisch drein und faßte Ssineperow unter, bevor der Luft holen konnte, und zeigte ihm den Tisch, auf dem Wodka und ein kalter Imbiß standen.
»Siehst ja, wie ich lebe. Und du wirst genauso leben können. Alles, was es nicht gibt, kriegst du auf den Tisch. Mädchen werden dich lieben. Ausländische Zigaretten kannst du wieder rauchen. Schau, ich habe Geld wie Heu.«
Mirowoj zog ein Bündel Banknoten aus der Tasche und warf es neben den Wodka.
Der Tisch war erstaunlich reinlich gedeckt. Das gestärkte Tischtuch, bläulich schimmernd wie ungestoßener Zucker, reichte bis zur halben Höhe der gedrechselten, mit Kugeln verzierten Tischbeine. Die pompöse, vollgefüllte Karaffe, die Büsten und Taillen der Weinpokale funkelten in der Sonne.

Eine saftige und dicke, außergewöhnlich große Plötze lag mit ihrem goldenen Kopf wie eine Schönheit auf der Platte. Daneben riß ein schlanker Hering, mit kaum wahrnehmbaren silbergrauen Härchen, sein mit Grünzeug gefülltes Maul auf. Eine Riesenwurst mit schneeweißen Fettringen schien über den Tellern zu schweben. Rotgelber Lachskaviar rief einen bitteren Geschmack im Mund hervor.
Alles forderte zum Trinken auf. Und das lichtdurchflutete, erstaunlich saubere Zimmer, das üppige Bett mit den stufenweise kleiner werdenden Kissen, ließen Ssineperow glauben, heute wäre ein Feiertag. Doch umsonst versuchte er sich zu erinnern, was denn der Anlaß für eine derart festliche Sauberkeit sein könnte.
Mißtrauisch beäugte er den reich gedeckten Tisch.
»Da siehst du, Opa, wie die Menschen leben«, sagte Mirowoj. »Das ist erst der Anfang des Tages, und wenn du mit mir kommst, wird dein Hirn aus dem Schwitzen gar nicht mehr rauskommen.«
Mirowoj packte den Krüppel am Arm, führte ihn zum Tisch, nahm ihm die Krücken ab und zwang ihn, sich zu setzen.
»Friß«, sagte er, »sauf, es ist nicht gestohlen. Sauf, wenn du schon einmal hier bist.«

Anfertjew erschien.
»Da ist ja mein guter Junge«, sagte Mirowoj. »Siehst du den halben Liter?« Er zeigte Anfertjew die Halbliterflasche. »Du wirst morgen bei mir singen. Ich organisiere ein Spektakel. Als Draufgabe kriegst du noch ein paar Mäuse. Du wirst schon nicht alleine singen, ich kaufe dich.«
»In Ordnung, mir ist alles egal«, antwortete Anfertjew. »Gib mir was zu saufen.«

Toropulo machte sich auf den Heimweg, und Manka-Swertschok folgte ihm auf den Fuß.
Eine halbe Stunde nach Toropulos Rückkehr läutete es.

Toropulo öffnete die Tür. Vor ihm stand ein Mann mit dem Abzeichen ›Bereit zu Arbeit und Verteidigung‹.
»Wohnt hier Wassilissa Michajlowna?«
»Welche Wassilissa«, wunderte sich Toropulo.
»Ist hier die Wohnung Nummer acht?«
»Nein, die vier.«
»Verzeihung.«

Ein schauriger Schrei hinter der Wand weckte Anfertjew. Er horchte.
»Ich reiß dir deine verfluchte, perlengeile Seele raus und an ihrer Stelle werde ich dir...«
Die Lieben streiten wieder, dachte Anfertjew und schlummerte ein. Frauengeschrei konnte ihn schon lange nicht mehr aus der Ruhe bringen.
Mirowoj hatte nicht zu Ende gesprochen. Nur mit einem Hemd bekleidet, rannte Paschka in den Schnee hinaus. Der Hof war menschenleer.
Ihr war, als liefe ein Film.
Sie hörte fast das typische Knistern, wenn der Film abgespult wird. Es kam ihr vor, als geschähe das alles nicht mit ihr. Sie blieb im Hof stehen und wußte nicht, was sie machen sollte. Das Tor war verschlossen, den Hauswart zu wecken war unmöglich.
Wie ein gehetztes Tier brüllte sie auf und winselte dann los.
»Er schlägt mich!« und wälzte sich auf den Steinen.
Außer sich vor Wut stürzte sich Mirowoj auf sie, versuchte, sie an den Haaren zu packen, am Hemd, sie zum Schweigen zu zwingen, dieses Miststück sollte ihn nicht in Verruf bringen, aber sie schlug zurück, schrie noch gellender, noch unerträglicher. Er trat sie mit Füßen, beugte sich über sie und fragte, ob sie noch weiterschreien wolle.
Er gab ihr einen Fußtritt in die Rippen und ging.
Sie rappelte sich hoch, lief ihm schreiend nach:
»Du wagst es, mich zu schlagen!«

Sie beschimpfte ihn mit den letzten Worten. Er gab ihr eine in die Fresse, sie schluckte den Schlag.
Und stieg hinter ihm die Treppe hinauf.
»Bitte mich um Verzeihung«, sagte Mirowoj finster.
Ich weiß genau, wie man mit so einer Hure umgehen muß, dachte er, jetzt wird sie eine Woche lang nicht aufmucken.
Anfertjew hörte seine Nachbarn zurückkommen.
Als sich alles beruhigt hatte, schlief er tief und fest ein.

Mirowoj wühlte im Schreibtisch und sagte leise:
»Verdammter Hurenbock... Was soll das? Wollen die mich auf den Arm nehmen?«
Welches Päckchen er auch immer aufmachte, überall waren nur Bonbonpapierchen mit bunten Bildern.
Mirowoj warf einen Blick in die Tischschublade, nichts als Bonbonpapierchen.
Fluchend machte er sich über die anderen Schubladen her, riß sie auf, wie Banknotenbündel fein säuberlich mit goldenen und silbernen Bändchen zusammengebunden, lagen vergilbte Speisekarten darin.
Mirowoj las sie, ordnete sie, und jäh stieg helle Empörung in ihm auf.
»Diesen Ingenieur sollte man kastrieren und ins Schwarze Meer schmeißen«, sagte er fast laut. »Die treiben ihren Spott mit mir, anstelle eines Ingenieurs haben sie mir einen Koch untergejubelt. Paschkas Rücken wird weicher als ihr Bauch sein. Die soll sich merken, daß ich kein Fatzke bin, mit dem man alles machen kann.«
Doch da fiel sein Blick auf eine Truhe, die in der Ecke stand.
Mirowoj hob rasch den Deckel hoch, kramte in ihr herum und stopfte alles in seine Taschen.
Ein Päckchen ging auf, Orden blitzten. Mirowoj blinzelte, schlug den Deckel der Truhe zu.
Wie ein Schatten verschwand er aus dem Zimmer.

FÜNFZEHNTES KAPITEL
Anfertjews Gastspiel

»Schneller, ihr Mißgeburten!« Brüllend drehte sich Mirowoj um und schritt mit seiner Köchin voran.

Zwei Krüppel, einer mit Gitarre, der andere mit Mandoline, und Anfertjew als gastierender Sänger liefen eilig hinter ihm her.

Auf dem Kopf des Gitarristen saß eine Kubankosakenmütze, in seinem Mund steckte eine Zigarette, sein mit Lackleder umspannter Beinstumpf glänzte wie ein Stiefelschaft. Der andere Krüppel war schlichter gekleidet, ihm fehlte nur ein Bein, anstatt des zweiten hatte er ein Stelzbein, das offensichtlich aus einem Holzklotz angefertigt war. Das Knopfloch seiner Jacke zierte ein rotes Röschen. Er ging ohne Kopfbedekkung.

Schließlich hatte die Truppe einen Zaun erreicht. Hinter sich ließen sie im Wind flatternde Kattunkleider, Marktweiber mit Kwas und Limonade, Männer, die Hosen anpriesen, und eine Gruppe von Menschen, die mit Schuhen liebäugelten.

Mirowoj setzte die Krüppel auf eine ramponierte Kiste, stellte Anfertjew, der einen Zuchthäusler und Säufer darstellte, abseits auf, und ließ die Krüppel den »Persischen Bazar« spielen.

Als genügend Zuschauer zusammengekommen waren, rief Mirowoj immer wieder mit lauter Stimme:

»Bürger, stellen Sie sich im Kreis auf, sonst kann die Oper nicht beginnen.«

Aber die Neugierigen rührten sich nicht, traten träge von einem Fuß auf den anderen und schauten den heruntergekommenen Menschen spöttisch an.

Da ging Mirowoj auf die immer größer werdende Menge zu.

»Stell dich in den Kreis, habe ich gesagt«, fuhr er einen schmächtigen Mann an, und während er jedem einen leichten Stoß gab, redete er auf sie ein und mahnte sie zur Ordnung.

Endlich hatte sich ein Kreis gebildet.
»Jetzt, Bürger, wird die Frau des Alkoholikers ein Lied vortragen«, verkündete der Regisseur und trat zur Seite.
In der Mitte des lebendigen Kreises erschien eine Frau mit Kopftuch, geschminkt, mit einer großporigen weißen Nase und einem großen schweren Kinn. Sie trug modische Schuhe, glänzende, wie mit Fett eingeschmierte Seidenstrümpfe und einen schmutzigen Mantel, der ihre Figur verbarg.
Die Sängerin zog das Kopftuch noch tiefer in die Stirn und fing, ohne jemanden anzusehen, zu singen an:

Ihr lieben Bürger, seht mich unglückselig Weib,
Gehetzt und einsam streif ich wie ein Wolf umher.
Todkrank und schwach ist mein erschöpfter Leib,
Genossen, jung bin ich und viel begehrt.

Voll Lebensfreud und schön, war ich verwöhnt,
Sang Liebeslieder wie die Nachtigall,
Wie glücklich war die Jugend, meine Kindheit schön,
Als ich nichts ahnt von dem Verfall.

Da sah ich Mischa eines Abends im Klub
Beim »Dieb von Bagdad«, der dort lief,
Oh weh, ihr braunen Augen, gelben Schuh,
Es brannte lichterloh mein armes Herz.

Sie ging auf Anfertjew zu, sah ihn an und fuhr fort:

Ach hätt ich nur geahnt, als man
An jenem strahlend Tag uns registrierte,
Daß einem Säufer ich zu Willen war,
Der mich zu Staub zertrat und drangsalierte.

Ich schlepp mich hungrig und zerlumpt durchs Leben,
Für Mann und Suff nur schufte ich im Schmerz.
Betrunken lacht der Mond durchs leere Fenster,
Die Schwermut frißt, verschlingt mein Herz.

Ich kenne keine Freud, gar Zärtlichkeit,
Den Arbeitslohn verpraßt er in der Kneipe,
Nach hochprozentigem Fusel stinkt er meilenweit
Und wälzt sich nächtelang in dem Delirium.

Verlassen sollte ich den feigen Hund,
Bin doch kein Sklave, sondern Tochter der UdSSR,
Was nützt mir solch ein Säufer, Vagabund,
Der Staat wird sorgen für den Herrn.

Sie überflog mit einem Blick den lebendigen Kreis und fuhr nach einer Pause fort:

Ihr jungen Mädchen, reibt die klaren Augen euch,
Und fliegt wie Falter nicht zum Licht,
Vor euch steht krank und elendlich,
Genossen, eine junge Frau.

In der Menge wurden Seufzer laut, die Frauen wischten sich die Tränen ab und schneuzten sich. Ein älteres Weib ging zur Seite und schluchzte hemmungslos. Der Kreis wurde dichter, die hinteren Reihen drängten nach vorn.
Nachdem die Sängerin ihr Lied beendet hatte, wandte sie sich ab und ging zu den Musikern, die ihre Instrumente stimmten.
Mirowoj sorgte wieder für einen ordentlichen Kreis, dann zog er aus einer gelben Aktentasche dünne, beinahe durchsichtige Blätter in verschiedenen Farben heraus und fuchtelte damit herum.
»Bürger, wer das Lied erwerben will, kann es für 20 Groschen haben.«
Die Weiber seufzten und kauften.
Der Flegel zwinkerte der Ratte zu. Dieser trat in die Mitte. Er riß den Mund auf und sang, ohne von seinem Instrument aufzuschauen:

Einst brachte uns der Zufall
In ein Zigeunerlager,
Rote Tücher um die Schultern
Kamen Mädchen auf uns zu.
    Jung war die Zigeunerin,
    Nahm mich an der Hand,
    In der Hand hielt sie die Karten,
    Las das Schicksal mir daraus.

Paschka, die eben das Lied von der Frau des Säufers vorgetragen hatte, erschien in einem roten, silbern gemusterten Kleid mit blauen Rosen, hielt die Karten in der Hand und sprach mit böser Stimme:

Du liebst sie tief und innig,
Sie steht vor deinen Augen,
Doch leben wirst du nicht mit ihr,
Dein Eheglück trittst du mit Füßen.
    Nicht aus den Klauen wird dich lassen,
    Das graue Haus mit Gittern,
    Zum Wiedersehen kommt zu dir
    Die Dame mit dem König.

Auf die Karten starrend, fuhr die Zigeunerin fort:

Fliehe die Veränderung,
Die Karten zeigen Unheil,
Ein niederträchtiger Treuebruch,
Zerstört dein Herz und dich.

Und wieder erklang die Männerstimme:

    So sprach die liebliche Zigeunerin,
    Drei Rubel legte ich ihr hin.

Mirowoj zog einen Dreirubelschein hervor und warf ihn dem Krüppel zu. Der Krüppel warf ihn zur Zigeunerin. Die Zigeunerin hob ihn auf und steckte ihn in den Stiefelschaft und entfernte sich.

Im Herzen schmerzt die Wunde,
Als hätte mich ein Dolch durchbohrt,
Kaum zu Hause angekommen,
Sank ich aufs Bett wie tot.
Ich konnte es nicht glauben,
Ein Eisbeutel lag auf meiner Stirn.
Mit allerletzten Kräften,
Erzählte ich alles ihr.

Da erschien die Künstlerin in einem neuen Kleid und stimmte ein:

Ach, glaub es nicht, mein lieber Freund,
Vereint mit dir bin ich bis in den Tod.

Dann fuhr der Musikant fort:

Geraume Zeit war nun vergangen,
Ich saß in einer argen Klemme,
Und die Soldaten holten mich,
Im Konvoi aus dem Hotel.
Im grauen Haus nun, hinter Gittern,
Ein Wiedersehen mit der Liebsten,
Langweilig, einsam war mein Leben,
So saß ich ein ums andere Jahr.
Und als ich frei dann wieder war,
Vor Sehnsucht abgemagert,
Stand jenes Kartenbild vor mir,
Und es pochte in meinen Schläfen.
Alles hatte sich erfüllt,
Was die Zigeunerin gesagt,
Die Treulose mußte sterben,
Im Gefängnis saß ich wieder.

Nun schritt die Zigeunerin um die Menge herum.
Die Ratte humpelte auf den Beinstümpfen nach vorn.
»Von der getäuschten Liebe«, sagte er, während er mit großen Augen in die Runde blickte und mit leiser Stimme anfing:

Der Traum von Liebe ist vorbei,
Mein Sehnen leer und schal,
Ich liebte, litt mit Herzensqual,
Nun gibt's kein Wiedersehen mehr.

Leb wohl, ade, mein liebes Kind, leb wohl,
Verscharren werd ich meine Liebe,
Vertreiben Pein, Erinnerung geschwind,
Zum Schweigen bringen Herzes Leid.

Hinweg ins Land, das keine Lügen kennt,
Mit Menschen, ehrlicher als wir,
Die werden reichen mir die Händ,
Und meinen Kummer sicherlich verstehn.

Als er geendet hatte, ging er mit einem rosaroten Blatt in der Hand im Kreis herum. Das Geschäft florierte.
Unter der Begleitung des gesamten Chors sang Anfertjew ein Lied, das Mirowoj nach einem jüngst vorgefallenen Ereignis komponiert hatte:

In einem Arbeiterbezirke,
Drei Schritte sind's zum Moskauer Tor,
Gibt's einen Schlagbaum bös wie Kain,
An dem die Eisenbahn vorüberbraust.
    Des Morgens fuhr zu den Betrieben,
    Als gellend die Sirenen heulten,
    Die Linie 8 zum Bersten voll,
    Auf beiden Seiten hing das Volk.
Darin ein Lachen, Schrein und Freude
Man unterhielt sich ausgelassen,
Und fröhlich schauten die Gesichter drein.
Sie ahnten nichts vom nahen Tod.
    Die Bahn kam näher an die Unglücksstelle,
    Da bremste jäh der Fahrer an dem Ort.
    Vom Bahnhof kam zu dieser Stunde
    Und an den gleichen Ort ein Güterzug.

Die Luft zerriß Geschrei und Stöhnen.
Das Glas zerspringt, es kracht der Wagen.
Begraben hat der Güterzug
Im Nu die wacklige Straßenbahn.
    Ein Bild des Grauens und Entsetzens,
    Doch Rettung suchte keiner mehr.
    Denn alle sahen ja mit eignen Augen,
    Ein Wagen lag zerschmettert auf dem andern.

Das Lied war ein Riesenerfolg und im Nu ausverkauft.

Kaum war Mirowoj wieder in sein Zimmer zurückgekehrt, begann er, beflügelt von dem üblichen Erfolg, neue Lieder zu komponieren. Vor ihm stand eine Flasche Wodka. Er komponierte ein Lied, das ihm das Publikum aus den Händen reißen würde.
In Mirowojs Zimmer hing eine Fotografie. Er gab sich für einen ehemaligen Partisanen und Kommissar aus: Er sitzt an einem Tisch, vor ihm zwei Revolver, ein Revolver in jeder Hand.
Während des Bürgerkriegs war Mirowoj der große Macher in der Puschkinskaja und Ligowka-Straße, seinen Spießgesellen verschaffte er den angenehmsten Ersatzstoff für alle irdischen Herrlichkeiten, allerdings schnupfte auch er zu jener Zeit gewaltige Mengen.
Er hatte damals die Gewohnheit, in seinem Zimmer in der Puschkinskaja zu liegen, in einem Haus, das vollgestopft war mit käuflichen Frauen, und den ans Bett gefesselten Kranken zu mimen. In seinen Kissen steckten Päckchen mit dem seligmachenden Stoff, für den ihm die Leute Ringe, Zigarrenetuis, goldene Uhren, Ober- und Unterbekleidung brachten, sie stahlen und schafften ganze Brotlaibe herbei, die ebenso kostbar wie Gold waren, Würfelzucker in blauen Päckchen, Lederjacken und die Taucherstiefel. Alle diese Gegenstände befanden sich nur für Sekunden in Mirowojs Zimmer, um dann spurlos zu verschwinden. Die käuflichen Frauen drängten sich

unter virtuosen Beschimpfungen um Mirowojs Bett herum und bettelten stundenlang um eine winzige Prise. In seinem Zimmer war es heiß wie in der Sauna. Er lag da, jung und kräftig.
Im Garten gegenüber, vor dem Puschkin-Denkmal, versammelten sich seine Spießgesellen, saßen auf Bänken, warteten auf den Augenblick, da er wach wurde oder sie an die Reihe kamen. Aus Gründen der Sicherheit war es den Männern verboten, sein Zimmer zu belagern. Seine Helfershelfer saßen auf grünen Bänken, unter den verkümmerten Stadtbäumen, rauchten altmodische Papirossy, alles, was mit Friedenszeiten zusammenhing, wurde schon damals altmodisch genannt, sie schnupften das sauberste Pulver und lebten in ständiger Unruhe, da sie bereits den Eindruck hatten, verfolgt zu werden.
Nicht alle Handlanger Mirowojs waren damals Profis.
Er beschäftigte auch breitschultrige Matrosen und schüchterne Fähnriche, Studenten, die beschlossen hatten, daß sich das Studium nicht lohne und alles sowieso vergebens sei, neben Bankangestellten, die wie Ausländer gekleidet waren.

Seinerzeit habe ich auf den Putz gehauen, fast alle sind hochgegangen, ich aber lebe und komponiere Lieder.
Er erinnerte sich an eine erfolgreiche Nacht auf der Wyborger Seite, als er in einem weißen Kittel hinter einem Zaun hervorgesprungen war und einem verängstigten alten Mann die Feder an die Kehle gesetzt hatte und ihn zwang, sich splitternackt auszuziehen und durch den Schnee zu laufen – das war ein Heidenspaß, und daß im Hosengürtel des scheinbar harmlosen Männchens Brillanten versteckt waren: Heutzutage trägt keiner mehr Brillanten mit sich herum, dachte er, nach Brillanten jetzt zu suchen lohnt nicht mehr.
»Komm, du Mißgeburt, spielen wir wenigstens Karten«, sagte Mirowoj zu Anfertjew, der sich seinen Wodka und sein Geld abholen wollte.

»Wo bleiben meine anderen Mißgeburten?«
Und während er die gezinkten Karten austeilte, sang Mirowoj aus Langeweile ein altes Lied, das er zur Zeit seiner Raubüberfälle komponiert hatte:

> Ach, Äpfelchen auf dem Fensterbrett,
> In Leningrad hingen lebendige Leichen,
> An ihren Beinen waren Federn,
> In ihren Augen jedoch Feuer,
> Zieh aus deinen Pelz, Genosse,
> Ich nehm ihn gern mit mir.

»Du bist ja fast ein neuer Villon«, sagte Anfertjew spöttisch.
»Wer ist das?« fragte Mirowoj.
»Es gab mal so einen französischen Dichter, der hat Verse über Raub und Diebstahl geschrieben. Und dann hätten sie ihn fast aufgehängt.«
»Mich werden sie nicht aufhängen«, sagte Mirowoj.
Mirowoj zog die Lampe tiefer und schenkte das Glas voll.
»Sauf, du Mißgeburt, am Mittwoch kommst du wieder singen.«
»Und die Mäuse?« fragte Anfertjew.
»Da hast du vorläufig drei Rubel. Nächstes Mal kriegst du den Rest. Sonst läßt du dich vollaufen und kannst beim Konzert nicht mitmachen.«
Nachdem Anfertjew gegangen war, bereitete sich Mirowoj auf anständige Arbeit vor. Er erwartete Wschiwaja Gorka und Wanka Schoffer.
Unter den Dielen holte er einen Satz Holzpistolen hervor und sortierte sie. Von weitem sahen sie wie echt aus.
Mit Spielzeug muß ich mich abgeben, dachte er. Eine echte Knarre wäre was anderes. Heute muß ich mit meinen Liedern Handel treiben, früher hab ich sie fürs Herz geschrieben.

Der Mond schien. Anfertjew ging in seinem stinkenden Gewand einsam und unglücklich auf und ab.

»Das ist alles, was ich habe«, sagte Lokonow, schenkte ein Glas voll und stellte es auf den Tisch.
Während er sich umdrehte, warf er das Glas mit dem Ärmel um.
Anfertjew schaute kurz auf das umgestoßene Glas, dann Lokonow in die Augen und versuchte, etwas in ihnen zu erraten.
Das Gesicht des Säufers verzerrte sich, er trat dicht an Lokonow heran. Die Stimme in seiner Schläfe raunte, man wolle ihn vergiften.
»Du willst mich vergiften«, wiederholte Anfertjew.
In diesem Glas hatte sich für Anfertjew der Friede seiner Seele verborgen, die Möglichkeit, einige Stunden menschenwürdig zu verbringen.
Anfertjew geriet außer sich. Seine Hände drückten von selbst zu. Es wurde ihm finster vor den Augen. Die Stimme in seinen Schläfen sprach immer eindringlicher. Das ganze Zimmer füllte sich mit Stimmen.

Anfertjew spürte Erleichterung. Torkelnd, mit krebsrotem Gesicht und trockenem Mund verließ er Lokonow. Dann ging er zu den Kiosken, um das Bier, das in den Gläsern übriggebliebene war, auszutrinken, man verjagte ihn. Er strich durch die ganze Stadt.
Endlich bekam er zu trinken. Er fiel um und schlief ein.

Shulonbin klopfte. Niemand antwortete. Shulonbin frohlockte: Er würde zum Tisch gehen, die Schublade herausziehen, das Heft an sich nehmen und unbemerkt verschwinden.
Shulonbin öffnete die Tür und betrat das Zimmer.
Er prallte zurück. Auf dem Boden lag, die Arme ausgebreitet, Lokonow.
Durch die offene Tür gafften Menschen herein. Weiber kreischten gellend auf. Shulonbin versuchte zu fliehen.
Man verfolgte ihn. Die Menge wurde immer größer. Shulonbin lief um sein Leben.

»Fangt ihn! Haltet ihn!« schrie es aus der Menge.
Die ersten Pfiffe ertönten.
Aus den Kooperativläden kamen Menschen gelaufen.
Als er bei einer Bierkneipe vorbeirannte, stellte ihm ein Junge, der vor der Tür stand, das Bein.
Shulonbin flog der Länge nach hin. Augenblicklich war er umstellt und wurde abgeführt.

Zu der Ausgabe

Die deutsche Ausgabe der ersten Fassung von Konstantin Konstantinowitsch Waginows (1899; eig. Wagingejm) viertem Roman, der in Rußland erstmals 1991 erschien und dessen Originaltitel in Anlehnung an Molières Prototyp des Geizigen aus *L'avare* (1682, *Der Geizige*) *Garpagoniana* (Garpagoniade) lautet, folgt der von T. L. Nikol'skaja und V. L. Erl herausgegebenen Prosasammlung: Konstantin K. Vaginov, *Kozlinaja pesn'*, Moskau, Sovremennik 1991.

Waginow, der zu Lebzeiten auch drei Lyrikbände publizierte, schrieb seinen letzten Roman in einer Zeit, als die vielen und literarisch experimentierfreudigen Kunstrichtungen der 20er Jahre vor allem in Petersburg, deren unterschiedlichen Gruppierungen er angehörte oder mit deren Vertretern er befreundet war, wegen der Verstaatlichung der Literatur verstummen mußten. Mit der Gleichschaltung der Literatur kam eine Verarmung des Lebens, das Waginow noch in seiner turbulenten Vielfalt, Skurrilität und Lebendigkeit in dem 1933 geschriebenen Roman karnevalesk aufzeichnet. Im gleichen Jahr bot er ihn dem Verlag der Schriftsteller in Leningrad an, begann ihn dann jedoch, auf den Rat des Lyrikers Nikolaj Tichonow hin, zu überarbeiten und die sozialkritische Thematik stärker hervorzuheben.

Wenige Monate vor seinem Tode am 26. April 1934 entwarf der Schriftsteller eine Reihe von Texten, in denen die sowjetische Realität Anfang der 30er Jahre gegenüber dem Alltag in Petrograd und Leningrad nach Revolution und Bürgerkrieg deutlicher wird. Sie finden sich im Anhang abgedruckt, wobei nur angegeben werden kann, für welche Kapitel die vom Autor nicht paginierten Manuskriptseiten vorgesehen waren. Die Einschubstellen sind nicht für alle Zusätze gesichert, zumal Waginow die Über- und Bearbeitung nicht abschließen konnte. Ungeklärt bleibt auch noch, ob das 15. Kapitel der ersten und das der zweiten Fassung Varianten sind, ob sie ein geschlossenes Kapitel bilden sollten oder als eigenständige, möglicherweise aufeinanderfolgende geplant waren. Die russische Ausgabe des Romans in den USA (1983) beruht auf der unvollständigen zweiten Fassung, die Waginows Mutter kurz vor ihrer Verhaftung, die auch dem Schriftsteller gelten sollte, zusammengestellt hat.

A. M.

ZUSÄTZE UND TEXTE DER UNVOLLSTÄNDIGEN ZWEITEN FASSUNG

Zusatz zum 6. Kapitel, Shulonbins Privatleben

Shulonbin ging zu Paschenka.
Paschenka arbeitete in einer Bäckerei.
Sie war auf der Suche nach einem Bräutigam.
Abends kamen sie, legten sich mit den Füßen langgestreckt, um zu entspannen, auf ihr Bett, auf dem eine Pikeedecke lag, und plauderten miteinander.
Einmal beschlossen die Bräutigame, den Hausbewohnern eine Überraschung zu bereiten. Sie kamen mit Werkzeug und drehten das alte Holzklosett um.
Dennoch hoffte Paschenka, wenn sie unterwürfig und gefällig sei, würde sie einer zur Frau nehmen. Andere Frauen werden doch auch geheiratet. Die Männer kamen zwar, verbrachten gerne den Abend mit ihr, spielten mit den anderen Männern Karten, tranken Wodka, grölten Lieder, bekundeten jedoch nicht den geringsten Wunsch zu heiraten.
Manchmal tauchte Shulonbin in der Bräutigamsschar auf. Er würfelte mit den Bräutigamen, rauchte und trank den von den Bräutigamen mitgebrachten Wodka.
»Du bist ein Prachtmädchen, Paschenka, lieb und gastfreundlich. Vermutlich wirst du in der Gosse landen. Zu dir kommt doch nur Lumpenpack«, äußerte er sich über die Leute, die ihn bewirteten. »Man muß dich aus diesem Sumpf herausziehen.«

Oben der runde Mond, unten Hunderte von Laternen, die Alleen der Jelagin-Insel. Ponys flitzen durch die Alleen, setzen hurtig ein Bein vor das andere, und ihre langen Schweife wehen im Wind. Im Schlitten sitzen Iraida und das Mädchen mit dem Teddy aus Berlin, hinter ihnen versucht ein Knirps nach Kirgisenart auf den Schlitten aufzuspringen. Bei der Skistation steht ein Pferdeliebhaber und versucht scherzhaft, seine Begleiterin davon zu überzeugen, daß es bei den Skiern auch verschiedene Rassen gibt, nicht umsonst sind hier die unterschiedlichsten Skier zusammengetragen – vom Universalski

»Murtoma« bis zu den Alpinskiern »Telemarken«, ganz zu schweigen von Kurzskiern für Kinder. In der Station soll es dreieinhalbtausend Paar Ski geben.
Zahllose Lampen stecken so tief in den Scheinwerfern, daß sie nicht zu sehen sind, und die 200 Meter lange und 70 Meter breite verschneite Eisfläche ist von grellen Lichtkegeln bedeckt, die weiß Gott woher kommen. Es entsteht die Illusion, daß die Beleuchtung von unten kommt, aus der Erde.
In das Lichtmeer, das die Eisfläche überflutet, münden die Strahlen bunter Scheinwerfer. Es ist ein riesiger Eislaufplatz. Shulonbin läuft Schlittschuh. Er bringt dem Bäckermädchen das Schlittschuhlaufen bei. Hier wird Volleyball auf Schlittschuhen gespielt. Dort Basketball, die Mannschaften flitzen schnell wie der Wind über die gigantische Weite des Eisfeldes. Weiter weg wird Tennis gespielt.
Nun sitzen sie, ruhen sich aus und hören den Gesprächen zu.

»Für gewöhnlich legen unsere Dampfer nicht in Indien an, sondern in Ceylon. Der Zufall wollte es, daß die Transbalt in Kalkutta anlegte. Mag sein, um Kohle nachzuladen oder wegen einer dringenden Reparatur. An Bord des Frachters befanden sich zwei Kühe als lebender Proviant. Als der Frachter im Hafen lag, erschien beim Kapitän auf dem Schiff die Delegation eines Tempels und erklärte:
»Sie haben an Bord eine Kuh, die für uns heilig ist.« Sie baten den Kapitän, ihnen die Kuh zu verkaufen. Sie sagten, sie würden sie im Gotteshaus halten. Ob einer so ungewöhnlichen Bitte geriet der Kapitän in Verwirrung: die Kuh zu verkaufen bedeutete, religiöse Vorurteile zu unterstützen, sie nicht zu verkaufen hieße Gleichgültigkeit gegenüber der unterjochten Nation. Der Vorstand des Schiffskomitees konnte die Sache auch nicht entscheiden. Eine Parteiversammlung wurde einberufen. Auf dieser wurde die Frage erörtert, mit dem Ergebnis, die Kuh zu verschenken. Indessen saß die Delegation des Gotteshauses auf dem Oberdeck und wartete den Beschluß ab. Als die Inder von der Entscheidung erfuhren, waren sie verblüfft: So was! Man schenkt uns eine Kuh! Sie gingen fort, und dann kam eine gewaltige Prozession, sie führte die Kuh vom Schiff und geleitete sie mit allen Zeremonien in den Tempel.
Daraufhin entsandten die Inder ein Gegengeschenk an die Besatzung der Transbalt, eine ungeheuere Menge von Früchten.

Besonders zufrieden waren die einheimischen Frachtarbeiter. Mit besonderer Umsicht beluden sie die Transbalt. Innerhalb kürzester Zeit war der Frachter beladen.
»Ich habe gehört«, sagte der Skifahrer, »daß unsere Kuh heiliggesprochen wurde!«
Shulonbin mischte sich ein:
»Nach Auffassung der Inder ist die Kuh überhaupt das höchste Lebewesen unter den Tieren.«

Zusatz zum 7. Kapitel, In der Bierkneipe

Im Abtritt standen einige Männer.
»Ach was«, sagte einer, »das soll heutzutage Saufen sein. 1917 war ich in Smijew bei Charkow. Damals haben wir Wein gesoffen. Ich erinnere mich, wir waren etwa sieben Mann, haben gefuttert und direkt aus einem Faß gesüffelt und sind dann eingeschlafen. Bis zum letzten Tropfen haben wir das Faß ausgesoffen und sehen, Mitka Osmak liegt mit vollem Marschgepäck, bis auf die Haut mit Spiritus getränkt, mit Stiefeln, Machorka und Kochgeschirr, auf dem Faßboden... Macht nichts, Alkohol reinigt alles.«
»Ja, das stimmt«, sagte ein zweiter. »Einmal haben sie Wodka ausgeschenkt, alles, was lebendig war, hat sich vollaufen lassen. Ein Pferd rupft Gras, das auch schon mit Fusel getränkt ist, es rupft und rupft, fängt an zu tanzen, schlägt mit dem Schweif um sich, als würde es Fliegen verscheuchen, wirft den Kopf hoch, lauscht, wiehert genüßlich, galoppiert die Straße entlang und zerstampft besoffene Hennen, Hähne und Leute. Ein betrunkener Rabe sitzt auf einem Ast, plötzlich fällt er ins Gras und kommt nicht mehr hoch. Ein Hund läuft dort hin, will den Raben schnappen, doch es reißt ihm die Beine auseinander, und ringsherum Schießerei, einer schleift ein Mädchen, ein anderer schleppt eine Kommode weg, der nächste ein Pud Zukker, einer fordert mit trüben Augen Gold, ein anderer wettert gegen die Deutschen, ein dritter nennt sich Märtyrer für das heilige Rußland und ein verlaustes Stück Fleisch. Auch die Käfer waren besoffen. Der Wodka war voll Dreck. Es gab aber eine Zeit, da haben wir noch sauberen Wodka getrunken.«
»Und ich kannte einen Feldscher«, erzählte ein dritter, während er

ein Cognacetikett mit Wasser ablöste, »der hat aus allen Gläsern mit Reptilien den Spiritus ausgesoffen. War das ein Saufloch! Er hat sie systematisch, bei vollem Bewußtsein, geleert und seine Freunde dazu eingeladen.«
»Macht nichts«, fügte der erste hinzu, »Alkohol reinigt alles.«
»Ja«, sagte ein Student, dem das Etikettablösen auffiel, »für solche Taten sollte man dich in Stücke reißen, sie haben euch nicht oft genug zum Torfstechen geschickt...«
»Das ist noch gar nichts«, sagte ein anderer Student. »Ich habe vier Jahre lang ein noch schlimmeres Reptil erlebt. Wir wohnten damals im Studentenheim. Saßen einmal mit unseren Mädchen beim Mittagessen zusammen. Schauen zum Fenster hinaus, auf dem öden Gelände stand ein Weib über einem Kübel voll Salzgurken und bespritzte sie mit ihrem eigenen Salzwasser. Uns wurde schwarz vor den Augen. Wir rannten hinunter und schleppten sie zur Polizei. Später erfuhren wir, daß man sie wegen Herumtreiberei verbannt hatte.«
»Der Kerl gehört auch dahin, der tauscht die Flaschen aus!«
»Dann, ab mit ihm zur Polizei!«
»Pack ihn am Kragen!«
Der Betrunkene schlug um sich.
Der Kellner erschien.
»Was soll dieser Radau! He, Petja, wirf sie mal hochkant hinaus.«

Zusatz zum 11. Kapitel, Das Gewitter

Kleschnjak ging.
Der runde Platz schwamm im Licht. Gegenüber dem Haus der Kultur leuchtete das Kaufhaus Univermag. Es schien überhaupt keine Vorderfront zu haben. Weiter hinten schimmerten bleich die Fenster der Fabrik für Fertigprodukte. Kleschnjak blieb unwillkürlich auf den Stufen stehen, während er sich an diesem Bild ergötzte.
Genau hier, wo ich stehe, war früher die Kneipe Stopsignal, überlegte er, und wo jetzt das Kaufhaus ist, standen Holzbuden, und neben ihnen saßen Marktweiber mit heißen Kartoffeln, und dort, er drehte sich zum Narwskij Prospekt um, da war die Schnapsbude in einem Holzhaus. Wie düster war damals das Narwskij Tor. Schweine

liefen herum, Betrunkene wälzten sich im Dreck, Faustkämpfe, in den schäbigen Holzhäusern brannten wie Wolfsaugen Feuer.
Kleschnjak ging die Statschek-Straße hinunter in Richtung des leuchtenden Turms der Schule Nr. 68. Links und rechts standen neue Häuser. Dann und wann waren durch die Rundbögen der Toreinfahrt hindurch kleine, noch nicht abgerissene Holzhäuser mit geschnitzten Holzzäunen zu sehen.
Kleschnjak lief immer schneller.
Rechts ragte, aus riesiegen Fenstern bunte Strahlengarben speiend, das neue prophylaktische Betriebssanatorium hoch, links schimmerten in geschlossenen Reihen die Fenster von Saunas. Auf einem kleinen Platz zwischen den Gebäuden blieb Kleschnjak stehen. Unmittelbar vor ihm leuchteten die Fenster der Kinderkrippe, und er sah, wie eine korpulente Kinderschwester ein Kind hoch in die Luft hob und dann die Windeln wechselte:
Hier war ich auf gemeinste Weise eine Nacht lang eingesperrt, seufzte Kleschnjak.
Es tauchten klar vor ihm die überschwemmten Gemüsegärten, ein Herbstabend, Regen, Polizisten, Säbel, ein kleines dahinterliegendes Häuschen auf.
Vor ihm stand ein neues, noch nicht verputztes, doch bereits bewohntes Haus. Kleschnjak ging in das Haus hinein.
Woll'n mal sehen, wer hier wohnt.
Er läutete, schritt durch das winzige Vorzimmer, blieb stehen. Um den Tisch saßen Kinder herum. Am Fenster standen Fuchsien und Gummibäume. Ein Mann kam hinter dem Tisch hervor. Er hatte keine Beine.

Kleschnjak befühlte die originellen, rötlichen Büschel unter seinen Nasenlöchern, zückte einen Kamm, trat vor den Spiegel und kämmte sein glatt zurückgestrichenes, noch ziemlich dichtes Haar. Danach schaute er zum Fenster hinaus auf die Newa, dachte an das rückständige Kirgisien mit seinen eigenartigen Bräuchen zurück, an seinen Stellvertreter für den Unterricht, der jede Frage beantworten konnte, an seine erste Frau, eine Lehrerin und Kaufmannstochter. Dann eilten seine Gedanken in die Kindheit, nach Weißrußland.
Der Schuldirektor betrachtete seinen Bauch, sein Bauch mißfiel ihm.

Das kommt davon, weil ich in meiner Kindheit vor lauter Armut fast nur Kartoffeln gegessen habe, deswegen habe ich so einen, dachte er voll Selbstmitleid.

Trofim Pawlowitsch Kleschnjak trat ans Fenster. Seit langem war er nicht mehr in Leningrad gewesen. Trofim Pawlowitsch zählte sich zur Armee der Sieger, empfand es als angenehm, daß es nun ein Haus der Kultur gab, sich die Stadt in einem sauberen Zustand befand, die Fassaden der Häuser frisch gestrichen waren.
Er besuchte die neuen Anlagen, ließ sich auf einer Bank nieder und zählte im Geiste seine Heldentaten auf.
An der Front haben mich die Läuse aufgefressen, erstens, und er krümmte einen Finger. Ich war Partisan, zweitens, er krümmte den zweiten Finger. Ich bin an Flecktyphus erkrankt, er krümmte den dritten Finger. Während der Polenoffensive sind mir die Beine abgefroren, viertens.
Ein schreckliches Bild wurde vor ihm lebendig. Die Deutschen hatten ihn gefangengenommen und zum Tode durch Erschießen verurteilt. Acht Mann schossen auf jeden einzelnen. Sechs Männer waren schon gefallen, da kam die Reihe an Kleschnjak, er hielt es nicht mehr aus und floh. Vier Deutsche stürmten ihm nach und schossen auf ihn.
Während er in der Anlage saß, erinnerte er sich, wie die Okkupanten ihn gezwungen hatten, die Erschossenen zu verscharren, und er die zerfetzten Rücken der Toten sah, wie konnte es auch anders sein, acht Kugeln auf einen Punkt ... Und dann hatten sie ihn gezwungen, zusammen mit anderen Partisanen sein eigenes Grab zu schaufeln.

Am Abend suchte Kleschnjak nach der Stadtbesichtigung sein Zimmer wieder auf.
Kleschnjak fürchtete sich vor schöngeistiger Literatur. Unabhängig von ihrer Qualität, unabhängig von der Genialität und dem Talent des Schriftstellers, übte sie eine fürchterliche Wirkung auf den ehemaligen Partisanen aus. Wenn er ein Buch mit literarischem Anspruch in die Hand nahm, konnte er sich nicht mehr davon losreißen. Und nahm sich alles unbändig zu Herzen.
Vielleicht ging diese Empfindsamkeit auf sein entsetzliches Leben, die österreichische Gefangenschaft, den Bürgerkrieg zurück. Auch jetzt las er wieder in einem Werk weiter, das nicht im geringsten

proletarisch war, es kam ihm nur proletarisch und deshalb unendlich interessant, gedankenreich und bedeutungsvoll vor.
Während er sich an den schwerverdaulichen Epitheta, an den billigen Witzen und abgedroschenen Vergleichen begeisterte, dachte Kleschnjak über sich, über sein ereignisreiches Leben nach, wie schade war es doch, daß er nicht imstande war, sein heroisches Leben zu beschreiben, seine Erfahrungen an die heranwachsende Generation nicht weitergeben konnte. Der Mangel an Bildung quälte Kleschnjak des öfteren, er hatte nur die Gemeindeschule abgeschlossen, was ihn immer wieder zwang, die alte Gesellschaftsordnung, die nur wohlhabenden Leuten eine Schulbildung ermöglicht hatte, noch mehr zu hassen. Er glaubte, wenn er seine Kindheit und Jugend in einem anderen System verlebt hätte, wäre er ein völlig anderer Mensch geworden, dann wäre er...
Kleschnjak zog verbittert an seiner Zigarette.
Es klingelte. Lowdenkow Grigorij Timofejewitsch trat herein.
Die Jahre des Bürgerkriegs, die Erinnerungen an Flußflotillen und an ein gefahrenreiches Leben festigten ihre Freundschaft.
Selbstverständlich mißfiel es Trofim Pawlowitsch, daß sein Freund, ehedem bei der Marine und nunmehr Drechsler, nicht abstinent war und häufig einen in der Krone hatte, sich nicht zusammennehmen wollte und wie eh und je unflätig sprach.
»Was ist, mein Freund, leidest du immer noch an der Grippe?« fragte Grigorij Timofejewitsch. »Und ich wollte mit dir einen auf den Putz hauen. Gehen wir auf ein Bierchen zu den Zwei Schwestern.«
Doch anstatt das vollgespuckte Lokal Wien und Bavaria aufzusuchen, landeten sie auf einem Volksfest außerhalb der Stadt, in einer Gegend mit Palästen, Parks und Sanatorien.
Losungen und Plakate empfingen die Freunde. Und die Ankömmlinge fühlten sich sofort wie zu Hause. Über den Alleen wehten blaue und rote Transparente: »Kultiviertes Erholen«, »Die Kolchose ist unbesiegbar«, »Für die bolschewistische Partei, für die Reinheit der marxistisch-leninistischen Theorie«, »Ein brüderlicher Gruß den deutschen Proletariern«, »In den Ländern des Faschismus und Kapitalismus sind Hunderte Millionen Arbeiter und Bauern zu Hunger und Tod verdammt.«.
Genosse Kniesel, ein grauhaariger Modellmacher mit dem Abzeichen der GTO, begrüßte die Freunde.

»Schau, schau«, sagte Lowdenkow, »mit seinen fünfzig Jahren hat er noch mit Gewehr und Granate schwimmen und Fahrrad fahren gelernt.«

Lowdenkow und Kleschnjak bummelten durch die Alleen, an Statuen mit italienischen Inschriften und schwülstigen Bauten vorbei. Im Park hingen Lautsprecher. Über den Köpfen der Menschen dröhnten Musik und Gesang.

Es marschierten die Partisanen. Es marschierten Trommler mit den entsprechenden Abzeichen. Andere marschierten mit den GTO-Abzeichen, wer nichts dergleichen hatte, marschierte einfach mit irgendeinem Jubiläumsabzeichen, mit einer Plakette oder mit einem Blümchen im Knopfloch. Die Ankömmlinge hatten auch Lust, sich mit etwas zu schmücken.

Die Sonne brannte, aber es war noch nicht möglich, Schutz im Schatten der Bäume zu finden.

Die Blätter waren klein und bildeten kein geschlossenes, grünes Dach.

Birken, Linden, Eichen und Ahorn schienen nicht belaubt, sondern mit künstlichen Blättern behängt.

Das Gras sah um diese Zeit noch gepflegt, wie gestutzt aus.

Kioske mit erfrischenden Getränken, Bier, Bonbons und belegten Brötchen standen im Park verstreut.

Ein Restaurant war auf der Galerie des Palasts eröffnet, der Tanzsaal in einem der Pavillons. Auf der Bühne spielte vor der zarten, für die Höflinge und Landadligen gemeißelten jungen Leda mit gelöstem Haar, die sich an den Hals eines Schwans klammerte, der versuchte, ihren Schleier hochzuheben, die Blaskapelle des Regiments, das in den hiesigen Kasernen einquartiert war. Unter den Bäumen saßen, meist zu zweit, Mädchen auf Eisen- oder Holzbänken. Neben einem hübschen selbstverständlich ein häßliches. In der Ferne sprangen Fallschirmspringer aus Flugzeugen.

»Fallschirmspringer wie Pikard gibt es selten, er dreht sich im Kreis wie ein Trabant um den Planeten«, wandte sich ein achtunddreißigjähriger Mann an Lowdenkow.

Dem Kriegsmarinler war es angenehm, daß es keine unverschämten NEP-Unternehmer mehr gab, daß statt dessen Seeleute, Eisenbahner, Elektriker, Textilarbeiter und Automechaniker herummarschierten. Doch da ging der Instrukteur einer Fabrik für elegante Schuhe mit prächtigen Koteletten vorbei. An seiner Kleidung fand sich nichts Extravagantes, seine Frau war jedoch seltsam und etwas obszön herausgeputzt. Würde man diese Ziege auf vier Beine stellen und an ihrem Hintern einen Schwanz befestigen, würde sie wie ein Tiger aussehen – so ähnlich war die Bedeutung von Lowdenkows witziger Bemerkung.

Hier amüsierten sich Mirowoj, Wschiwaja Gorka und Wanka Schoffer. Auch der Leiter der Kooperative war da, ganz in Weiß, und ergötzte sich an der frischen Luft.

Alle Tische waren besetzt. Kleschnjak und Lowdenkow mußten sich an einen langen Tisch setzen, auf die eben frei gewordenen Plätze an den beiden Enden des Tisches. Auf die Galerie kamen unaufhörlich immer neue und neue Menschenmassen.

ellner flitzten wie besessen hin und her. Um sich neuen Auftrieb zu geben, tranken sie hastig hinter den seitlichen Glastüren Bier, legten, unerfindlich warum, die Serviette von einem Arm auf den anderen und rannten von neuem wie von Sinnen zu den Tischen.

rde finster. Ein Windstoß jagte Staubwolken vor sich her, blähte die Röcke der Frauen und verlieh den Frauengestalten die Form von Skulpturen. Die Bäume begannen zu rauschen, als würden sie miteinander plaudern. Man sah, wie die Leute im Park auseinanderliefen. Auf den Scheiben der Galerie zeigten sich einzelne Tropfen. Ein Blitz zuckte. Es donnerte. Der Park war im Nu leer.

Auf der Galerie war nicht einmal mehr Platz für eine Stecknadel.

»Sieh nur, was für ein Regen!«

»Regen ist notwendig.«

»Sie gehören zwar derselben Klasse an, aber ihre Seelen sind verschieden.«

»Du hast kein Gewissen, du hast ein Gewissen wie ein NEP-Unternehmer.«

»Das sage ich ja, dieser Schädling kriegt noch, was er verdient.«

»Keine Frage, in der Jugend verfliegen die Tage im Nu.«

»Sieh mal, was für ein Fettwanst.«

»Wer faul ist, hat einen dicken Bauch.«

»Mein Freund hat ein Weib geheiratet, die wiegt sechs Pud. Ich bin schon gespannt, wie der dann aussieht!«

»Wie meinst du das?«

»Wie eine Rosine auf einem Gugelhupf.«
»So haben wir die schweren Zeiten überstanden. Jeder winselt allein vor sich hin: kein Brot, keine Butter! Aber wenn man zusammenhält, ist es ein Wunder, wieviel Heldentum dabei herauskommt.«
Es hatte aufgehört zu regnen. Die Galerie leerte sich, und der Abend brach herein. Viele Ausflügler machten sich auf den Weg zum Bahnhof, aber einige fanden es schade wegzufahren, und sie beschlossen, den Tag hier zu beenden, erst den letzten Zug in die Stadt zu nehmen.
Wieder wurde es finster, und es goß in Strömen, offensichtlich für länger.

Kleschnjak saß, eingekreist von Scipios, Antonius, Pias, Lomonossows, Lucius Verus, Epimenides, Fox, von Philosophen, Gelehrten und Kaisern, da. Riesige Bronzeleuchter schmückten die Galerie. Das Ende der Galerie bildete eine Gruppe von Marmorstatuen. Auf den Tischen standen Blumen, am Büfett wurde Bier ausgeschenkt. Dort lagen auch mit holländischem Käse belegte Brote, süße Backwaren, Lebkuchen und Teegebäck. Neben Kleschnjak saß ein deutscher Arbeiter. Als er erfuhr, daß Kleschnjak eine Schule leitete, erzählte er ihm sein Leben. Sein Vater war von Mecklenburg nach Riga ausgewandert. Der Armaturenarbeiter erzählte Kleschnjak, daß er noch im Jahre 1904 Gedichte in deutscher Sprache verfaßt habe, die seinerzeit in einer Lokalzeitung veröffentlicht worden waren, daß er aber in russischer Sprache schreiben wollte, die er damals gar nicht kannte. Er erzählte Kleschnjak, er hätte nie gedacht, daß die russische Sprache so schwierig sei, im großen und ganzen würden ihm Fremdsprachen leicht fallen, er könne Estnisch, Lettisch und Finnisch, jetzt könne er auch Russisch, und die Zeit, als er das Wort »dostoprimetschatelnost« nur mit Müh und Not habe aussprechen können, sei längst vorbei. Seinerzeit habe er mit dem Wörterbuch Tolstoj, Puschkin und Belinkin – Neibur ertappte und korrigierte sich –, Belinskij, den berühmten Kritiker, gelesen.

»Ich habe Angst, markante Ausdrücke zu gebrauchen«, fuhr er fort, »ich kann immer noch nicht perfekt Russisch, möchte aber schrecklich gerne schreiben. Ich habe viele Entwürfe. Ich war übrigens bei einer Frühjahrsaussaat dabei, apropos, ich habe einige Kolchosen auf

Vordermann gebracht. Ich habe keinen zur Arbeit gezwungen. Einmal war ich auf einer Kolchose. Die brauchte dringend Saatgut, doch woher sollte man das Geld dafür auftreiben. Plötzlich stand ein alter Mann auf und sagte:
›Ringsum ist lauter Gold.‹
Alle lachten.
›Wir sammeln Moosbeeren‹, sagte der Alte ärgerlich, ›verkaufen sie und kaufen beim Staat Samen.‹
Alle sind losgezogen, haben Beeren gesammelt, sie verkauft und die Kolchose war mit Saatgut versorgt. Ich habe sehr viel Material. Auch eine Skizze über die illegale Erste-Mai-Feier bei Riga. Ich gedenke, eine große Erzählung über die chinesische Revolution zu schreiben. Dort habe ich Bekannte. Ich habe schrecklich viel Material, schade, wenn es verlorenginge.«
»Natürlich ist das schade«, meinte Kleschnjak, »ich kann das gut verstehen, weil ich auch gern schreiben würde. Aber mir fehlt die Bildung, der Mangel an Bildung bedrückt mich.«

Am anderen Ende des Tischs prostete ein Schuster einem zufälligen Bekannten mit einem Glas Bier zu und behauptete:
»Die GPU arbeitet phantastisch. Da sind in einer Ortschaft einige Sachen passiert: Mal wurde Vieh abgestochen, mal die Post ausgeraubt, dann wieder die Kooperative geplündert, und nicht die geringsten Spuren. Man hat sich lange damit herumgeschlagen, die GPU aus Leningrad kommen lassen. Sie kamen. Sind im Hotel abgestiegen. Und sehen, im Restaurant sitzen zwei Mädchen, schick angezogen, nach der Pariser Mode, nur wie kommt die Pariser Mode hierher? Einer zwinkerte seinen Kameraden zu, nahm dem Kellner die Serviette ab, und schon ging es los. Er fängt an, die Mädchen zu bedienen. Hört die Mädchen plaudern: »Die Sache mit der Post haben wir sauber erledigt.« Sie aßen, wischten sich den Mund mit Spitzentaschentüchern ab, hängten den Schirm über den Arm, wagten einen Blick auf die goldene Pendeluhr und lachten los. Sie gingen. Und unsere Leute hinterher. Sie sehen, die Fräuleins gehen auf ein Haus zu, das ziemlich verdächtig aussieht. Die Agenten konnten gar nicht so schnell schauen, schon waren die Damen – wie in einer Schlucht – verschwunden. Sie stehen da, wundern sich. Haben lange gesucht, sind hinuntergestiegen, in der Tat eine Schlucht, und in der

Schlucht ein Zimmer, vollgestopft mit Jungen und Mädchen, obdachlose Kinder, das war klar. Die waren alle genauso schick angezogen. Nur konnte man sie nicht lange betrachten, schon ging die Schießerei los. Ihre Anführerin wohnte im Hotel mit falschen Eltern, hat ein Kind gespielt, ließ sich an der Hand führen, war vierzehn Jahre alt. Ein raffiniertes Weib!« Der Schuster nahm einen Schluck Bier und begann, dicht am Ohr des Gesprächspartners, zu flüstern, nahm noch eine Schluck und schrie fast auf: »Ausrotten sollte man solche Drecksstücke!«

»Sie sagen, Ärzte sind Scharlatane. Dazu fällt mir ein, wie ein demobilisierter Grenzer plötzlich aktiv geworden ist. Das war vor etwa sechs Jahren. Zwei Derwische marschierten über die persische Grenze. Am Abend erklang der Gesang dieser Inder vor der Teestube. Die Nacht haben sie beim Mullah im Hof der Moschee verbracht. Erst am Morgen wurde einer von ihnen tot aufgefunden. Die Einwohner wickelten den Toten in ein Leichentuch, wie es sich gehört, und legten ihn in eine schmale Kiste – diese Kiste dient allen Toten. Trugen ihn auf den Friedhof, holten ihn aus der Kiste und begruben ihn. Der zweite, nun allein, sang wieder Psalmen vor der Teestube. Er fällt in Ohnmacht. Aus der Teestube kommen die alten, ehrwürdigen Männer gerannt, flüstern, warten, was der Derwisch sagen wird. Doch der Derwisch wird in das Krankenhaus abtransportiert. Im Krankenhaus lagen zu der Zeit acht Männer und sechs Frauen. Jegorow war der Leiter, und Nurala, ein alter Turkmene, bewachte das Tor. Zwischen seinen Beinen hatte er das Gewehr. Sie haben also die Leiche auf den Operationstisch gelegt. Jegorow sieht durchs Fenster, über den Basar geht sein Freund Kochman. Um die Formalitäten einzuhalten, ruft er ihn, damit er bei der Obduktion des Leichnams dabei ist. Kochman war der Arzt der Grenzkommandantur. Es ist verständlich, daß Jegorow ihn als Gerichtsarzt gerufen hat, die Inder hatten die Grenze doch illegal überschritten. Als Jegorow und Kochman die Leiche öffneten, sahen sie weiße Flecken auf der Lunge, sie wurden bleich, schauten einander an, begriffen, lange würden sie nicht mehr leben.
Jegorow lief zu Nurala, befahl ihm, das Tor abzuschließen, keinen hinaus oder herein zu lassen, denn im Krankenhaus hätte es einen großen Diebstahl gegeben – fünftausend Rubel.

Da verschloß Nurala das Tor, stand mit dem Gewehr da, ließ weder den Feldscher noch die Krankenschwestern nach der Arbeit hinaus. Kochman ging nicht weg, obwohl er einen Revolver hatte.
Man muß dazu sagen, das Krankenhaus stand auf einer Anhöhe am Ortsrand und war von einer hohen Mauer umgeben. Und von dieser Mauer schrie Jegorow den Leuten auf dem Basar zu, sie sollten den Bevollmächtigten der GPU und den Vorsitzenden des Bezirkssowjets holen. Er sagte ihnen von der Mauer aus, ein Fall von Lungenpest sei entdeckt worden, sie müßten unverzüglich ein chiffriertes Telegramm an den Volkskommissar des Gesundheitsamtes nach Beibat schicken, er selbst habe sich ins Krankenhaus eingesperrt, und es müsse sofort von der Ortschaft isoliert werden.
Als erstes kam ein Bataillon der Grenzschutztruppe und umzingelte das Krankenhaus. Auf diese Weise wurde es völlig isoliert.
Am Abend, in der Teestube, als der grauhaarige Reiter Ali ruhig Theriakwurzel rauchte und sich über den Bart strich, sagte er, daß der Derwisch selbstverständlich ein Emissär des englischen Padischah sein müsse, wie sollte sonst soviel Geld ins Krankenhaus gelangt sein.
Am Morgen quietschten wieder die Karren, und die Nomaden sangen, als sie die Hammelherde vor sich hertrieben.
Aus dem Zentrum kam ein Militärzug und umstellte in zwei Reihen die ganze Ortschaft. Im Krankenhaus erfuhren alle, was los war. Als erster wurde Doktor Kochman krank.
Der Feldscher versuchte, über die Mauer zu klettern, um sich zu retten. Jegorow holte ihn ein und hat ihn auf der Stelle erschossen.
Und die angerückten Truppen gaben der Bevölkerung den Befehl, nackt aus den Häusern zu kommen und nichts mitzunehmen, alle Häuser wurden mit Flammenwerfern in Brand gesetzt, die Bewohner in Quarantäne gebracht. Sechs Tage später waren im Krankenhaus alle tot, alle Leichen wurden auf Befehl Jegorows in den Hof hinausgeschafft. So starb Jegorow als letzter. Dann hat man die Leichen mit Flammenwerfern verbrannt und das Krankenhaus begast.
Natürlich kann man so einen Arzt nicht vergessen, ihm gebührt unser ewiger Dank. Natürlich ist Jegorow nach seinem Tod der Orden des Roten Banners verliehen worden, seine Familie bekam eine einmalige Unterstützung von zehntausend Rubeln und lebenslänglichen Anspruch auf seinen Lohn.

Und ich habe dort meine Braut verloren«, schloß der Grenzsoldat plötzlich seine Erzählung.

An demselben langen Tisch sagte ein zaristischer Soldat zu einem Komsomolzen: »Wir sind manchmal zur Jagd gegangen und haben auf Eichhörnchen und Krähen geschossen, auf den Feind allerdings niemals. Kaum waren wir von der Aufklärung zurück, sind wir Eichhörnchen und Krähen schießen gegangen. Bei uns war ein Unterfähnrich, der hatte das Kreuz aller vier Klassen und die Orden dazu. Wir waren unterwegs auf Aufklärung. Beim kleinsten Geräusch – alle ließen sich fallen. Wir hören ihn schreien: »Links ist ein Deutscher!« Wir rannten alle davon und mit uns der Unterfähnrich. Nur der Fähnrich blieb zurück.
Er kam von der Aufklärung zurück.
›Wie konntet ihr es wagen, euren Vorgesetzten alleinzulassen?‹
Und hat allen eins auf die Fresse gegeben.
Er hat immer eine auf die Fresse gegeben.
Wir waren wieder auf Aufklärung und haben dem Fähnrich eins über die Rübe gezogen. Packten ihn an den Beinen und schleiften ihn fort. Mit dem Kopf über die Steine – bum-bum-bum. Vom Ufer der Dwina haben wir ihn runtergeworfen. Er war tapfer, das Drecksstück. Hat allen befohlen, sich zu verstecken und sich selbst nicht versteckt. Wir haben ihn umgebracht, weil er uns in die Fresse gehauen hat. Dort einen umzubringen war ein Kinderspiel. Während der Offensive hat doch keiner was gesehen. Da haben wir diesen Offizier, das Popensöhnchen, auf dem Flußweg nach Hause geschickt, ins Gouvernement Tschernigow. Und weiß du, welche Strafe an der Front üblich war? Wenn ein Soldat sich etwas zuschulden kommen läßt, wird er als Zielscheibe auf den Schützengraben gestellt – los, Deutscher, schieß! Aber die Deutschen haben das gewußt und nie geschossen.«

An dem Tisch saß auch Lokonow. Vor ihm lag ein aufgeschlagenes Buch.
»Was lesen Sie?« fragte eine Unbekannte.
»Die Märchen von Schtschedrin.«
»Daß Sie sich nicht schämen, als Erwachsener Märchen zu lesen«, empörte sich das Mädchen.

Lokonow schaute sie, dann das GTO-Abzeichen an.
»Es sind politische Märchen«, erwiderte er.
»Das ist etwas anderes«, meinte das Mädchen. »Ich treffe bei fünfzig Schüssen fünfundvierzigmal ins Schwarze«, fuhr sie fort, »ich würde auch gern Fallschirm springen. Sind Sie jemals Fallschirm gesprungen?« erkundigte sie sich.
»Nein«, antwortete anstelle von Lokonow der nachdenkliche Kleschnjak. »Damals gab es keine Fallschirme. Jetzt bedeuten Flugzeuge alles, aber früher, im Partisanenkampf, haben wir auf das Pferd gesetzt. Es hat uns den Sieg gebracht und uns vor der Gefangenschaft gerettet. Wir haben gehungert, unsere Pferde aber gefüttert.«
»Das Pferd wird auch im nächsten Krieg notwendig sein«, sagte das Mädchen. »Ich weiß das, ich kann auch reiten, habe es gelernt.«
»Ach, zum Teufel«, meinte Listjak und musterte befriedigt den langen Tisch. »Da bin ich einmal an einem Sanatorium vorübergegangen, so'n Arzt hat's gut. Er kann mit allen, die ihn beleidigen, seine Späßchen treiben, wie ein Zauberer, er muß keine Panik kriegen und mit dem Revolver herumballern. Am besten hat es ein Chirurg, denke ich mir. In Taganrog lebte ein Chirurg«, Listjak zwinkerte allen Anwesenden zu, »der merkte, daß seine Alte fremdgeht, da fuhr er scheinbar für drei Tage weg, kehrte aber heimlich zurück. Er schleicht in das Schlafzimmer und sieht, wie seine Frau in den Armen ihres Liebhabers schläft. Er hat ihnen ein Schlafmittel gegeben, holte seine Instrumente aus dem gelben Koffer, entmannte den Bösewicht, vernähte alles mit einem Seidenzwirn, wie es sich gehört, und ging fort, als sei er nie dagewesen. So denke ich mir das. Die Sonne scheint. Der Kerl wacht auf, reibt sich die Augen, spürt einen schneidenden Schmerz. Er schaut nach, was da los ist, erstarrt und kann es nicht fassen.«
»Ist das vielleicht dir passiert?« stieß ein Junge Listjak in die Seite.

Der schwerhörige Gehilfe eines Lokführers, ein ehemaliger Nieter, der im Wasserkraftwerk Nr. 5 arbeitete, erzählte seiner Frau, so daß alle es hören konnten:
»Jetzt sind wir in einem Palast, und früher? Du bist jung, du weißt von nichts. Die Fabrikarbeiter unter Alexander III. waren arme Teufel, und solchen Mädels wie dir ist es noch schlechter gegangen. Sie

nahmen ein paar Salzheringe, steckten sie ins kochende Wasser. Kochten die Brühe, löffelten sie, und das war das ganze Mittagessen.
Früher hat man alles mit den eigenen Händen gemacht, alles selber heben müssen und dabei gefurzt. Ein Hilfsarbeiter hat ein Spottgeld verdient, sechzig Kopeken am Tag. Da leb mal davon!« Er blickte in die Runde. »Den Meister schmierste mehr als einmal, der zieht 'nem das Fell über den Kopf. Dann hat der mich zu sich geholt, für fünfundvierzig Rubel.«
Der betrunkene Gehilfe des Lokführers saß aufrecht wie ein Ölgötze und betrachtete die hin und her laufenden Kellner, riß dann seinen riesigen Mund wieder auf und fuhr wie besessen in seiner Erzählung fort.
»War die Lokomotive angekoppelt, hab ich wieder einen ausgegeben und ihm fünfundzwanzig Rubel zugesteckt!
Der sagt mir:
›Gib der ganzen Truppe einen aus, fünfundzwanzig Leute. Nur nicht geizig, sonst werfen wir dich raus und bringen dir nichts bei!‹ Hör mir gut zu«, wandte er sich seiner jungen Frau zu. »Es kam die Zeit, ein Sonntag. Einen halben Eimer Wodka, Bier, Würste, Schinken, Fisch, fünfzig Rubel hat es mich gekostet. Da habe ich schon drei Rubel verdient. Nach ungefähr fünf Jahren habe ich schon hundertvierzig Rubel im Monat gekriegt. Ich habe mir Kleidung angeschafft, ein Weib aus dem Dorf geholt und einen Pelzmantel für zweihundertfünfzig Rubel gekauft.
In die Partei bin ich 1919 eingetreten«, wandte er sich an Lowdenkow. »Genau da bin ich eingetreten. Zuerst haben sie mich nach Samara geschickt, damit ich die Ernte verkaufe, dann nach Luga zur Lebensmittelverteilung. Es war gut dort. Wir haben Spiegeleier von mindestens zehn Eiern gegessen, jetzt aber, verdient man sich grad mal'n Buckel in der Fabrik und beileibe keinen Iltispelz. Mein Kulakenbruder wurde enteignet!« Er wurde immer lebhafter. »Der Schuft hat viel zusammengestohlen, dieser Bauerntölpel, der hat in Saus und Braus gelebt und mich nicht mehr gekannt. Das Bauernhaus mit Diele, Keller und einer Scheune mit Dreschplatz ist nach Vaters Tod mir zugefallen, und ich hab dem alles für sieben Pud Roggen abgetreten, so ein Halsabschneider war das! Er hat es ausgenützt, daß bei uns in Piter Hungersnot war. Die Leute vom Land

wurden frech. Handschuhe haben sie getragen, in den Häusern hingen schwere Wollvorhänge, und wenn die Spiegel nicht reinpaßten, haben sie ein Loch in den Boden geschlagen und eine Grube ausgeschaufelt. Die Betten waren aus Nickel. Hühner sind darauf gesessen und haben auf die Betten geschissen. Geflochtene Schlitten, Zaumzeug, Persianermütze – das war mein Brüderchen, das waren die feinen Dorfkulaken! Sie hatten deutsche Ziehharmonikas, in jedem Dorf ein Dutzend Fahrräder und im Haus meines Bruders zwei Nähmaschinen; an Feiertagen trug er eine goldene Uhr, an Werktagen eine silberne. Jetzt hat man ihnen alles weggenommen, das kann ich nur begrüßen. Meine Tochter ist Geologin«, wandte er sich an Kleschnjak, »derzeit macht sie ihr Praktikum im Ural. Und ich habe auch am Bürgerkrieg teilgenommen, an der Verteidigung von Leningrad, damals Petrograd, elf Panzer haben wir erobert und einen Popen vom Glockenturm runtergeholt. Vom Glockenturm aus hatte er mit 'nem Maschinengewehr gefeuert.«
»Weiß du noch, was die Kosaken mit den unsrigen gemacht haben«, wandte sich Lowdenkow an Kleschnjak. »Bis auf die Haut haben sie die ausgezogen: Du bist ein Matrose, los, rein ins Eisloch! Und tolle Reiter waren die Kosaken, sogar die Weiber! Erstaunlich, daß es die nicht auseinandergerissen hat... Sie reiten und lernen, wie man auf die Liegengebliebenen mit dem Säbel einschlägt. Erinnerst du dich, Alter?
Das Gewitter dauerte an. Es goß wie aus Kübeln. In Strömen floß das Wasser vom Hügel in den Teich.«

»Niemals werde ich das vergessen«, mischte sich Kleschnjak ein. »Ich lag verwundet auf der Straße und sehe die roten Gesichter der Österreicher, ringsum brennen die Dörfer, unsere Männer fliehen, die Maschinengewehre rattern, der Kies sprüht Funken, diese Funken werd ich nie vergessen, eine Kleinigkeit, aber ich werde mich immer daran erinnern. Noch eine Kleinigkeit fällt mir ein: Bei uns in den Schützengräbern war es natürlich dreckig, plötzlich sproß über uns ein Büschlein Vergißmeinnicht – der Schützengraben war aus Gras, und am Rand des Grabens ist es gewachsen. Wir schauten es alle an und lächelten.« Kleschnjak wurde nachdenklich. Er erinnerte sich an seinen Fluchtversuch aus der Gefangenschaft, deshalb die höllische Fron an der italienischen Front.

»Wie ein Esel habe ich auf meinem Buckel Handgranaten und Proviant schleppen müssen, von unten, wo es warm war und regnete, hinauf in die verschneiten Berge. Meine Kleidung, naß vom Schweiß, gefror dort oben zu Eis. Tag für Tag hinauf und runter, herunter und rauf, bis einer von uns stürzte. Da hat man uns ins Spital geschickt – mit der Diagnose Erschöpfung und Lungenflügelkatarrh. Nach dem Schlamassel lebten wir eine Weile im Spital, und dann ging es ans Verrecken. Als wir schon fast verreckt waren, haben sie uns Kampfer gespritzt und uns künstlich beatmet. Vor dem Spital war ein Garten mit Mohn, wir haben immer versucht, den Mohn zu essen, konnten das Mittagessen nicht abwarten. Die etwas kräftigeren Kranken haben uns aus Mitleid davongejagt.«
»Das ist alles Quatsch und nicht der Rede wert. Ich war auch in einem Lager für Tuberkulosekranke in Böhmen. Wir waren dort einhunderttausend Mann. Ringsum Berge, Föhrenwälder, aber wir haben nicht schlecht gelebt, freilich sind innerhalb vierundzwanzig Stunden zweihundertfünfzig Männer gestorben. Unter uns waren auch Montenegriner, Serben und Italiener, da hab ich genug gesehen, lebe aber immer noch.«
»Sauber war es, nur zum Fressen hat es überhaupt nichts gegeben. Bessere als die italienischen Ärzte findest du nicht auf der Welt. Ein Russe horcht dich durchs Handtuch ab, der Italiener ekelt sich nicht, legt dir sein sauberes Ohr an die Brust. Dann bin ich ausgetauscht worden. Sie haben mich auf der Krankenbahre über die Grenze getragen, ich nahm am Bürgerkrieg teil und war wieder gesund.«

Rechts an den einzelnen Tischchen:
»Du bist ein zahnloser alter Sack, aber jeden Tag willst du an einem Hühnchen nagen!«
»Das Essen soll einen Sinn haben!«
»Was salzig ist, macht durstig... Der Salzhering ist was Feines!«
»Ich würde jetzt lieber ein paar saftige Äpfel essen, das ist besser als Tee.«
»Du stiehlst, deswegen hat man dich rausgeworfen!«
»Was redest du von einem Einzelfall!«
»Soll ich deinetwegen von weltweiten reden?«

Am langen Tisch:
»Als Ingenieur muß man die ganze Welt im Kopf haben«, erklärte Kleschnjak.
»Ich war im Kaukasus, dort klettern die Ingenieure in den Bergen herum wie die Gemsen.«
»Ich habe einen schwachen Appetit.«
»Zu'ner Kuh kommst du allemal nicht.«

Links an den einzelnen Tischchen:
Ein betagter Ehegatte gereizt zu seiner betagten Ehegattin:
»Du hast ein Spatzenhirn, Tanja, und merkst es nicht, das ist dein Glück.«
Ein vollbärtiger Mann vom Tisch aufstehend:
»Der Bauch ist kein Spiegel, was du auch hineinstopfst, völlig egal.«
Ein schnurrbärtiger Mann:
»Der Bauch ist kein Spiegel, man kann nicht in ihn schauen.«
Erste ältere Frau:
»Unser Piter putzt sich heraus. Egal welche Straße, sie steht in voller Blüte.«
Zweite ältere Frau:
»Leningrad ist mir unsympathisch. Es ist von einer gewissen vorwurfsvollen Sauberkeit.«

Ein ehemaliger Soldat der zaristischen Armee, während er steif wie ein Stock die Treppe hinuntersteigt:
»Die Arbeiterklasse muß zugrunde gehen, wie die Schweden bei Poltawa.«

Wunderschön war der Mond aufgegangen. Die Wolken schwebten unter ihm und über ihm. Dann und wann verdunkelten sie ihn.
Im Park unter dem ersten Baum:
Der erste Zotenreißer: »Reden sie nicht von Temperatur, Sie werden sowieso nie Temperament haben.«
Der zweite Zotenreißer: »Wozu soll ich nach Peru fahren, wenn ich ein Taschenmesser habe?«
Unter dem zweiten Baum.
Ein junger Angestellter der Eremitage sagt bedächtig:

»Ich habe lange über die japanischen Kupferstiche nachgedacht... Meiner Meinung nach... gibt es drei Arten... gute... mittelmäßige... und schlechte...«

Unter dem dritten Baum:
»Mein Freund hat einen Haufen Geld bekommen, er wußte nicht, wohin damit, also beschloß er, eine Bowle zu machen!«

Auf der ersten Bank. Eine Witwe zu ihrer Freundin:
»In meinem Herzen wohnt der Frühling, in meinem Körper der Herbst...«
»Hör auf«, ertönte eine Stimme, »wie kann man die Alexander-Säule mit warmem Weißbrot abwischen!«

Die Treppe stiegen torkelnd und schimpfend zwei Gestalten hinauf. Eine führte die andere.
»Führ mich nicht, ich schaff es allein!« sprach eine der Gestalten, riß sich los und streckte sich der Länge nach hin.

Auf dem Weg beim Teich:
»Du lügst, dein heiliges Rußland ist dahin, vorne trägt es den schwarzen Priesterrock, hinten die Uniform.«
Eine stocksteife Gestalt geht beleidigt ab.

Auf dem Weg beim Springbrunnen knirschende Schritte. Schweigen. Stimmen:
»Da haben unsere heiligen Väter angefangen, für uns und für unsere Familien Ausflugsfahrten mit dem Dampfschiff die Newa aufwärts zu organisieren, mit dem Ziel, uns von der Politik abzulenken. Während dieser Schiffahrten haben sie Reden zur Rettung unserer Seele geschwungen, das hätte noch gefehlt, aber es war schon zu spät!«

Auf dem Weg nahe einer vergoldeten Statue flackert ein Streichholz auf und erhellt ein bärtiges Gesicht.
»Das Schloß Metech in Tiflis, auf dem Berg über Kura, war unter den Menschewiki ein Gefängnis. Wir nannten es das Paradies! Aus allen Mauern sprudelten Quellen!«

In einer Laube im chinesischen Stil sitzen Studenten.
Einer von ihnen:
»Ich gehe also in die Kajüte. Und sehe, da sitzen drei Griechen. Auf dem Tisch steht eine Dattelpflaume. Die Griechen spielen Preference. Sie fingen an, mich auszufragen, warum die Arbeiter in Deutschland keine Revolution machen. Daraufhin haben sie die Sowjetmacht gerühmt. Das heißt, sie wollten mich auf die Probe stellen. Ich habe den Mund gehalten. Als ich am nächsten Morgen aufstand, um mich zu waschen, habe ich einen fremden Koffer genommen und wollte damit zum Waschbecken gehen, ich fühle, er ist leer, ich nehme einen anderen, auch der ist leer. Ich war erstaunt. Nahm den dritten, der war auch nicht schwer. Mir war sofort klar, daß sie Schmuggler sind, die Tabak von Jalta nach Suchumi bringen.
Dann kamen sie zusammen mit einem vierten zurück. Setzten sich an den Tisch, fingen an zu trinken und zu essen, erinnerten sich an die Äpfel aus Smirna und erzählten von ihren Bekannten. Ich liege in der Koje, als ob ich lese. Sie saufen und saufen. Dann erzählt einer:
›Ich hatte einen Kompagnon, Kostja Tersopulo. Später habe ich erfahren, daß er ein berüchtigter Gauner war. Ich hab geglaubt, der wär ein ehrlicher Mensch. Damals hatte ich den Feinkosthandel in der Hand, ich habe tüchtig gehandelt, sogar Fürst Jussupow hat Wein bei mir gekauft. Jalta war damals eine ganz andere Stadt. Im Frühjahr kommt Kostja zu mir und sagt: Dein Kapital, moi Arbeit, gibs Geld, wir machen ein Restaurant auf. Und machen viel Geld. – Wir haben es eröffnet. Kostja handelt und handelt, von Geld keine Spur. Einmal komme ich und sehe, allen Bekannten setzt er schöne, fette Happen vor. Ich sage: Was fütterst du die Leute umsonst, Kostja? Er aber lacht und erwidert: Damit wir uns beliebt machen. Mach dir keine Sorgen, ich füttere nur die nützlichen Leute, das wird uns Geld einbringen.
Er war ein Gauner, aber schön. Muskeln hatte er, Ehrenwort, wie französische Weißbrötchen. Dann geschah ein großes Unglück. Seine Frau hatte zuviel Schaschlik gegessen. Sie war eine üppige, schöne Frau. Kostja lebte wie der Fürst Jussupow: Wohnung, Spiegel, weiches Bett. Er hat seine Frau sehr geliebt. Also hat er einen berühmten Arzt gerufen. Der Arzt kommt, untersucht die Frau. Nicht schlimm, sagt er, keine Sorge, sie braucht nur ein Abführmittel.

Und einige Stunden später war die Frau tot.
Kostja nahm eine Pistole und schwor: Sterben soll ich, wenn ich diesen Scharlatan nicht umbringe.
Er ist durch Jalta gezogen und hat nachgedacht. Dann kam er zum Friedhof.
Wenn du um drei Uhr einen Schuß hörst, sagt er zum Glöckner, läute alle Glocken, damit alle es hören können.
Und gab dem Mann Geld.
Kam nach Hause, setzte sich an den Tisch, schreibt und schreibt, hat uns allen geschrieben, kommt um ein Uhr zu mir als meine Gäste.
Wir kamen, klopften und klopften, er macht nicht auf. Wir gucken durchs Schlüsselloch und sehen, Kostja sitzt am Tisch, sein Gesicht ist bleich, er hält die Pistole an die Schläfe.
Wir hämmern gegen die Tür und schreien:
Bring dich nicht um!
Und er schreit auch:
Brecht nicht die Tür auf, zuerst erschieße ich euch, dann mich!
Wir sind rausgelaufen, haben die Leute zusammengetrommelt, um Kostja zu retten. Wir schauen hinauf, da steht Kostja in seiner ganzen Länge im Fenster und hält die Knarre in der Hand. Das Volk ist zusammengelaufen, an die tausend, er ließ die Pistole sinken und lobte die Tote.
Dann schleppten wir eine Feuerleiter herbei, der Marktkommandant kletterte selbst hinauf, wollte meinen Kompagnon überreden, aber Kostja bedrohte ihn mit der Pistole.
Er hielt eine lange Rede an das Volk, die Weiber fingen an zu heulen.
Plötzlich warf er seine goldene Uhr unter die Menschen, damit sie ihm und seiner Frau ein Grabmal errichten, steckte die Pistole in den Mund und schoß.
Da läuteten alle Glocken, bim-bam-bom.
Wir sind sogar erschrocken.
Ja, er hat seine Frau geliebt.
Die ganze Nacht schwatzten die Schmuggler, ließen mich nicht schlafen, dann fingen sie an, zu singen und sich alles von der Seele zu reden.«
»Das sind doch kleine Fische und keine richtigen Schmuggler, die großen haben wir ausgerottet.«
»Und die kleinen Fische werden wir ausrotten.«

Kleschnjak blieb auf der Brücke stehen:
»Da ist folgendes passiert. Ein kirgisisches Mädchen ist in der Nacht zur GPU geritten. Mit zwölf hat der Vater sie an einen zweiundsechzigjährigen Alten als Ehefrau verkauft. Der Alte hat sie verhöhnt, sie bis zur Erschöpfung arbeiten lassen, wollte sie vergewaltigen.
Man hat ihn zu 10 Jahren verurteilt, strenge Isolationshaft.
Und vor Gericht sagte er:
›Wenn nicht ich, dann wird meine Sippe dich umbringen ...‹
Das Gericht steckte das Mädchen in ein Waisenhaus nach dem Beschluß, es für vater- und mutterlos zu erklären.«

In der Laube in türkischem Stil beim Schachspiel:
»Ich werde dich wie Chamberlain in die Sackgasse jagen.«

In der Tiefe des Parks.
Auf der Halbinsel.
Der erste Strolch leckt den Bleistift an und schreibt fein säuberlich auf eine Säule:

Du willst von hinten und von vorn,
was einmal war, das ist verlorn.

Der zweite Strolch sitzt auf dem Weg und singt:

Ach, diese hellen Augen,
In chinesischer Manier,
Eins da, das andre dort,
Sind mein Verderben heut.

Er verstummt.
Der erste Strolch hörte auf zu schreiben und ging von der Säule weg.
»Wo ist Wschiwaja Gorka?«
Der zweite Strolch, sitzend:
»Er zog aus, ein Weib zu geleiten.«
Der erste Strolch:
»Hat er den Knüppel mit?«
Der zweite Strolch, während er sich erhebt:
»Ja.«
Sie gehen ab.
Anfertjew erscheint mit einer Frau.

Vor einer künstlichen Ruine stehen ein Junge und ein Mädchen. Der Junge rezitiert:

> Mein Segen gilt der Freiheit,
> Doch manchmal schmerzt es mich,
> Im Doch das Herrschaftshaus zu sehn.
> Schon leer und unbewohnt,
> Die Fensterläden zugenagelt...
> Der nasenlose Löwe vor dem Tor
> Erzählt uns wortgewandt,
> 'Ne Nase hatt ich noch zur Zeit der Herrn.

Es war spät.
Der Tanzpavillon war hell erleuchtet. Aus der Tür drang Musik.
Am Tisch saß das lärmende Orchester, die Noten lagen auf dem Tisch, die Musiker saßen auf grünen Gartenbänken. Auf einem alten, halbrunden Diwan mit geschnitzten Armlehnen, die wie Schwäne aussahen, saß das Publikum.
Acht Paare tanzten Tango.
Der Pavillon war im pompejanischen Stil bemalt. Auf den Wänden, knapp unter der Decke, jagten Streitwagen dahin, sangen Vögel, hingen Girlanden, schlängelten sich Arabesken.
Mirowoj tanzte mit einem unbekannten Mädchen Tango. Oh, diesen seinerzeit wahnsinnig modernen Tanz.
»Kennen Sie das«, sagte er:

> Er kannte weder Angst noch Schande,
> und sang vor seinem Tod am Zaun
> den allerletzten Tango.

Wschiwaja Gorka und Wanka Schoffer saßen auf dem Diwan.
Als Mirowoj und das unbekannte Mädchen den Tanz beendet hatten, applaudierte das Publikum.
»Was gibt es da zu klatschen«, sagte Mirowoj, während er das Mädchen zum Diwan führte, »in unserer Jugend haben wir noch nicht so begeistert getanzt.«
Da betraten Lowdenkow und Kleschnjak den Pavillon.
»Das ist mal'n Platz zum Tanzen, komm, schauen wir uns einen fetzigen Tango an, eine Quadrille«, sagte Lowdenkow. »Ich bin auf sowas Verderbtes wie Tanzen ganz verrückt.«

Mirowoj, Wschiwaja Gorka und Wanka Schoffer entfernten sich.
Am Morgen jammerte der Nachwächter niedergeschmettert beim Denkmal Katharinas:
»Diese Dreckskerle! Da haben sie das fette Weib samt ihrem Hintern rausgerissen und mitgenommen ...«

Zusatz zu den Kapiteln 12-14

Anfertjews Wesen war ganz von unbewußter Sehnsucht durchdrungen. Die Laternen spähten mit Wolfsaugen. Sie kamen Anfertjew wie glühende rote Kohlen vor, die Straßen erschienen ihm noch finsterer, enger, als sie es tatsächlich waren, der Gehsteig flüchtete gleichsam unter seinen Füßen. Er ging, als würde er einen Berg besteigen, den Körper vornübergebeugt, er war darauf gefaßt abzustürzen. Dieses Lied sang schon er nicht mehr, das Bewußtsein hatte ihn verlassen.
Er kam zu sich. Vor ihm saß Wschiwaja Gorka. Im Zimmer hing Bierdunst, die vertrauten Gestalten der Stammgäste warfen mit Wörtern um sich, schütteten ihr Herz aus, dösten, irgendwo entfernt stand eine Theke.
Gegen seinen Willen fuhr Anfertjew in seiner Rede fort, die er im Zustand der Bewußtlosigkeit begonnen hatte. Er lauschte den eigenen Worten wie etwas Fremdem.
Er verstummte.
Ringsum dröhnten die üblichen Biergespräche über Arbeit, Eifersucht, Haselhühner und Bierkneipen.
Auf ihn hämmerten alle möglichen kreischenden Stimmen ein:
»Ich geh durch die Stadt, quäle mich und denke, wie viele Leute gehen jetzt durch die Stadt und werden von Eifersucht gequält.«
»Quäl dich doch nicht, es ist eine alte Leidenschaft, konzentrier deine Kräfte auf was anderes, sei ein Mann.«
»Er hat seiner Frau über die Maßen vertraut und jetzt quält er sich«, ergriff ein aufgedunsener Mann das Wort. »Man darf sich einer Frau nie sicher sein. Mein Freund ist Chauffeur, der schleppt seine Frau immer überall mit hin.«
»Wer lästert hier über Chauffeure. Ich bin Chauffeur, ihr seid doch lauter Affen, haltet den Mund.«

»Was kriechst du mit deiner bleichen Wange an meine rote Nase«, Anfertjew erkannte die Stimme von Nerw.
Gesichter tauchten aus dem Nebel auf. Anfertjew begriff, daß Wschiwaja Gorka mit ihm sprach:
»Kippen wir noch einen.«
Anfertjew hielt ihm seinen Krug hin. Wschiwaja Gorka schenkte ihm Schnaps ein.
An den Tisch von Wschiwaja Gorka und Anfertjew setzte sich ein Mann mit finsterer Miene.
»Ach was«, sagte er, »was sind das nur für Spieler heutzutage! Früher hat es Billardturniere gegeben, aus dem Ausland sind die Spieler sogar angereist! Ich erinnere, es kam eine kleine Französin ... die hat alle besiegt, sogar Tschishikow, den besten Spieler Rußlands.
Ja, während der NEP-Zeit war das noch eine Einnahmequelle. Nehmt nur mich! In den Jahren 24 bis 25 war ich arbeitslos und ohne Geld. Ich lebte in Pskow. Um Geld zu machen, bin ich gegen zehn Uhr in den Klub gegangen. Die Bande sieht mich und beginnt, Geld einzusammeln. Sie bringen mir an die drei Rubel:
»Sascha! Spiel.«
Ich gehe zum Markör.
»Einmal Billard.«
Der Markör bringt mir das Queue. Zwei, drei Stunden und zwanzig, dreißig Rubel. Die eine Hälfte gehört meinen Kumpeln, die andere mir. Und jetzt nur immer Fußball, Boxen, alles Scheiße, nicht mal mehr das echte französische Ringen. Ich erinnere mich, die Eisenwarenhändler haben das französische Ringen über alles geliebt.«
Der Redner starrte plötzlich seine Tischgenossen an.
»Ich glaub, ich sitz hier falsch.«
»Bleib nur, Junge, macht nichts, plaudern wir«, sagte Wschiwaja Gorka und schenkte ihm Schnaps in den Krug.
»Ich hab heut schon ganz ordentlich geladen.«
»Hast wohl schon 'ne Buddel gekippt.«
»Wer kommt denn da mit Handschuhen einher?«
Wschiwaja Gorka drehte sich um. Es war Mirowoj.
»He, du leichtfüßiger Knabe«, rief er Anfertjew zu, während er auf den Tisch zuging. »Da hast du Geld, hol einen halben Liter.«
Anfertjew starrte ihn nur stumpfsinnig an. »Der leichtfüßige Knabe« war vollkommen betrunken.

15. Kapitel: Der Zug

Die dritte Klasse

Kleschnjak fuhr auf Besuch zu seinem Bruder, der Techniker auf den Erdölfeldern von Baku war und den er seit zwanzig Jahren nicht mehr gesehen hatte. Von dort sollte er nach Kirgisien heimfahren, über Krasnowodsk nach Arys. Er machte es sich auf dem oberen Liegeplatz bequem. Er beobachtete, wie das ehemalige Petersburg verschwand, das heutige Leningrad.

Einige Zeit saßen die Passagiere schweigend da. Sie fixierten einander. Im Geist schätzten sie einander ein. Versuchten, den sozialen Stand des anderen zu erraten. Ob man wohl eventuell einem die Sachen anvertrauen konnte? Mit diesem Ziel vor Augen begannen sie, bedeutungslose Phrasen einander zuzuwerfen. Dann machten sie sich für die Nacht fertig. Bevor sie schlafen gingen, packten sie ihren Proviant aus, aßen. Einige tranken Milch, die anderen Bier, ein Junge kippte vorsichtig, niemand sollte es bemerken, ein halbes Gläschen Wodka. Nachdem er tüchtig geschmaust hatte, begann er:

»Einmal bin ich mit dem Zug gefahren. Da kam eine Kontrolle. Drei wurden abgeführt. Der Sanitätsarzt blieb zurück und hat uns eine Geschichte von verlausten Gottesweibern erzählt. Scheint's hat man den Läusen endlich richtig den Kampf angesagt.«

»Man muß dieses Übel ausrotten, ihm ein Ende machen«, unterbrach ihn ein Mann von etwa achtundvierzig Jahren in einem blauen Mantel. »Ich erinnere mich, daß uns diese fetten Läuse an der Front ganz verrückt gemacht haben. Wir haben sie aufgehängt. Man reißt sich ein Haar aus und hängt die Laus daran auf! Nur kannst du nicht alle aufhängen. Man muß sie organisiert bekämpfen.«

»Das sage ich auch: Ich fahr im Zug. Da kommt der Sanitätsarzt in den Waggon, kontrolliert alle. Befiehlt, die Mütze abzunehmen, den Kragen aufzumachen. Hat etwa einer Parasiten? Bei dreien hat man sie im Haar gefunden und abgeführt. Ein Bräutigam und seine Braut sind im Zug gesessen. Bei der Braut hat man sie auch entdeckt. Die Jungs lachten: Was hast du dich mit so einem verlausten Weib eingelassen? Die Leut fingen natürlich zu reden an, drei Mann im Wagen, das ist heute viel. Aber der Sanitätsarzt sagt: Das ist noch gar nichts, ich mußte drei alte Bettelweiber vom Mitrofanskoje-Friedhof abholen. Das Haar lebte förmlich. Zusammen mit den Sanitätern ging ich in ein früheres Wärterhäuschen, wo einst die Totengräber hausten. Wir sehen in der Ecke lauter schimmlige Brotrinden bis fast unter die Decke, klar, Altweiberhabgier und Ängstlichkeit, und die Weiber sitzen besoffen auf ihren Lumpen, trinken Wodka, kichern und erinnern sich an irgendwelche Fastensünden. Entdeckten uns, kriegten 'n Schreck: ›Wir sind harmlose Bettlerinnen‹, scharwenzelten sie vor uns rum, ›wer uns kränkt, den wird der Herrgott kränken.‹ Aber wir sind auf Distanz gegangen.

›Wir haben keine Bleibe, da haben wir uns in dem Wärterhäuschen eingerichtet, jagt uns nicht fort!‹

Keiner hat vor, euch zu verjagen, sagen wir, aber eine Desinfektion müssen wir vornehmen.

Da haben wir sie auf einen Lastwagen verladen und zum Desinfektionsraum gebracht. War das ein Geschrei auf dem Lastwagen.

›O weh! Das Ende der Welt, der Weltuntergang! Ach, wir elenden, unseligen Weiber!‹ Dabei hatten wir sie nur mitgenommen, um sie von den Läusen zu befreien! Wir haben sie in Badewannen gesetzt, ihnen die Köpfe geschoren. Da haben sie erst recht losgeheult: ›Was bedeckt man uns mit Schmach ...‹, die haben natürlich die Rasur gemeint. Dann haben sie über sich gejammert. Ihr ganzes elendes Leben beklagt. Und während der Desinfektion hat man in den Matratzen einen Haufen Geld entdeckt. Sogar Goldmünzen waren darunter, vom Silber ganz zu schweigen, das haben sie alles für den Notfall gespart.«

»Vielleicht«, mischte sich ein alter Mann ein, »für ihr Begräbnis? Vielleicht wollten sie wie alle anderen begraben werden, wollten nicht irgendeinen Sarg, sondern einen aus Eiche, einen bißchen würdigeren Platz, näher bei der Kirche.«

»Höchstwahrscheinlich ist es nichts weiter als die gewöhnliche Habgier von alten Weibern«, sagte ein Student.

Mit der Zeit ging das Gespräch auf alte Menschen über, man redete über die Habgier und den Egoismus alter Leute.

Doch Kleschnjak unterbrach das Gespräch der Passagiere auf den unteren Plätzen.

»Ihr habt doch von Läusen geredet«, wandte er sich an den Studenten, »also wie war das in Kirgisien vor einigen Jahren: Die haben sich nicht einmal vorstellen können, daß man ohne Läuse leben kann.

Richtig grauenhafte Bilder konnte man da beobachten. Da steht ein siebzehnjähriges Mädchen, in einem weiten Rock, fängt eine Laus auf ihrem Kopf und zwischen die Zähne, steht, saugt und spuckt das Häutchen aus. Du gehst ins Wärterhaus, trinkst Tee, und diese Teufel stehen in Reih und Glied, als wollten sie dir beim Essen helfen. Ich mache den Mund auf, will ein Stück Zucker hineinstecken, sofort reißen alle den Mund auf. Und ein anderes Mädchen schwingt ihren Rock, weil sie lüften will, und da trinkst du Tee. Ein tierisches Dasein. Die haben wir uns tüchtig vorgenommen. Jetzt sind die Kirgisen gar nicht mehr wiederzuerkennen.«

»Was ist? Sind sie aufgewacht?« schaltete sich der Student ein.

»Anscheinend sind sie aufgewacht, jetzt gibt's bei uns Schulen, ein Technikum, Hochschule.«

»Es reicht, erzählt lieber was aus dem Leben.«

»Kürzlich ist folgendes in der Heimat von Thälmann, in Hamburg passiert, das ist die Hochburg der deutschen Kommunisten, wo es erst seit kurzem Nazis gibt.

Dorthin kam das sowjetische Motorschiff Max Hölz. Die Nazis sehen das sowjetische Schiff, das Schiff des schrecklichen Feindes, und obendrein trägt es den Namen Max Hölz, das bringt die Nazis zur Raserei.

Vor der Ankunft der Max Hölz hatten die Nazis angeordnet: die Genossenschaft gewaltsam aufzulösen, die die sowjetischen Schiffe löschte, das gesamte Vermögen und Geld auf der Bank von dieser Genossenschaft zu konfiszieren.

Unsere Handelsvertretung hat sich eingemischt. Die Nazis erteilten die Genehmigung, die Max Hölz zu löschen, die Genossenschaft wurde jedoch weiterhin verfolgt. Als erster wurde der Genossenschaftsvorsitzende, Jan Tomling, ein Kommunist, gefaßt.

Sie haben ihn ohne Unterlaß gefoltert, verhöhnt, ihm die Knochen gebrochen. Seine Frau rannte von einem Polizeirevier zum nächsten.

›Laßt mich wenigstens meinen Mann sehen.‹

Schließlich sagten sie:

›Bitte sehr!‹

Sie führten sie in ein Zimmer.

Sie sieht, in der Mitte steht ein Sarg, in dem Jan Tomling liegt, nach dem Tod war er aufgehängt worden.

Dann haben sie seinen Stellvertreter gejagt, den Kommunisten

Franz, seinen Familiennamen weiß ich nicht mehr, konnten ihn aber nicht fassen.
Trotzdem wurde die Fracht verladen, und die Max Hölz mußte auslaufen. Die deutschen Frachtarbeiter sollten das Schiff verlassen, kamen statt dessen jedoch zu dem Politraum, die Rote Ecke.
Setzten sich hin, die Ellbogen aufgestützt, es war ersichtlich, daß sie sehr niedergeschlagen waren.
›Unser letztes Stück Brot essen wir heute‹, sagt einer. ›Vielleicht erwartet uns das Schicksal von Jan Tomling.‹
Und ein anderer:
›Kämpfen wir etwa zum ersten Mal gegen die Nazis. Kommt, wir schreiben den sowjetischen Frachtarbeitern einen Brief.‹
Da haben sie kurz geschrieben, nur 30 Zeilen.
›Schaut her‹, sagten sie, als sie zu Ende geschrieben hatten, ›hier sind ein gutes Segeltuch und Seile, nehmt alles, wir brauchen es nicht mehr.‹«
»Genug vom Leben, du lügst uns was vor«, ertönte eine fröhliche Stimme vom oberen Liegeplatz.
»Es war einmal vor 800 Jahren. Da hat ein Zar in der Taiga gelebt, Grigorij Apelsinow, sein Sohn war Georgij Pobedonossetz. Georgij kannte sich in der ganzen Wissenschaft aus, die Jagd aber liebte er besonders. Er lief mit der Knarre herum und knallte die Vögelchen ab. Und in der Stadt hat ein Pope gewohnt. Der hatte einen kleinen Laden. Gute Geschäfte hat der gemacht.«
»Noch eine Begebenheit aus dem Leben fällt mir ein«, fuhr der Erzähler fort.
»Schon drei Jahre arbeite ich als Heizer auf dem Schiff Dsershinskij. Jetzt fahre ich auf Urlaub, bring meinem Sohn ein Schaukelpferd.«
»Der wird vor Freude tanzen«, sagte ein Dreher.
Der Heizer begann das Holzpferd liebevoll auszuwickeln, um es dem Dreher zu zeigen.
»Das ist ein sehr angesehenes Schiff«, mischte sich der Student ein.
»Na klar, sie hat schon zweimal das Rote Banner bekommen.«
Der Dreher betrachtete das Pferdchen.
»Aber auf der letzten Fahrt wurde es ein Schmugglerschiff«, fuhr der Heizer fort, während er das Pferdchen streichelte. »Der Schmuggler wohnte in einer Einzelkajüte. Er hatte darauf gebaut, daß es das Musterschiff des Baltikums war.

Der befestigte nun Grammophonplatten, drei oder vier Schachteln Grammophonnadeln, eine Membran sowie eine Schieblehre an Fäden unter der Kleidung und ist in die Stadt marschiert. Bei dem Zollhäuschen wurde er vom Zollbeamten angehalten. Der sieht, daß er ein Neuer, wenn auch von der Dsershinskij ist. Der Zollbeamte fährt ihm mit der Hand über den Rücken:
›Seien Sie so gut, Bürger, gehen Sie ins Zollgebäude. Knöpfen Sie die Jacke auf.‹
Sie haben ihm alles abgenommen, ein Protokoll aufgesetzt, 325 Rubel Strafe.
Wir haben uns alle aufgeregt. Die Jungs waren verrückt vor Wut: Vor das Ehrengericht mit ihm. Wir haben uns mit blutigen Schwielen die höchste Auszeichnung der UdSSR verschafft... und du, wegen einer verfluchten Membran..., ob bewußt oder unbewußt, es ist eine Schande... nicht nur für dich. Er aber steht nur da, guckt mit riesigen, blauen Kulleraugen. Sie haben ihn verurteilt: ein strenger Verweis und Arbeitssperre im Ausland für sechs Monate. So hat man die Leute umerzogen. Vor zehn Jahren haben wir doch noch haufenweise geschmuggelt.«
»So ein braves Pferdchen«, sagte der Dreher und packte das Holzpferd an der Mähne. »Dein Sprößling wird zufrieden sein. Wie alt ist er?«
»... Genau sechs.«

Im Speisewagen

»Als ich in Kutaissi war«, erzählte der Student, der viel erlebt hatte, »da ist mir folgendes widerfahren:
In der Nähe von Kutaissi lebte eine Familie. Dort ist es Brauch, die Verwandten ziemlich oft zu besuchen, Wein zu trinken und die Zeit lustig zu verbringen. Dort trinkt man anders als bei uns: Es wird immer ein Vorsitzender gewählt. Der Vorsitzende des Trinkgelages, das heißt, er wachte über die Ordnung. Sie trinken organisiert, da fällt nie einer unter den Tisch. Kommt ein alter Mann aus Kutaissi zu seinen entfernten Verwandten. Natürlich freuen die sich. Eigener Wein, da gibt's ja auch Weinberge. Rufen, wie es Brauch ist, die Verwandten und Freunde zusammen. Selbstverständlich wählten sie den Alten zum Vorsitzenden. Doch der Alte hat sie reingelegt – wäh-

rend des Trinkgelages ist er gestorben. Natürlich brach eine Panik aus. Wir müssen nach Kutaissi fahren, um ihn zu bestatten. Es muß ein Waggon gemietet werden! Nur ist es teuer, einen Wagen zu mieten, über unsere Verhältnisse! Verwandte und Freunde beraten sich: Was sollen wir tun? Und sehen, der Morgen war angebrochen. Nun war da ein schlauer Mensch, der schlug vor: den Toten schön anzuziehen, als wäre er lebendig, ihn auf einen Karren zu setzen und zum Bahnhof zu bringen. Sie stritten, berieten. Und machten es so. Erschienen auf dem Bahnhof: Flaschen in der Hand, schleppten den Toten untergefaßt, als wäre er total besoffen. Sangen Lieder und grölten Hurra! – Mit einem Wort, die Stimmung schien auf dem Höhepunkt zu sein. Dann sind sie ins Abteil gestürmt, haben die Leiche an einen Tisch gesetzt. Trinken, plaudern, rühmen den schlauen Menschen. Und der Wein war ausgetrunken. Bei der nächsten Station ließen sie den Alten allein und sind losgerannt, Wein zu besorgen. Da kommt ein Turkmene. Stellt einen Koffer auf die Gepäckablage, der andere Koffer ist jedoch sehr schwer. Der Turkmene stemmt und stemmt den Koffer hoch und läßt ihn schließlich auf den Alten fallen. Der Koffer traf den Passagier am Schädel, der fiel um. Er will den Alten hochheben und sieht, der Passagier ist tot. Der Turkmene zitterte am ganzen Körper: Ich habe einen Menschen umgebracht! In dem Augenblick fuhr der Zug an. Er hörte Lärm. Der Turkmene schaute sich um. Er hört Lärm, gleich werden sie kommen, was war zu tun? Er wartete einen Augenblick, stieß die Leiche zum Fenster hinaus. Da kommt die ganze Horde zurück, die Hände voller Flaschen. Sie wundern sich, sehen, da sitzt der Turkmene, aber der tote Verwandte ist weg, und fragen:

›Wo ist der Mann, der am Fenster gesessen hat?‹

›Weggegangen‹, antwortete der Turkmene.

›Was heißt, weggegangen?‹

›Was weiß ich. Ist aufgestanden und gegangen. Er hat gesagt: Ich gehe rauchen.‹

›Wie kann denn ein Toter rauchen gehen?‹

Den Turkmenen fror's. Woher haben die erfahren, daß ich ihn umgebracht habe? Der Turkmene schweigt.

›Er war doch tot, wir wollten ihn nach Kutaissi bringen.‹

Der Turkmene wurde zornig.

›Was haltet ihr die Leute zum Narren, ich habe geglaubt, ich hätte einen Menschen getötet.‹
›Und wo hast du ihn hingetan?‹
›Zum Fenster hab ich ihn hinausgeworfen.‹
Bei der nächsten Station sind sie ausgestiegen und zurückgefahren, um ihren Toten zu suchen.«
»Und, haben sie ihn gefunden?« fragte der alte Mann.
»Sicher, wohin soll ein Toter verschwinden. Er saß im Gebüsch.«
»Das ist doch ein Witz!« sagte ein hämorrhoidales Subjekt abfällig, das in der Ecke saß.
»Kein Witz, sondern eine Novelle«, fuhr ihn der Student an. »Haben Sie Boccaccio gelesen? Bei dem findet man solche Novellen. Auch ich habe erzählt, um Sie zu unterhalten, doch Sie, anstelle Dankbarkeit – ein Witz!«
Er machte sich daran, sein Schnitzel zu schneiden.
An einem Tischchen dicht beim Büfett erzählte, sich räuspernd, ein hochgewachsener Mann, mit dem Arbeitsbanner dekoriert:
»Es war in einem neuen Industriegiganten, einem Autowerk, das auf freiem Gelände entstanden ist. Ich war dort Werksleiter, wir mußten unter Hochdruck arbeiten. Folgende Geschichte hat sich abgespielt. Wie immer sind viele Touristen auf den Bau gekommen. Unter all den Touristen war ein Mann in Lederjacke mit Pelzkragen, hohen Schnürstiefeln und Sohlen wie bei Taucherstiefeln, eine eigenartige Baskenmütze auf dem Kopf. Unverkennbar ein Ausländer. Er ging geradewegs auf die amerikanische Siedlung zu, zum Haus des Ingenieurs, kam mit ihm gemeinsam heraus, setzten sich in ein Auto und der Tourist ans Steuer. Er fing an zu kritisieren und Mängel anzumerken.
Ein Mann, der, wie man sofort sieht, sich auskennt, da entschieden wir, wir brauchen doch Spezialisten, freuten uns: Jetzt würden wir noch eine Fachkraft bei uns haben. Wegen der Arbeit kamen wir überein, er war einverstanden, wurde Arbeiter mit Verantwortung, fast in der Funktion eines Ingenieurs. Er ging gewichtig umher, blühte auf und strahlte. Nur mit der Zeit stellte sich heraus, er war gar kein Ingenieur, sondern Friseur, wir waren betrübt und legten ihm nahe, die Fabrik zu verlassen und sich nach Hause zu begeben, er wollte aber nicht fort. ›In Amerika ist eine Krise‹, sagte er, und bat uns, ihn als einfachen Arbeiter zu behalten. Nicht schlecht, ha, ha!«

»Und, habt ihr ihn behalten?«
»Ja. Wir konnten den Jungen brauchen, er hatte sich alle Kenntnisse selbst beigebracht. Später hat er die Staatsbürgerschaft bekommen und ist ganz in der UdSSR geblieben.«
Am nächsten Tisch:
»Im Vergleich mit den unseren sind die Elektrizitätswerke heute in Norwegen und Schweden einfach.«
»Ich habe eine Notiz in der Zeitung gelesen, daß sie im Hohen Norden irgendeinen kleinen Fluß entdeckt und dort ein Wasserkraftwerk gebaut haben. Die weiße Kohle ist in Mode. Die Wolga wird man auch rankriegen. So marschieren wir vorwärts.«
»Ja, an der Wolga wird ein Kraftwerk gebaut, sie wird rangenommen, die blöde Gans.«
»Es hat sich erwiesen, daß das Klima an der Wolga günstig für den Weinbau ist, also wird auch Wein bei uns wachsen. Nicht schlecht, was!«
»Wir haben die größten Betriebe für den Landwirtschaftsmaschinenbau geschaffen.
Die in Charkow.
Stalingrad.
Rostow.
In Ssaratow Mähdrescher.
Das Land haben sie wie ein Schiff mit Landmaschinen aufgetakelt.
Vergangenheit sind Mistkuh und Ackergaul.«
»Nehmen Sie, zum Beispiel meinen Vater, der hat im Dorf Pypyrjowo gelebt, schon allein der Name, sein Land hatte er zusammen mit Kranichen im Sumpf. Manchmal ist er aufs Feld gegangen, die Leute haben Roggen geerntet, er selbst hatte in einem guten Jahr nur Feldblumen und Gras auf dem Acker, er hatte nie Zeit, in der Erde zu buddeln, dreißig Jahre lang war er Taglöhner beim Grafen Stroganow.
Jetzt ist dort die Kolchose vom Samchwalow.«
»Und mein Vater hatte eine Winzhütte, eine Bruchbude, das Dorf aber trug den Gutsnamen Babonegowo, irgendein Idiot von Gutsbesitzer hat es so genannt.«
Hinten im Speisewagen saß eine Gruppe von Zigeunern in ihren bunten Gewändern, sie tranken Wein, und man konnte sehen, Geld spielte keine Rolle für sie.

16. Kapitel

Ein echter Rowdy singt:

Leb wohl, Tarnower Krankenhaus,
Leb wohl, mein Eisenbett,
Ich geh in mein gewohntes Heim,
Auf meinem Lager will ich sterben.
Verfault sind meine Nase, Lippen,
Zerstört die zarte Stimme mein.

Er rempelte die Fußgänger an. Er trug eine ausländische Krawatte, die er auf dem Ogorodnikow-Prospekt bei einem ausländischen Seemann erworben hatte. Der Vagabund war stolz auf diese Krawatte und auf seine Krankheit. Die Krawatte verlieh ihm seiner Meinung nach Schönheit, die Krankheit zeugte von seiner Kühnheit.

»He, du erfolglose Blondine! Könnte nicht ich in deinem Hafen einlaufen. Laß uns einander lausen.«

Die Frau flüchtete vor der ausgemergelten, kläglichen, heiseren Gestalt.

Der Wind trieb den abgezehrten Vagabunden wie ein trockenes Blatt über die Straße.

Das war der letzte Auftritt von Wschiwaja Gorka. Wschiwaja Gorka, Mirowoj und Wanka Schoffer wurden wegen Herumtreiberei eingesperrt und aus der Stadt verbannt.

S. 9 *Heilige Johannes von Kronstadt*, eig. Ioann Iljitsch Sergijew (1829-1908), wurde nach Abschluß der Geistlichen Akademie in Petersburg Priester der Kathedrale in Kronstadt. Während der revolutionären Unruhen (1905/1906) unter der dort stationierten Garnison sah er sich gezwungen zu fliehen, kehrte aber bald wieder zurück.

Für das Volk war er wegen seines karitativen Einsatzes für die Bedürftigen (u.a. Einrichtung von Werkstätten) sowie seiner hellseherischen und heilenden Fähigkeiten schon zu Lebzeiten ein Heiliger. Er wurde 1964 heiliggesprochen.

S. 10 Das *Adressenverzeichnis* »Ganz Petersburg« erschien seit 1892, wurde von 1915 bis 1923 als »Ganz Petrograd« und seit 1924 als »Ganz Leningrad« bis 1940 fortgeführt.

Peter I. nannte die von ihm 1703 gegründete Stadt Sankt-Piterburch, amtlich Sankt-Pitersburg. Ersteres ist niederländisch »Pieterburg«, letzteres neuhochdeutsch »Petersburg«. Die volkstümliche Bezeichnung war Piter. In der Zeit von 1914 bis 1924 hieß die Stadt Petrograd, wenige Tage nach Lenins Tod wurde sie in Leningrad umbenannt. 1991 erhielt die Stadt ihren alten Namen wieder zurück.

S. 15 *ODN* ist die Abkürzung für »Nieder mit dem Analphabetentum«; *OPTE* für »Freiwillige Allunionsgesellschaft für proletarische Touristik«; *ODR* für »Gesellschaft der Rundfunkfreunde«.

S. 18 *Habe ich mich nicht als kleinen, apfelklauenden Jungen gesehen?* Der Satz entstammt einer französischen Grammatik, die sich auch im Buchbestand von Lokonows Mutter (s. S. 57) befindet, und wird häufiger in der Literatur zitiert, beispielsweise in »Lüvers Kindheit« (1918) von Boris Pasternak und in der Komödie »Elizaveta Bam« (1927) von Daniil Charms, dessen Dada ähnliche Gruppe Oberiu (Vereinigung der realen Kunst) sich Waginow zeitweilig (um 1927) anschloß.

Artemidoros aus Ephesos verfaßte im 2. Jh. n. Chr. in fünf Büchern Traumdeutungen »Oneirokritika« und eine Theorie der Traumdeutung nebst praktischer Anwendung. Waginow, selbst ein leidenschaftlicher Sammler von Alltagsgegenständen, Stadtballaden, Schnaderhüpferln mit »Bildchen« und Witzen, sammelte auch Traumaufzeichnungen.

»Il Corbaccio« – gemeint ist »Il Corbaccio o Laberinto d'amore« (1354/1355, »Corbaccio oder Das Liebeslabyrinth«), eine Satire mit weiberfeindlichen Anspielungen von Giovanni Boccaccio, die nach dem »Decamerone« entstanden ist.

In allen Romanen Waginows wird der italienische Schriftsteller, dessen Hauptwerk seit dem 18. Jh. in Übertragungen und 1891/1892 in einer zweibändigen Übersetzung in Rußland vorlag, immer wieder erwähnt. Boccaccios Erzählweise, abwechselnd erzählte, unterhaltsame Geschichten zu einer Novellensammlung zu vereinen, war für Waginow Muster seines Erzählens, dem die episodeske Anekdotenstruktur zugrunde liegt, die für lyrische Texte ebenso offen ist wie für dokumentarische. Zugleich zeigt die Aufzählung auch der folgenden Werke das bibliophile Interesse Waginows, der auf dem Litejnyj-Prospekt sowie auf dem Alexandermarkt in den ersten nachrevolutionären Jahren seltene Ausgaben der Weltliteratur aus den geplünderten oder konfiszierten Bibliotheken des Adels erstand, die dort nach Gewicht verkauft wurden. Um die Werke im Original lesen zu können, lernte er Altfranzösisch, Französisch, Italienisch und Spanisch.

In den *»Asolanischen Gesprächen«* (Venedig 1505, »Gli Asolani«), die Lucretia Borgia gewidmet sind, entwickelte Pietro Bembo (1470-1547), das Haupt der Petrarkisten, die petrarkischen und neuplatonischen Liebestheorien. Bembo wurde erst in den 50er Jahren des 20. Jh.s ins Russische übersetzt.

In *»Il Cortegiano«* (eig. »Il Libro del cortegiano«) stellt der ital. Staatsmann und Schriftsteller Baldassare Castiglione (1475-1529) in Gesprächsform das Ideal eines Hofmannes dar.

S. 19 *»Bilder der ehelichen Liebe« von Doktor Venetta* scheint eine Erfindung Waginows zu sein.

S. 30 *Gustave Doré* (1832-1883) veröffentlichte 1852 500 persiflierende Holzstiche mit eigenen grotesken Texten zur »Historie vom heiligen Rußland«.

Inseln – gemeint sind die Petrowskij-, Krestowskij und Jelagin-Inseln, die durch Brücken miteinander verbunden, mit vielen Lokalen sowie Restaurants (z.B. die Actien-Bierbrauerei Bavaria), Karussells, Schaukeln, Rutschbergen, angelegten Parks und Palästen im Sommer ein beliebtes Ausflugsziel waren.

Warenka Jermilowa ist Waginows fiktionaler Name für die bekannte Tänzerin Lidotschka Iwanowa (1903-1924). Schriftsteller wie Michail Kusmin und Michail Soschtschenko schrieben u.a. Nekrologe auf die bei einem Motorbootunglück ums Leben gekommene Berühmtheit. Wie auch der hedonistische Ingenieur sowie Sammler kulinarischer Rezepte und Kochbücher Toropulo und der Physiker Punschewitsch kommt die Tänzerin bereits in Waginows drittem Roman »Bambotschada« (1931) vor.

Taglioni »La Sylphide« – Maria Taglioni (1804-1884), Tochter des berühmten Ballettmeisters Filippo Taglioni (1777-1871), tanzte 1832 in der Pariser Oper die Titelrolle in dem Ballett »La Sylphide«. Häufig wird sie als die Erfinderin des Spitzentanzes genannt.

S. 32 *Fünfjahresplan* – Auf dem 14. Parteitag 1925 sprach Stalin von der Notwendigkeit, aus der Sowjetunion eine Industrienation zu machen. Einerseits gab es noch zu wenig Industriearbeiter, was der marxistischen Auffassung vom Aufbau des Sozialismus widersprach, zum anderen wollte sich Stalin aus der Abhängigkeit vom Ausland befreien. Zwei Jahre später gab er die Ausarbeitung des ersten Fünfjahresplans in Auftrag, der 1928 in Kraft trat.

S. 33 *enteigneter Kulake* – Die Kollektivierung der Landwirtschaft führte zur Enteignung und Ermordung nicht nur der Kulaken, d.h. Großbauern, sondern auch der Mittel- und Kleinbauern in den Jahren 1929 und 1930. Millionen von Menschen kamen während der Kollektivierung um, Hungersnöte setzten ein, da das Getreide, das angeblich fehlte, zu Billigstpreisen gegen Devisen ins Ausland verkauft wurde. Das ländliche Protelariat, das sich Hoffnungen auf eine Besserung ihres Lebensstandards gemacht hatte, geriet in die Abhängigkeit von Kolchos- und Sowchosvorsitzenden.

S. 36 *Buch von Kurbatow* – Gemeint ist das Buch »Petersburg« (1913) des Chemikers und Architekturspezialisten Wladimir Ja. Kurbatow (1878-1957).

S. 39 *Ruslan und Ljudmila*, mit diesem Werk in der Tradition der Anfang des 19. Jh.s auch in Rußland beliebten märchenhaften oder komischen Ritterpoeme wurde Alexander Puschkin berühmt. Der russische Komponist deutscher Abstammung und Dirigent am Bolschoj-Theater Friedrich Scholz (1787-1830) schuf 1821 dazu die Ballettmusik und Michail Glinka (1804-1857) die Oper, die 1842 uraufgeführt wurde.

S. 46 Anstelle *Spezialist* stand ursprünglich Marxist.

S. 47 *d'Annunzio*, Gabriele (1863-1938). Seit den 90er Jahren erschienen seine Werke in russischer Sprache. Der Hinweis bei Waginow könnte auch eine Anspielung auf seine Verbindung (1897-1904) mit der Schauspielerin Eleonora Duse sein.

S. 53 Diese wie auch die folgenden Romanzen, Balladen sowie Gassenhauer waren vor und während der Revolution und dem Bürgerkrieg weit verbreitet und sind in das lyrische Werk Waginows ebenso eingegangen wie in das seiner Zeitgenossen, u. a. der Lyriker Nikolaj Olejnikow und Nikolaj Sabolotzkij.

S. 55 *Gostinnyj Dwor* oder Bazar, unter Katharina II. erbautes Trapezoid, in dessen Bogengängen und Einzelwölbungen sich Läden befinden.

S. 57 Mit den *»Aufzeichungen eines Jägers«* (1852) begann die schriftstellerische Karriere von Iwan Turgenjew (1818-1883).
»Eine kleine Aufmerksamkeit für die junge Hausfrau« – gemeint ist der Leitfaden »Eine kleine Aufmerksamkeit für die jungen Hausfrauen, oder Anweisungen für die Geringhaltung der Kosten in der häuslichen Wirtschaft« von Helena Molochowetz, das in der Zeit von 1866 bis 1912 in 27 Auflagen erschienen war und eine Aufstellung täglicher Mahlzeiten für das Jahr sowie die Beschreibung von häuslichen Vorräten und Rezepte für 1500 Speisen enthielt.

S. 59 *Und um die zwölfte Stunde* – Zitat aus Michail Lermontows freier Nachdichtung (1840) der Napoleon-Ballade »Das Geisterschiff« von Joseph Christian von Zedlitz (1790-1862).

S. 60 *Bajkal-See* – Es ist nicht der größte Gebirgssee Asiens in Ostsibirien gemeint.

S. 64 *Zeit der Bauernbefreiung* – Schon am 30. 3. 1856 deutete Alexander II. auf einer Versammlung des Moskauer Adels an, die Frage der Leibeigenschaft müsse von oben gelöst werden, bevor es von unten geschehe. Doch erst am 19. Februar 1861 unterzeichnete er das Manifest über die Aufhebung der Leibeigenschaft, dem das Gesetz folgte, die Bauern mit Land gegen eine Entschädigung zu befreien.

S. 67 *Das Haus* an der Ecke der 9. Linie und des Großen-Prospekts auf der Wassilij-Inseln, erbaut 1808 bis 1810, gehörte bis 1825 dem portugiesischen Konsul und Weinhändler Pedro Lopes. Ähnlich wie bei Dostojewskij sind die topographischen Angaben zu Petersburg in Waginows Romanen sehr genau.

S. 68 *Arie aus der »Schönen Helena«* (»La belle Hélène«), Oper von Jacques Offenbach (1819-1880), die 1864 in Paris uraufgeführt wurde.

Um das Gold dreht sich alle Welt, das »Rondo vom goldenen Kalb« stammt aus Charles Gounods (1881-1893) lyrischer Oper »Faust« (Uraufführung 1859), die seit der Dresdner Aufführung an der Hofoper auch unter dem Titel »Margarete« bekannt ist. Das Libretto schrieben Jules Barbier und Michel Carré. Am 25. April 1918 sang Schaljapin in der Petrograder Inszenierung den Mephistopheles. Weitere Aufführungen zu Waginows Lebzeiten fanden am 27. Oktober 1922 in Petrograd und am 5. April 1924 in Moskau statt.

S. 71 *Wetschernaja Krasnaja* – Kurzgefaßte Abendausgabe der Krasnaja gazeta (Die rote Zeitung), die auch in einer Morgenausgabe erschien und vom Arbeiterrat sowie den Deputierten der Armee seit 1918 herausgegeben und 1939 eingestellt wurde.

S. 78 *»Lieder ohne Worte«* nannte Felix Mendelssohn-Bartholdy (1809-1847) seine Charakterstücke für Klavier nach dem Gedichtband »Buch der Lieder« von Heinrich Heine (1797-1856).

»Jahreszeiten« – möglicherweise ist hiermit ein Klavierauszug aus Joseph Haydns (1732-1809) gleichnamigen Oratorium (1801) gemeint.

S. 87 Der *Orden des Roten Banners* war zunächst ein russischer Orden, der am 16. September 1918 eingeführt wurde zur Ermutigung der Soldaten im Bürgerkrieg und mit einer monatlichen Zahlung von 20 Rubeln verbunden war.

S. 89 *Zwei Schwestern* – gemeint sind die beiden Wirtschaften Wien und das Schöne Bavaria, die wie die meisten Restaurationsbetriebe in Petersburg in deutscher bzw. französischer Hand waren.

S. 106 *Torgsin* – Abkürzung für die Devisenläden für Ausländer

S. 108 *Schiller aus dem »Newskij Prospekt«* – Der Klempnermeister Schiller aus Nikolaj Gogols Erzählung »Der Newskij Prospekt« (1835) stellt einen der vielen nicht sehr positiv gezeichneten Deutschen in der russischen Literatur des 19. Jh.s. dar.

S. 110 *Fourier,* Charles, frz. Sozialphilosoph (1772-1837) hat wie auch Pierre Joseph Proudhon mit seinem Entwurf eines Systems des utopischen Sozialismus, in der Freiheit, Gleichheit und Brüderlichkeit verwirklicht sein würden, die Generation jugendlicher Oppositioneller wie Bakunin, Herzen und Dostojewskij in den 40er Jahren des 19. Jh.s stark beeinflußt.

S. 114 Die ursprüngliche Fassung des elften Kapitels ist nicht erhalten. Im Anhang (S. 151-172) erscheint das wohl für die zweite, unvollständige Fassung vorgesehene elfte Kapitel: Das Gewitter.

S. 118 *Traumbuch Artemidoros',* s. S. 18.

S. 119 *Fünfjahresplan,* s. S. 32.

S. 131 *die Lawra von Wjasemskij,* volkstümliche Bezeichung für ein großes Mietshaus des Petersburgers Wjasemskij, an der Ecke der Gorstkinaja-Straße und des Heumarkts neben der Pfarrkirche der Himmelfahrt Mariä gelegen, in dem sich ein Nachtasyl befand. Das Haus und die Kirche wurden 1961 zerstört. Lawra (auch Laura) ist ursprünglich die Bezeichnung für eine Ansiedlung von Eremitenhütten, auch ober- und unterirdische Klöster (z.B. das Kiewer Höhlenkloster, 11. Jh.), danach für die Großklöster in Rußland.

S. 134 *Abzeichen »Bereit zur Arbeit und Verteidigung«,* das für sportliche Leistungen im Militärbereich verliehen wird.

S. 155 *GTO* ist die Abkürzung für »Bereit zur Arbeit und Verteidigung«, s. S. 136.

S. 156 *NEP-Unternehmer* – Die großen Hungersnöte im Winter 1920/1921 bewegten Lenin zu einer radikalen Wende in der Wirtschaftspolitik. Auf dem 10. Parteitag im März 1921 verkündete er gegen großen Widerstand die Neue Ökonomische Politik: Privateigentum in der Stadt und auf dem Land wurde begrenzt wieder zugelassen, die Bauern erhielten freies Verfügungsrecht über ihre Erzeugnisse, viele Verlage und Zeitschriften konnten auf halbprivater Basis arbeiten, auch wurden Konzessionen an ausländische Unternehmen vergeben. Maßnahmen, die zu einer Gesundung der Wirtschaft führten, bis Stalin mit Zentralismus, Enteignungen und Planwirtschaft die Wirtschaft wiederum ruinierte.

S. 157 *dostoprimetschatelnost* (russ.) – Sehenswürdigkeiten.
Belinskij, Wissarion Grigorjewitsch (1811-1848), Publizist und

Kritiker, hat in Rußland die Grundlagen für eine soziologische Literaturbetrachtung gelegt.

S. 162 *Schtschedrin*, eig. Michail Jewgrafowitsch Saltykow-Schtschedrin (1826-1889), verhöhnte in seinen 32 satirischen Märchen (1869-1886) die Reichen und die Leidensbereitschaft der kleinen Leute.

S. 163 *Kulakenbruder* – s. S. 33.

S. 164 *Piter* – s. S. 10.

S. 166 *Die Schweden bei Poltawa* – Peter I. beabsichtigte, in den baltischen Machtbereich Schwedens einzudringen, um sich ein Fundament am Baltischen Meer zu sichern, nachdem sein österreichischer Partner aus dem Türkenkrieg ausgeschieden und die Gewinnung von Schwarzmeerhäfen aussichtslos geworden war. Der Nordische Krieg begann mit schwedischen Siegen unter Karl XII. gegen Dänemark und 1700 gegen das russische Heer bei Narwa. Dennoch gelang es Peter I. bald nach der Niederlage, nach Livland und Ingermanland vorzudringen und in den Newasümpfen 1703 mit dem Bau von Petersburg zu beginnen. Zur Entscheidungsschlacht kam es erst im Juli 1709 bei Poltawa, nach der Karl XII. in die Türkei floh.

S. 168 *Fürst Jussupow* – Felix Felixowitsch Fürst Jussupow Graf Sumarokow-Elston, (1877 – in der Emigration 1967), dessen Familie über ungeheure Reichtümer verfügte und mit allen regierenden Häusern Europas verwandtschaftlich oder freundschaftlich verbunden war, ist einer der Mörder des Bauern und Wanderpropheten Grigorij Rasputin (geb. 1864 oder 1865) im Dezember 1916.

S. 174 *das heutige Leningrad* – s. S. 10.

S. 176 *Ernst Thälmann*, gebürtiger Hamburger, wurde nach dem Ersten Weltkrieg Mitglied der USPD und ab 1920 ihr Vertreter in der Hamburger Bürgerschaft. Bald darauf wechselte er zur KPD über, wurde Vorsitzender der Hamburger Ortsgruppe und Mitorganisator des Hamburger Aufstandes, der auf Vorschlag des sowjetrussischen Militärberaters bei der Militär-Politischen Oberleitung in Hamburg im Oktober 1923 mit der Unterstützung von nur 300 Arbeitern stattfand. Seit 1924 war Thälmann im Präsidium des Exekutivkomitees der Komintern und 1925 sowie 1932 Kandidat der KPD, die er auf Moskauer Kurs richtete. Am 3. 3. 1933 wurde er verhaftet und 1944 im KZ Buchenwald ermordet.

S. 176 *Max Hölz* (1889-1933 im Oka-Fluß bei Gorki/UdSSR) war Mitglied der KPD und floh während des Kapp-Putsches im März 1920 in die Tschechoslowakei. Nach Plünderungszügen und Gewalttaten während der Märzaktion der KPD 1921 in Mansfeld und Merseburg wurde er von einem Sondergericht wegen Mordes zu lebenslänglicher Zuchthausstrafe verurteilt, 1928 amnestiert und kam auf ungeklärte Weise in der UdSSR ums Leben.

S. 178 *das rote Banner*, s. S. 87.

S. 180 *Boccaccio*, s. S. 18.

Arbeitsbanner ist ein Orden, der 1920 von dem 8. Allrussischen Sowjetkongress geschaffen wurde und Werktätigen sowie Bürgern für vorbildlichen Einsatz, Initiative und Fleiß bei der Lösung von wirtschaftlichen Aufgaben verliehen wurde. Seit 1928 wurde er für besondere Dienste in der Produktion, im Staatsdienst, im öffentlichen Leben, in Wissenschaft und Kunst erteilt.

S. 181 *Babonegowo* ist ein sprechender Name, der auf Weiber und Weibernarr anspielt.

INHALT

Erstes Kapitel
Der Systematiker 7
Zweites Kapitel
Auf der Suche nach dem Gesang der Nachtigall . . . 18
Drittes Kapitel
Traumhändler und Käufer 22
Viertes Kapitel
Das grüne Haus 35
Fünftes Kapitel
Umzug 71
Sechstes Kapitel
Shulonbins Privatleben 81
Siebtes Kapitel
In der Bierkneipe 89
Achtes Kapitel
Nochmal jung 91
Neuntes Kapitel
Die Lust auf Abenteuer 98
Zehntes Kapitel
Essenstherapie 105
Zwölftes Kapitel
Unterm Sternenhimmel 115
Dreizehntes Kapitel
Raub und Diebstahl 126
Vierzehntes Kapitel 129
Fünfzehntes Kapitel
Antfertjews Gastspiel 136

Zu der Ausgabe 147
Zusätze und Texte der unvollständigen zweiten Fassung 148
Anmerkungen 183

Bibliothek Suhrkamp

Verzeichnis der letzten Nummern

1065 Giorgos Seferis, Alles voller Götter
1066 Horst Krüger, Das zerbrochene Haus
1067 Alain, Die Kunst sich und andere zu erkennen
1068 Rainer Maria Rilke, Bücher Theater Kunst
1069 Claude Ollier, Bildstörung
1070 Jörg Steiner, Schnee bis in die Niederungen
1071 Norbert Elias, Mozart
1072 Louis Aragon, Libertinage
1073 Gabriele d'Annunzio, Der Kamerad mit den Wimpernlosen Augen
1075 Max Frisch, Biedermann und die Brandstifter
1076 Willy Kyrklund, Vom Guten
1077 Jannis Ritsos, Gedichte
1079 Max Dauthendey, Lingam
1080 Alexej Remisow, Gang auf Simsen
1082 Octavio Paz, Adler oder Sonne?
1083 René Crevel, Seid ihr verrückt?
1084 Robert Pinget, Passacaglia
1085 Wolfgang Koeppen, Eine unglückliche Liebe
1086 Mario Vargas Llosa, Lob der Stiefmutter
1087 Marguerite Duras, Im Sommer abends um halb elf
1088 Joseph Conrad, Herz der Finsternis
1090 Czesław Milosz, Gedichte
1091 Karl Kraus, Die letzten Tage der Menschheit
1092 Jean Giono, Der Deserteur
1093 Michel Butor, Die Wörter in der Malerei
1095 Max Frisch, Fragebogen
1097 Bohumil Hrabal, Die Katze Autitschko
1098 Hans Mayer, Frisch und Dürrenmatt
1099 Isabel Allende, Eine Rache und andere Geschichten
1100 Wolfgang Hildesheimer, Mitteilungen an Max
1101 Paul Valéry, Über Mallarmé
1102 Marie Nimier, Die Giraffe
1103 Gennadij Ajgi, Beginn der Lichtung
1104 Jorge Ibargüengoitia, Augustblitze
1105 Silvio D'Arzo, Des andern Haus
1106 Werner Koch, Altes Kloster
1107 Gesualdo Bufalino, Der Ingenieur von Babel
1108 Manuel Puig, Der Kuß der Spinnenfrau
1109 Marieluise Fleißer, Das Mädchen Yella
1110 Raymond Queneau, Ein strenger Winter
1111 Gershom Scholem, Judaica 5
1112 Jürgen Becker, Beispielweise am Wannsee
1113 Eduardo Mendoza, Das Geheimnis der verhexten Krypta
1114 Wolfgang Hildesheimer, Paradies der falschen Vögel
1115 Guillaume Apollinaire, Die sitzende Frau

Bibliothek Suhrkamp

Alphabetisches Verzeichnis

Achmatowa: Gedichte 983
Adorno: Minima Moralia 236
– Noten zur Literatur I 47
– Noten zur Literatur II 71
– Über Walter Benjamin 260
Agnon: Der Verstoßene 990
Aiken: Fremder Mond 1014
Aitmatow: Der weiße Dampfer 969
– Dshamilja 315
Ajgi: Beginn der Lichtung 1103
Alain: Das Glück ist hochherzig 949
– Die Kunst sich und andere zu erkennen 1067
– Die Pflicht glücklich zu sein 470
Alain-Fournier: Der große Meaulnes 142
– Jugendbildnis 23
Alberti: Zu Lande zu Wasser 60
Alexis: Der verzauberte Leutnant 830
Allende: Eine Rache und andere Geschichten 1099
Amado: Die Abenteuer des Kapitäns Vasco Moscoso 850
– Die drei Tode des Jochen Wasserbrüller 853
Anderson: Winesburg, Ohio 44
Anderson/Stein: Briefwechsel 874
Andrejew: Die sieben Gehenkten 1038
Andrzejewski: Appellation 325
– Jetzt kommt über dich das Ende 524
Apollinaire: Bestiarium 607
– Die sitzende Frau 1115
Aragon: Libertinage 1072
Artmann: Fleiß und Industrie 691
– Gedichte über die Liebe 473
Asturias: Legenden aus Guatemala 358
Bachmann: Der Fall Franza 794
– Malina 534
Ball: Flametti 442
– Zur Kritik der deutschen Intelligenz 690
Barlach: Der gestohlene Mond 968
Barnes: Antiphon 241
– Nachtgewächs 293
Barthes: Am Nullpunkt der Literatur 762
– Die Lust am Text 378
Becker, Jürgen: Beispielsweise am Wannsee 1112
Becker, Jurek: Der Boxer 1045
– Jakob der Lügner 510
Beckett: Damals 494
– Der Verwaiser 1027
– Erste Liebe 277
– Erzählungen und Texte um Nichts 82
– Gesellschaft 800
– Glückliche Tage 98
– Mehr Prügel als Flügel 1000
– Warten auf Godot 1040
Benet: Ein Grabmal/Numa 1026
Benjamin: Berliner Chronik 251
– Berliner Kindheit 966
– Einbahnstraße 27
– Sonette 876
Bernhard: Amras 489
– Am Ziel 767
– Ave Vergil 769
– Beton 857
– Der Ignorant und der Wahnsinnige 317
– Der Schein trügt 818
– Der Stimmenimitator 770
– Der Theatermacher 870
– Der Untergeher 899
– Die Jagdgesellschaft 376
– Die Macht der Gewohnheit 415
– Einfach kompliziert 910
– Elisabeth II. 964
– Heldenplatz 997
– Holzfällen 927
– In der Höhe, Rettungsversuch, Unsinn 1058
– Ja 600
– Midland in Stilfs 272
– Ritter, Dene, Voss 888
– Über allen Gipfeln ist Ruh 728
– Verstörung 229
– Watten 955
– Wittgensteins Neffe 788

Blanchot: Das Todesurteil 1043
– Warten Vergessen 139
– Thomas der Dunkle 954
Blixen: Ehrengard 917
– Moderne Ehe 886
Bloch: Erbschaft dieser Zeit 388
– Spuren. Erweiterte Ausgabe 54
– Thomas Münzer 77
Blok: Gedichte 1052
Blumenberg: Die Sorge geht über den Fluß 965
– Matthäuspassion 998
Borchers: Gedichte 509
Born: Gedichte 1042
Du Bouchet: Vakante Glut 1021
Bove: Armand 792
– Bécon-les-Bruyères 872
– Meine Freunde 744
Brandys: Die Art zu leben 1036
Braun: Der Stoff zum Leben 1-3 1039
– Unvollendete Geschichte 648
Brecht: Dialoge aus dem Messingkauf 140
– Flüchtlingsgespräche 63
– Gedichte und Lieder 33
– Geschichten 81
– Hauspostille 4
– Me-ti, Buch der Wendungen 228
– Politische Schriften 242
– Schriften zum Theater 41
– Svendborger Gedichte 335
– Über Klassiker 287
Breton: L'Amour fou 435
– Nadja 406
Broch: Demeter 199
– Die Erzählung der Magd Zerline 204
– Die Schuldlosen 1012
– Esch oder die Anarchie 157
– Hofmannsthal und seine Zeit 385
– Huguenau oder die Sachlichkeit 187
– Pasenow oder die Romantik 92
Bufalino: Das Pesthaus 1019
– Der Ingenieur von Babel 1107
Bunin: Mitjas Liebe 841
Butor: Die Wörter in der Malerei 1093
Cabral de Melo Neto: Erziehung durch den Stein 713
Camus: Die Pest 771
– Ziel eines Lebens 373
Canetti: Der Überlebende 449
Capote: Die Grasharfe 62
Cardenal: Gedichte 705
Carossa: Ein Tag im Spätsommer 1947 649
– Gedichte 596
– Führung und Geleit 688
– Rumänisches Tagebuch 573
Carpentier: Barockkonzert 508
– Das Reich von dieser Welt 422
– Die Hetzjagd 1041
Carrington: Das Hörrohr 901
– Unten 737
Castellanos: Die neun Wächter 816
Celan: Gedichte I 412
– Gedichte II 413
– Der Meridian 485
Ceronetti: Das Schweigen des Körpers 810
Char: Lob einer Verdächtigen 1023
Cioran: Auf den Gipfeln 1008
– Das Buch der Täuschungen 1046
– Der zersplitterte Fluch 948
– Gevierteilt 799
– Über das reaktionäre Denken 643
– Von Tränen und von Heiligen 979
– Widersprüchliche Konturen 898
Colomb: Zeit der Engel 1016
Conrad: Herz der Finsternis 1088
Consolo: Wunde im April 977
Cortázar: Der Verfolger 999
Crevel: Der schwierige Tod 987
– Seid ihr verrückt? 1083
D'Annunzio: Der Kamerad 1073
D'Arzo: Des Andern Haus 1105
Dagerman: Deutscher Herbst 924
Daumal: Der Analog 802
Dauthendey: Lingam 1079
Ding Ling: Tagebuch der Sophia 670
Doderer: Die erleuchteten Fenster 1003
Döblin: Berlin Alexanderplatz 451
Dorst: Klaras Mutter 1031
Drummond de Andrade: Gedichte 765
Dürrenmatt: Monstervortrag über Gerechtigkeit und Recht 803
Dumézil: Der schwarze Mönch in Varennes 1017

Duras: Der Liebhaber 967
– Der Nachmittag des Herrn Andesmas 109
– Im Sommer abends um halb elf 1087
– Liebe 935
Ehrenburg: Julio Jurenito 455
Ehrenstein: Briefe an Gott 642
Eich: Gedichte 368
– Maulwürfe 312
– Träume 16
Eliade: Das Mädchen Maitreyi 429
– Der Hundertjährige 597
– Fräulein Christine 665
– Nächte in Serampore 883
– Neunzehn Rosen 676
– Die Sehnsucht n. d. Ursprung 408
Elias: Mozart 1071
– Über die Einsamkeit der Sterbenden in unseren Tagen 772
Eliot: Gedichte 130
– Old Possums Katzenbuch 10
– Das wüste Land 425
Elytis: Ausgewählte Gedichte 696
– Lieder der Liebe 745
– Neue Gedichte 843
Enzensberger: Mausoleum 602
– Der Menschenfreund 871
– Verteidigung der Wölfe 711
Faulkner: Wilde Palmen 80
Federspiel: Die Ballade von der Typhoid Mary 942
– Museum des Hasses 1050
Fleißer: Das Mädchen Yella 1109
Frame: Auf dem Maniototo 929
– Wenn Eulen schrein 991
Frisch: Andorra 101
– Biedermann und die Brandstifter 1075
– Bin 8
– Biografie: Ein Spiel 225
– Biografie: Ein Spiel, Neue Fassung 1984 873
– Blaubart 882
– Fragebogen 1095
– Homo faber 87
– Montauk 581
– Tagebuch 1946-1949 261
– Tagebuch 1966-1971 1015
– Traum des Apothekers von Locarno 604
– Triptychon 722
Gadamer: Das Erbe Europas 1004
– Lob der Theorie 828
– Vernunft im Zeitalter der Wissenschaft 487
– Wer bin Ich und wer bist Du? 352
Gadda: An einen brüderlichen Freund 1061
García Lorca: Diwan des Tamarit 1047
– Gedichte 544
Gelléri: Budapest 237
Generation von 27: Gedichte 796
Gide: Chopin 958
– Die Rückkehr des verlorenen Sohnes 591
Ginzburg: Die Stimmen des Abends 782
Giono: Der Deserteur 1092
Gracq: Die engen Wasser 904
Graves: Das kühle Netz 1032
Gründgens: Wirklichkeit des Theaters 526
Guillén, Jorge: Gedichte 411
Handke: Die Angst des Tormanns beim Elfmeter 612
– Die Stunde der wahren Empfindung 773
– Die Wiederholung 1001
– Gedicht an die Dauer 930
– Wunschloses Unglück 834
Hašek: Die Partei 283
Hauptmann: Das Meerwunder 1025
Hemingway: Der alte Mann und das Meer 214
Herbert: Ein Barbar in einem Garten 536
– Herr Cogito 416
– Im Vaterland der Mythen 339
– Inschrift 384
Hermlin: Der Leutnant Yorck von Wartenburg 381
Hesse: Demian 95
– Eigensinn 353
– Glück 344
– Iris 369
– Josef Knechts Lebensläufe 541
– Klingsors letzter Sommer 608
– Knulp 75
– Krisis 747

– Legenden 472
– Magie des Buches 542
– Mein Glaube 300
– Morgenlandfahrt 1
– Musik 483
– Narziß und Goldmund 65
– Siddhartha 227
– Sinclairs Notizbuch 839
– Steppenwolf 869
– Stufen 342
– Unterm Rad 981
– Der vierte Lebenslauf J. Knechts 181
– Wanderung 444
– /Mann: Briefwechsel 441
Hessel: Der Kramladen des Glücks 822
– Heimliches Berlin 758
– Pariser Romanze 877
Hildesheimer: Biosphärenklänge 533
– Exerzitien mit Papst Johannes 647
– Lieblose Legenden 84
– Mitteilungen an Max 1100
– Paradies der falschen Vögel 1114
– Tynset 365
– Vergebliche Aufzeichnungen 516
– Zeiten in Cornwall 281
Hofmannsthal: Buch der Freunde 626
– Gedichte und kleine Dramen 174
Hohl: Bergfahrt 624
– Daß fast alles anders ist 849
– Nächtlicher Weg 292
– Vom Erreichbaren und vom Unerreichbaren 323
Horkheimer: Die gesellschaftliche Funktion der Philosophie 391
Horváth: Glaube Liebe Hoffnung 361
– Italienische Nacht 410
– Jugend ohne Gott 947
– Kasimir und Karoline 316
– Geschichten aus dem Wiener Wald 247
– Sechsunddreißig Stunden 630
Hrabal: Bambini di Praga 793
– Die Katze Autitschko 1097
– Die Schur 558
– Harlekins Millionen 827
– Sanfte Barbaren 916
– Schneeglöckchenfeste 715
– Tanzstunden für Erwachsene und Fortgeschrittene 548
Hrabals Lesebuch 726
Huch: Der letzte Sommer 545
– Lebenslauf des heiligen Wonnebald Pück 806
Huchel: Gedichte 1018
– Die neunte Stunde 891
Ibargüengoitia: Augustblitze 1104
– Die toten Frauen 1059
Inglin: Werner Amberg. Die Geschichte seiner Kindheit 632
Inoue: Das Tempeldach 709
– Eroberungszüge 639
– Das Jagdgewehr 137
– Der Stierkampf 273
Jabès: Es nimmt seinen Lauf 766
– Das Buch der Fragen 848
Johnson: Skizze eines Verunglückten 785
– Mutmassungen über Jakob 723
Jonas: Das Prinzip Verantwortung 1005
Joyce: Anna Livia Plurabelle 253
– Briefe an Nora 280
– Dubliner 418
– Giacomo Joyce 240
– Kritische Schriften 313
– Porträt des Künstlers 350
– Stephen der Held 338
– Die Toten/The Dead 512
– Verbannte 217
Kästner, Erhart: Aufstand der Dinge 476
– Zeltbuch von Tumilat 382
Kästner, Erich: Gedichte 677
Kafka: Der Heizer 464
– Die Verwandlung 351
– Er 97
Kasack: Die Stadt hinter dem Strom 296
Kaschnitz: Beschreibung eines Dorfes 645
– Elissa 852
– Ferngespräche 743
– Gedichte 436
– Liebe beginnt 824
– Orte 486
Kassner: Zahl und Gesicht 564
Kateb Yacine: Nedschma 116
Kavafis: Um zu bleiben 1020
Kim: Der Lotos 922
Kiš: Ein Grabmal für Boris Dawidowitsch 928

– Garten, Asche 878
Koch: Altes Kloster 1106
Koeppen: Tauben im Gras/Treibhaus/Tod in Rom 926
– Das Treibhaus 659
– Der Tod in Rom 914
– Eine unglückliche Liebe 1085
– Jugend 500
– Tauben im Gras 393
Kolmar: Gedichte 815
Kracauer: Über die Freundschaft 302
Kraus: Die letzten Tage der Menschheit 1091
– Pro domo et mundo 1062
– Sprüche und Widersprüche 141
– Über die Sprache 571
Krolow: Alltägliche Gedichte 219
– Fremde Körper 52
– Gedichte 672
– Meine Gedichte 1037
Krüger: Das zerbrochene Haus 1066
Kyrklund: Vom Guten 1076
Lagercrantz: Die Kunst des Lesens 980
Landsberg: Erfahrung des Todes 371
Lasker-Schüler: Mein Herz 520
– Arthur Aronymus 1002
Lavant: Gedichte 970
Lawrence: Auferstehungsgeschichte 589
– Der Mann, der Inseln liebte 1044
Leiris: Lichte Nächte 716
– Mannesalter 427
Lem: Der futurologische Kongreß 477
– Robotermärchen 366
Lenz: Dame und Scharfrichter 499
Lispector: Der Apfel im Dunkel 826
– Die Nachahmung der Rose 781
– Die Sternstunde 884
– Nahe dem wilden Herzen 847
Loerke: Anton Bruckner 39
Lu Xun: Die wahre Geschichte des Ah Q 777
Maass: Die unwiederbringliche Zeit 866
Machado de Assis: Dom Casmurro 699
– Quincas Borba 764
Malerba: Geschichten vom Ufer des Tibers 683
– Tagebuch eines Träumers 840
Mandelstam: Die Reise nach Armenien 801
– Die ägyptische Briefmarke 94
– Schwarzerde 835
Mann, Thomas: Schriften zur Politik 243
– /Hesse: Briefwechsel 441
Mansfield: Meistererzählungen 811
Marcuse: Triebstruktur und Gesellschaft 158
Mayer: Ansichten von Deutschland 984
– Frisch und Dürrenmatt 1098
– Goethe 367
– Versuche über Schiller 945
Mayröcker: Das Herzzerreißende der Dinge 1048
– Reise durch die Nacht 923
Mendoza: Das Geheimnis der verhexten Krypta 1113
Michaux: Ein gewisser Plume 902
Miller: Das Lächeln am Fuße der Leiter 198
Milosz: Gedichte 1090
Mishima: Nach dem Bankett 488
Mitscherlich: Idee des Friedens 233
Modiano: Eine Jugend 995
Montherlant: Die Junggesellen 805
– Moustique 1060
Mori: Vita Sexualis 813
– Die Wildgans 862
Muschg: Leib und Leben 880
– Liebesgeschichten 727
Musil: Vereinigungen 1034
Nabokov: Lushins Verteidigung 627
Neruda: Gedichte 99
– Die Raserei und die Qual 908
Nimier: Die Giraffe 1102
Nizan: Das Leben des Antoine B. 402
Nizon: Das Jahr der Liebe 845
– Stolz 617
Nooteboom: Ein Lied von Schein und Sein 1024
Nossack: Das Testament des Lucius Eurinus 739

– Der Neugierige 663
– Der Untergang 523
– Spätestens im November 331
– Unmögliche Beweisaufnahme 49
O'Brien: Aus Dalkeys Archiven 623
– Das harte Leben 653
– Der dritte Polizist 446
Ocampo: Die Furie 1051
Olescha: Neid 127
Ollier: Bildstörung 1069
Onetti: Die Werft 457
– Grab einer Namenlosen 976
– Leichensammler 938
– Der Schacht 1007
Palinurus: Das Grab ohne Frieden 11
Papadiamantis: Die Mörderin 1011
Pasternak: Die Geschichte einer Kontra-Oktave 456
– Initialen der Leidenschaft 299
Paustowskij: Erzählungen vom Leben 563
Pavese: Junger Mond 111
Paz: Adler oder Sonne? 1082
– Das Labyrinth der Einsamkeit 404
– Der sprachgelehrte Affe 530
– Gedichte 551
Pedretti: Valerie oder Das unerzogene Auge 989
Penzoldt: Der arme Chatterton 1064
– Der dankbare Patient 25
– Prosa einer Liebenden 78
– Squirrel 46
Pérez Galdós: Miau 814
– Tristana 1013
Percy: Der Kinogeher 903
Perec: W oder die Kindheitserinnerung 780
Pieyre de Mandiargues: Schwelende Glut 507
Piñera: Kleine Manöver 1035
Pinget: Passacaglia 1084
Plath: Ariel 380
– Glasglocke 208
Plenzdorf: Die neuen Leiden des jungen W. 1028
Ponge: Das Notizbuch vom Kiefernwald / La Mounine 774
– Texte zur Kunst 1030
Pound: ABC des Lesens 40
– Wort und Weise 279
Prevelakis: Chronik einer Stadt 748
Proust: Eine Liebe von Swann 267
– Tage der Freuden 164
– Tage des Lesens 400
Puig: Der Kuß der Spinnenfrau 1108
Queiroz: Der Mandarin 956
Queneau: Ein strenger Winter 1110
– Mein Freund Pierrot 895
– Stilübungen 1053
– Zazie in der Metro 431
Radiguet: Der Ball 13
– Den Teufel im Leib 147
Remisow: Gang auf Simsen 1080
Rilke: Ausgewählte Gedichte 184
– Briefe an einen jungen Dichter 1022
– Bücher Theater Kunst 1068
– Das Florenzer Tagebuch 791
– Das Testament 414
– Der Brief des jungen Arbeiters 372
– Die Sonette an Orpheus 634
– Duineser Elegien 468
– Gedichte an die Nacht 519
– Malte Laurids Brigge 343
– /Hofmannsthal: Briefwechsel 469
Ritsos: Gedichte 1077
Ritter: Subjektivität 379
Robbe-Grillet: Der Augenzeuge 931
– Djinn 787
– Die Radiergummis 1033
Roditi: Dialoge über Kunst 357
Rodoreda: Aloma 1056
– Der Fluß und das Boot 919
– Reise ins Land der verlorenen Mädchen 707
Rose aus Asche 734
Rosenzweig: Der Stern der Erlösung 973
Roth: Beichte 79
Roussel: Locus Solus 559
Sachs: Gedichte 549
Saint-John Perse: Winde 122
Salinas: Gedichte 1049
Satta: Der Tag des Gerichts 823
Scholem: Judaica 1 106
– Judaica 2 263
– Judaica 3 333
– Judaica 4 831
– Judaica 5 1111
– Walter Benjamin 467

Scholem-Alejchem: Eine Hochzeit ohne Musikanten 988
– Schir-ha-Schirim 892
– Tewje, der Milchmann 210
Schröder: Der Wanderer 3
Seferis: Alles voller Götter 1065
– Poesie 962
Seghers: Aufstand der Fischer 20
Sender: Requiem für einen spanischen Landmann 133
Sert: Pariser Erinnerungen 681
Shaw: Die Abenteuer des schwarzen Mädchens 1029
– Die heilige Johanna 295
– Frau Warrens Beruf 918
– Handbuch des Revolutionärs 309
– Helden 42
– Mensch und Übermensch 129
– Pygmalion 66
– Wagner-Brevier 337
Simon, Claude: Das Seil 134
Šklovskij: Zoo oder Briefe nicht über die Liebe 693
Solschenizyn: Matrjonas Hof 324
Stein: Erzählen 278
– Ida 695
– Jedermanns Autobiographie 907
– Kriege die ich gesehen habe 595
– Paris Frankreich 452
– Q.E.D. 1055
– Zarte Knöpfe 579
– /Anderson: Briefwechsel 874
Steinbeck: Die Perle 825
Steiner: Schnee bis in die Niederungen 1070
Sternberger: Figuren der Fabel 1054
Strindberg: Der romantische Küster auf Rånö 943
– Fräulein Julie 513
– Schwarze Fahnen 896
Suhrkamp: Briefe an die Autoren 100
– Der Leser 55
– Munderloh 37
Szondi: Celan-Studien 330
Thoor: Gedichte 424
Trakl: Gedichte 420
Trifonow: Zeit und Ort 860
Ullmann: Erzählungen 651
Ungaretti: Gedichte 70
Valéry: Die fixe Idee 155
– Die junge Parze 757
– Eupalinos 370
– Gedichte 992
– Herr Teste 162
– Über Mallarmé 1101
– Zur Theorie der Dichtkunst 474
Vallejo: Gedichte 110
Vargas Llosa: Die kleinen Hunde 439
– Lob der Stiefmutter 1086
Verga: Die Malavoglia 761
Vittorini: Die rote Nelke 136
Walser, Martin: Ehen in Philippsburg 527
– Ein fliehendes Pferd 819
– Gesammelte Geschichten 900
– Meßmers Gedanken 946
Walser, Robert: Der Gehülfe 490
– Der Spaziergang 593
– Geschwister Tanner 450
– Jakob von Gunten 515
– Poetenleben 986
– Prosa 57
Weiss, Peter: Abschied v. d. Eltern 700
– Der Schatten des Körpers 585
– Fluchtpunkt 797
– Hölderlin 297
Weöres: Der von Ungern 1063
Wilde: Bildnis des Dorian Gray 314
Williams: Die Worte, die Worte 76
Wittgenstein: Über Gewißheit 250
– Vermischte Bemerkungen 535
Woolf: Die Wellen 128
Yourcenar: Orientalische Erzählungen 985
Zweig: Die Monotonisierung der Welt 493
Zwetajewa: Auf eigenen Wegen 953
– Ein gefangener Geist 1009
– Mutter und die Musik 941
– Phoenix 1057